इनसानी नस्ल

(कहानियाँ)

किताबघर प्रकाशन
नयी दिल्ली

इनसानी नस्ल

नासिरा शर्मा

ISBN—978-93-80146-02-7

प्रकाशक
किताबघर प्रकाशन
4855-56/24, अंसारी रोड, दरियागंज
नयी दिल्ली-110002

संस्करण
2013

आवरण-चित्र
अज्ञात अरब चित्रकार

मूल्य
दो सौ पचास रुपये

मुद्रक
बी०के० ऑफसेट
नवीन शाहदरा, दिल्ली-110032

INSAANI NASL (Stories in Hindi)
by Nasera Sharma
Price : Rs. 250.00

मेरे प्यारे हिंदुस्तान के नाम

जहाँ
काले, साँवले, गोरे चेहरे वाले रहते हैं।
जहाँ
प्यार की अनगिनत भाषा-बोली में
लोग भोर से रात तक बतियाते रहते हैं।
जहाँ
अनेकता में एकता का वास है और···
विभिन्न धर्मों के नाम से एक ख़ुदा की
उपासना करते हैं।
जहाँ
विश्व-भर में पाई जाने वाली लगभग
हर नस्ल और मौसम का प्रतिनिधि मौजूद है।
जहाँ
बिना मूल कारण के लोग तैश में आकर
एक-दूसरे के ख़ून के प्यासे हो जाते हैं।
जहाँ
एक-दूसरे के घर जला
माँ-बहनों से बलात्कार कर
बच्चों के गले दबा दिए जाते हैं, मगर···
यह सब कभी-कभी होता है, वरना
शताब्दियों से हम सारे धर्म, नस्ल, भाषा, रंग
की अनेकता के बावजूद साथ रहते आए हैं और···
रहते रहेंगे क्योंकि यह भारतवर्ष,
जो काले रंग वालों की धरती कहलाता है,
दरअसल
वह सबकी जन्मभूमि, हम सबका वतन
प्यारा हिंदुस्तान है।

दो शब्द

सदा से मेरा विश्वास रहा है कि इनसान एक है, मगर उसका रंग-रूप, भाषा, भावना, विचार अलग-अलग होते हैं, जो अकसर टकराहट का कारण बनते हैं। यह टकराहट अपने में एक बड़ा प्रश्न भी सामने रखती है कि आख़िर यह युद्ध, यह मनमुटाव किसलिए ? थोड़ी-बहुत रंजिश आटे में नमक की तरह जीवन के स्वाद को बढ़ा देती है, मगर जब यह शत्रुता का रूप धर लेती है तो भीषण परिणाम सामने आते हैं, जो स्वयं मनुष्य को शर्मिंदा करते हैं।

विश्व-स्तर पर इनसान से इनसान की टकराहट देखने को मिल रही है, फिर हिंदुस्तान कैसे अछूता रह सकता है ! जाति-पाँत, धर्म, विश्वास, रूप-रंग, भाषा, वर्ग की विभिन्नता, कितने कारण गिनवाए जा सकते हैं जो रोज़ दुश्मनी का कारण बन इनसानों के दुःख को बढ़ाते रहते हैं। उनकी कार्यक्षमता घटती है। अपने अंदर फैले भय से अकारण ही वे दिल व दिमाग़ को संतुलित नहीं रख पाते हैं। इसका प्रभाव उनके व्यक्तित्व के साथ उनके परिवार और समाज पर भी पड़ता है। कार्यक्षेत्र में जिस 'गुणता' का परिचय उन्हें देना होता है वहाँ वे अकसर उस पैमाने पर उतर नहीं पाते हैं और मन में हसरत बनी रहती है कि वे अपने अंदर छुपी क्षमताओं को पूर्ण रूप से व्यक्त नहीं कर पा रहे हैं, जो उनकी कुंठा का कारण बनती है।

इधर कुछ वर्षों से मेरा ध्यान भारतवर्ष के उस विस्तार को आँक रहा है जहाँ एक इनसान अपनी पूर्ण स्वतंत्रता, आकांक्षा के साथ जी सकता है, बशर्ते कि उसके अंदर संपूर्ण भारत को जीने की तमन्ना हो। जिन देशों में एक भाषा, एक नस्ल, एक धर्म, एक विचारधारा की सत्ता है, ज़रा उनसे बात करके देखें तो पाएँगे कि उनमें कितनी ऊब है; जबकि आपको अनेकता का जो विस्तार मिला है उसमें आप पर कोई मजबूरी नहीं है कि आप एकाकी जीवन-पद्धति को अपनाएँ; बल्कि आप किसी भी धर्म, भाषा, जाति, रीति-रिवाज, खान-पान, रहन-सहन को अपनाकर अपना जीवन सार्थक बना सकते हैं और भरपूर तरीक़े से अपने अंदर छुपी योग्यता को निखार सकते हैं।

भारतवर्ष में कितने भारतीय इस विश्वास से जीते हैं कि सभ्यता एवं संस्कृति

के रूप में जो भी प्राचीन है, वह हमारी विरासत है और उस साझी विरासत के हम दावेदार हैं। हमारा मुल्क़ अनेकता एवं विभिन्नता का प्रतीक है। उसमें विस्तार है, जो पहाड़, मैदान, मरुभूमि, रेगिस्तान, दलदल और घाटियों में फैला हुआ है; जिसके एक प्रांत से दूसरे प्रांत तक पहुँचते ही मौसम बदल जाता है, मगर सीमाएँ आपको वहाँ रचने-बसने से रोकती नहीं हैं। जो चीज़ हमको रोकती है वह हमारी अपने अंदर की संकीर्णता है, जो तरह-तरह के भय को जन्म देती है। जिसने वह भय तोड़ा, उसी ने भारत में जीने का सुख भरपूर तरीक़े से हासिल किया।

इनसानी मनोवृत्ति ही इनसान को छोटा-बड़ा बनाती है, उसको दिल व दिमाग़ में बाँटती है। दिल को कमज़ोर और दिमाग़ को मज़बूत माना जाता है। इसलिए दिल पर हज़ार पहरे बिठाए गए, मगर दिमाग़ को खुला छोड़ दिया गया, ताकि विकास का पहिया लगातार घूमता रहे। आज उस आज़ादी का परिणाम जहाँ मानव जीवन के सुख और सुरक्षित भविष्य का निर्माण करता है वहीं एक पल में विनाश का भी संकेत करता है। परमाणु बम इसका बेहतरीन नमूना है—और जहाँ भी इसका परीक्षण हुआ है वहाँ धरती ने क्या सहा है, इसका अंदाज़ा वैज्ञानिकों एवं संवेदनशील वर्ग को है।

आज से दो वर्ष पहले जब हम जवाहरलाल नेहरू परिसर में रहते थे, जहाँ अरावली के आख़िरी छोर पर पेड़ उगाकर पिछले बीस वर्षों में एक बड़े शानदार बाग़ का दृश्य उपस्थित हो गया है, इसके बावजूद वहाँ की काँटेदार झाड़ियाँ आज भी पुरानी गाथा कहती मौजूद हैं। मेरी माँ अकसर सुबह बाहर लॉन में कुरसी डालकर बैठती थीं। एक दिन उन्होंने अजीब-सी बात कही, जिसको सुनकर तब मैं हँसी थी कि आप क्या-क्या सोचती हैं। मगर उस दिन के बाद अकसर मेरे दिमाग़ में वह दृश्य अजीब फैंटासी के साथ उभरता और गहरी ख़ुशी के साथ दिमाग़ी आराम दे जाता है। वह वाक्य केवल यह था कि 'मैं यहाँ बैठे-बैठे यही सोचती हूँ कि क्या ही अच्छा होता कि ये सारे पेड़ फलदार होते और तरह-तरह के फलों से लदे होते।'

आज मेरा भी भारतवर्ष को देखने का अंदाज़ बदल गया है कि काश ! बेकार की लड़ाइयाँ, द्वेष, कुंठा, ईर्ष्या यदि हम भारतीयों के बीच से हट जाए, जो किसी घुन की तरह हमारी क्षमता को चाटता रहता है, तो हम कितना आगे बढ़ सकते हैं, ख़ासकर तब जब हमारे पास न केवल बेहतरीन दिमाग़ हैं बल्कि धरोहर के रूप में प्राचीन सभ्यता एवं साझी संस्कृति की रंगारंग छटा भी है। उस समय यह हिंदुस्तान क्या विकसित देशों में आगे की पंक्ति में नहीं नज़र आएगा ?

इस संग्रह में दो तरह की कहानियाँ हैं—पहली, इनसान की इनसान से

टकराहट, धर्म, भाषा, जाति-पाँत की आड़ लेकर जो सतही कारण हैं ज़रूर, मगर गहरे बेधते हैं। दूसरी वे कहानियाँ, जिनमें संवेदना के स्तर पर एक इनसान दूसरे को छलकर सुख प्राप्त करता है और दूसरे इनसान को गहरे आहत करता है। ये अंतर्धारा को पकड़ती इनसानी पेचीदगियों की कहानियाँ हैं, जो इनसान की आंतरिक व्यवस्था को दरसाती हैं। ख़ासकर इस बात को कि दिमाग़ दिल पर कितना हावी होता जा रहा है और संवेदनाएँ किस तरह शुष्क हो भौतिक सुख में अपने को तलाश करती भटक रही हैं।

आशा है, कहानियाँ पाठकों को अपनी-सी लगेंगी। सारे पात्र उन्हीं के बीच से आए हैं और बिना लाग-लपेट के अपनी बात कह गए हैं।

—नासिरा शर्मा

क्रम

असली बात

शहर में फ़साद हुए आज पहला ही दिन था। हिंदू-मुसलमान मोहल्लों के बीच तमतमाती हवा बह रही थी। प्रशासन ने मौक़े की नज़ाकत देख कड़े पहरे और बंदूक़ के ज़ोर पर उनके जोश पर रोक ज़रूर लगा दी थी, मगर अंदर खदबदाते लावे को शांत नहीं कर पाए थे। ख़ाली सड़क और गली में पुलिस की गश्त के बावजूद गुनजान घरों की छतों से कभी-कभार सनसनाती बोतलें और अद्धों का आदान-प्रदान जारी था, जिसका पता लगाना पुलिस के लिए मुश्किल था कि किस घर से हमला किस घर पर हुआ है। सो गोलियों की बौछार और हवाई फ़ायर के दबदबे ने या फिर कबाड़ा ख़त्म हो जाने के कारण दोनों मोहल्लों में रात के आख़िरी पहर के लगभग ख़ामोशी छा गई।

सिपाही रामदीन की ड्यूटी बताशे वाली गली में लगी थी। आज दंगे का दूसरा दिन था। पूरा शहर होशियार की मुद्रा में खड़ा था। नए एस०पी० ने कड़े आदेश देते हुए पुलिसकर्मियों से साफ़ शब्दों में कहा था कि तुम्हारी ड्यूटी है कि कोई घटना न घटे, वरना सबको लाइन हाज़िर करवा दूँगा और जो कोई संदेहात्मक स्थिति में दिखे उसे गोली मार दो। इस आदेश के बाद सिपाही रामदीन घरों के अंदर की भी सुनगुन लेने की कोशिश करता सुबह से गली के कई चक्कर लगा चुका था। अब सुस्ताने के लिए वह लैंपपोस्ट से टिककर खड़ा हुआ और मुँह में बीड़ी लगा लंबे-लंबे कश लिए।

"भैया जी ! बच्चा गरमी से हल्कान हो रहा है···ज़रा खुली हवा में टहला देते।"

दरवाज़े की ओर से ज़नाना आवाज़ सुन सिपाही रामदीन चौंक पड़ा। बीड़ी फेंक आगे बढ़ा। उसने बंद दरवाज़ों और खिड़कियों को घूरा और मन ही मन झल्लाया। खुले दरवाज़े से दो हाथ एक बच्चे को बढ़ाते दिखे। काले-कलूटे, नंग-धड़ंग रोते बच्चे को आगे बढ़कर रामदीन ने सँभाला और चुटकी बजा उसे बहलाने लगा।

"यह चकल्लस कब से लगाए हो ?" दूसरी गली का कांस्टेबिल मोड़ पर खड़ा हो मुसकराया, जिसका कोई जवाब रामदीन ने नहीं दिया। बच्चे का सारा बदन घमौरियों से भरा था जिनकी चुनचुनाहट से बेहाल वह मुँह फाड़े आलाप लगाता रहा।

रामदीन ने सीटी बजाई और हाथ का डंडा 'खट-खट' ज़मीन पर मारता आगे बढ़ने लगा। मकान की दोतरफ़ा क़तारों के बीच फँसी गली तंग थी; मगर गरमी के बावजूद वहाँ हवा का गुज़र था। थोड़ी देर बाद लड़का शांत हो गया और सिपाही की सीटी से खेलता कंधे पर सिर रख सो गया।

"यह साला भी मामा की गोद समझ ठाठ से सो रहा है। इससे पहले कि वरदी ख़राब करे, इसको इसकी माँ को वापस कर देना चाहिए।" रामदीन ने प्यार से काले-कलूटे लड़के का मुँह ताका और दरवाज़े पर पहुँच डंडा बजाया।

"कब तक कर्फ़्यू खुलेगा, भैया जी ?" औरत ने दरवाज़े की चौखट से हाथ बढ़ा बच्चे को उठाया।

"लड़ते वक़्त तो तुम लोग सोचते नहीं हो, अब हम का बताएँ !" रामदीन का खीजा स्वर उभरा।

"अब जहाँ चार बरतन साथ होंगे तो वहाँ टकराहट तो होगी न, भैया जी !" औरत का मद्धिम स्वर गूँजा।

रामदीन सिपाही का आज तीसरा दिन था। उसे लगने लगा था कि तनाव लगभग अपनी मौत मर चुका है, मगर दरवाज़े-खिड़कियाँ पुलिस के डर से इस गरमी में भी किसी ने खोले नहीं हैं। कल शाम को कोने वाले घर से ज़ोर की रुलाई फूटी थी। बहुत पूछने पर भी जब अंदर ख़ामोशी छाई रही तो रामदीन हनुमानगढ़ी की तरफ़ तैनात दो सिपाहियों को सीटी बजा बुलाने पर मजबूर हो गया। तीनों के दरवाज़ा तोड़ने की धमकी पर अंदर से आवाज़ आई कि 'दादी गुज़र गई हैं।'

'तो इसमें छुपाने की कौन-सी बात है ?'

थाना इत्तला भेजी गई। ख़ुद सुखबीर और परशुराम हवलदार ने बाहर से सांत्वना दी तो भी दरवाज़ा नहीं खुला। कर्फ़्यू हटने के समय कफ़न-दफ़न जो भी घंटे-भर में कर सकते थे, उसे अंजाम दे वे फिर दरवाज़ा बंद कर बैठ गए। रामदीन के नरम व्यवहार ने दिलों से डर कम नहीं किया और न किसी ने उसकी तरफ़ दोस्ती का हाथ बढ़ा चाय-पानी को ही पूछा। 'उसका तो कर्तव्य है', यह सोचकर रामदीन ने कंधे उचकाए। आख़िर आदमी ही तो समय पड़ने पर आदमी के काम आता है। अब यह विधवा तंबोलन है, दो माह पहले पति ट्रक से दब मर गया, अकेली है। मदद माँगती है सो कर देता हूँ। मगर बाक़ी लोग पुलिस की गोली से इस तरह भयभीत हैं जैसे पहले कभी दंगा-फ़साद किया न हो।

रामदीन को चार दिन पहले की घटना याद आई। जहाँ दोनों मोहल्लों की गलियाँ एक-दूसरे को काटती सड़क पर मिलती हैं वहाँ एक बूढ़ी मसजिद है। उसी से मिला हुआ प्याऊ है जो सूख गया है, मगर बैठकबाज़ी ख़त्म नहीं हुई है। वहीं पर हनुमानगढ़ी है, जहाँ पर आना-जाना लगा रहता है। पीपल के पेड़ पर हनुमान का पुराना मंदिर है। अकसर छोटी-मोटी वारदातें उसी दोराहे से उठकर आसपास तनाव पैदा करती हैं। उस दिन भी वही हुआ। लाइट दो-तीन घंटे से थी नहीं, गली अँधेरे में डूबी थी। एकाएक चीख़-पुकार से वहाँ खड़ा परेशान सिपाही समझ नहीं पाया कि शांत माहौल में ऐसा क्या हुआ जो लोग रोने-चिल्लाने लगे हैं। ख़बर मिलते ही थाने से टॉर्च ले चार-पाँच हवलदार दोराहे पर पहुँच गए। पूछने पर कि आख़िर हुआ क्या, जितने मुँह उतनी कहानियाँ। भीड़ अँधेरे में जमा भी हुई और छँट भी गई। जो लोग पुलिस के हत्थे चढ़े उनसे कोई बात वे उगलवा न सके। तंग आकर प्रभारी ने बताशे वाली गली और हनुमानगढ़ी में कर्फ़्यू लगवा दिया और हिदायत दी, "कड़ा पहरा और सख़्त बरताव शहर के उन सभी संवेदनशील इलाक़ों में बरता जाए, ताकि बदमाश अपनी चौकड़ी भूल जाएँ।" सब समझ चुके थे कि नया अफ़सर सख़्त है, किसी की सुनता नहीं है, जवान है और क़ानून का मतवाला है। मगर शहर के खाए-पिए अधेड़ बदमाशों के हाथ खिलौना लग गया था, उसे चिढ़ाने और तपाने में उन्हें मज़ा आने लगा था। जो समाज हरदम बारूद के ढेर पर बैठा हो वहाँ ऐसी दिल्लगी कितनी महँगी पड़ सकती है, इस बात की गंभीरता समझना उनका काम नहीं था। अनुभवी दरोगा ताड़ गए थे कि इस हंगामे में भी उन्हीं की ख़ुराफ़ात का हाथ है, तभी कुछ हाथ नहीं लगा। इस बात को वह अफ़सर से कह नहीं सकते थे, वरना उलटा उन्हें ही लताड़ पड़ती कि भारतीय पुलिस की हैसियत यह हो गई है कि गुंडे-बदमाश उनसे मसख़री करें !

नवरात्र शुरू होने वाला था। शहर में रौनक़ लगनी शुरू हो गई थी। लाउडस्पीकर से भजन, कीर्तन, ऐलान सुनकर हनुमानगढ़ी वाले जितना कुढ़ रहे थे, उनसे ज़्यादा बताशे वाली गली के हलवाई, माली और उनसे अधिक झुग्गी-झोंपड़ी वाले, जो इस आशा में साल-भर रहते हैं कि शक्तिपीठ में नवरात्र शुरू होने के साथ भंडारा खुल जाएगा और उन्हें भरपेट स्वादिष्ट खाना खाने को मिलेगा, जिससे वे चार पैसे बचा पाएँगे। मगर बैठे-ठाले यह कर्फ़्यू की मुसीबत तो ख़त्म होने का नाम ही नहीं ले रही है।

पुलिसवालों को अंदाज़ा हो गया था कि तनाव दम तोड़ गया है; मगर अफ़सर

तो सबकी कमर की हड्डी तोड़ने का प्रण ले चुका था, दोनों मोहल्लों के ग़रीबों ने पछताना शुरू कर दिया था। सुस्ती अब उदासी में बदल गई थी। मज़दूर ने मज़दूरी से हाथ धोए, दुकानदारों ने ग्राहकों से। चूल्हे तो घर-घर दूसरे दिन से ही ठंडे पड़ने लगे थे। कर्फ़्यू खुलता भी घंटे-भर को तो ख़रीदारी की सकत किसमें थी ? बताशों के बिना हनुमान जी का मंदिर सूना पड़ा था। चींटे-चींटियाँ अलबत्ता बताशों का चूरा ढो-ढोकर बिल भर रहे थे। आख़िर कुछ दुकानदारों ने सलाह-मशविरा कर एस०पी० को मनाने की बात सोची और कर्फ़्यू खुलते ही सीधे थाने पहुँचे तथा विपदा कह सुनाई।

"घर-घर फ़ाक़ा है; न काम है, न रोटी, न ख़रीदार, न मुनाफ़ा। ऐसी स्थिति में अब हमारी ग़लती माफ़ करें। सज़ा बहुत हो गई, महाराज !"

"वह सब ठीक है, मगर इस बार कर्फ़्यू तभी हटेगा जब आपस में लड़ना छोड़ोगे।"

"यह तो बड़ी मुश्किल शर्त है। हम तो ठहरे अहिंसा के पुजारी, मगर उधर वालों से राम बचाए।" छक्कू स्टोर वाले ने कान को हाथ लगाया।

"बहुत सीधे हो, लाला, तुम···बात-बात पर धमकी कौन देता है !" मुन्ना बढ़ई बिगड़ गया।

"देखा, बिना किसी कारण मेरे सामने भी शुरू हो गए ! भागो यहाँ से, वरना सबको दंगा फैलाने के जुर्म में लॉकर में बंद करा दूँगा···रामसिंह ! आज से कर्फ़्यू एक घंटे की जगह सिर्फ़ आधा घंटा खुलेगा। अभी इनका दिमाग़ ठंडा नहीं हुआ है।"

यह ख़बर छोड़े हुए तीर की तरह दोनों मोहल्लों में जाकर लोगों के दिल व दिमाग़ में बिंध गई। लपकते-दौड़ते झुंड के झुंड लोग सिरफिरे प्रभारी के पास पहुँचे और मिन्नतें करने लगे। प्रभारी पांडेय ने मिलने से इनकार कर दिया। थाना बाहर से घिरने लगा था। उसने ऊपर छत से ऐलान कर दिया कि जो चाहे आप लोग करें, प्रभारी बात नहीं सुनेंगे; क्योंकि उनका विचार है कि आप सब यहाँ आपस में अपने-अपने को गामा और रुस्तम पहलवान समझकर कुश्ती लड़ लें। सुनकर लोग मन ही मन पछता उठे कि आख़िर किसलिए उन्हें यह दिन देखना पड़ रहा है ? घरों में रोटी नहीं, काम पर कोई गया नहीं। बताशा उधर वालों ने बनाया नहीं, इधर वालों ने उसे शहर ले जाकर बेचा नहीं। इस परेशानी में 'सुलेमान भाई' और 'राजू भैया' कहकर सब एक-दूसरे को सफ़ाई देने लगे कि भला हमने कभी दुश्मनी निभाई आपस में ? पता नहीं कौन है जो यह सब करता है और गेहूँ के साथ घुन भी पिसता है। आधे घंटे की नाक रगड़वाई के बाद एस०पी० को यक़ीन हो गया कि अब लोहा

गरम है और सबने 'किसी और' को अपने अंदर से पकड़ लिया है। कल पहचान भी लेंगे। प्रभारी द्वारा ऐलान करवाया गया कि इस शर्त पर कर्फ़्यू अभी इसी समय हटाया जा रहा है कि अब कोई दंगा-फ़साद नहीं होगा, वरना...

"नहीं होगा, नहीं होगा।" ऐलान के बीच ही लोग चीख़ने लगे और उसी जोश में बिना बाक़ी बात सुने घरों को लौटने लगे।

कल शाम से तंबोलन के लड़के को बुख़ार हो गया था। अब कर्फ़्यू हटा तो जेब में फूटी कौड़ी नहीं, फिर डॉक्टर या अस्पताल जाए कैसे ? कुछ सोचकर सूफ़ी बाबा की दरगाह की तरफ़ चल पड़ी कि वहाँ के मुजाविर से विनती कर फुँकवा लेगी। दवा न सही, दुआ तो असर कर सकती है। तौलिये में लपेट बेटे को लेकर जब दरगाह पहुँची तो शाम ढल गई थी। भीड़ आज ग़ज़ब की थी। किसी तरह बच्चे को बचाती अंदर दाख़िल हुई। चबूतरे के सामने बच्चे को लिटाकर माथा टेका और बेक़रार नज़रों से बड़े मुजाविर को ढूँढ़ा। नमाज़ ख़त्म हो गई थी। हारमोनियम उठाकर क़व्वाल अपनी जगह ले चुके थे। धीरे-धीरे करके मजमा बढ़ने लगा और क़व्वाली शुरू हो गई। एक-दो रुपए की भेंट हारमोनियम के सामने रख लोग झूमने लगे। वातावरण में एक शांति की छटा-सी फैलने लगी। उसी बीच उसने देखा कि मुजाविर साहब अंदर से आ रहे हैं। वह लपकी, साथ ही एक गेरुए कपड़े वाला संन्यासी भी उठा।

"लो, सँभालो।" मुजाविर ने आठ-दस बंडल अगरबत्ती के उस आदमी को थमाए।

"यह रखो ! कल से शुरू करवा देना। अब मैं चलता हूँ।" रुपए मुजाविर के सामने रख, अगरबत्ती झोले में डाल गेरुए कपड़े वाला मुड़ा और शीश नवा बाहर की तरफ़ चला गया।

"भूख से अधमरा मेरा बेटा कल से बीमार है, मुजाविर साहब !" जवान तंबोलन देखते-देखते बूढ़ी लगने लगी।

"घबराने की बात नहीं।" मुजाविर ने बच्चे के सिर पर हाथ फेरा और सीने पर कुछ पढ़कर फूँका। फिर पास पड़े इलायची दानों के पैकेटों के ढेर से एक उठा तंबोलन को दिया।

तंबोलन बच्चे को उठा दूसरी तरफ़ सरक गई और बेचैन हो उसने पैकेट को खोला तथा एक दाना बेटे के मुँह में डाला, जिसे वह फ़ौरन चूसने लगा—और ख़ुद अपने मुँह में पाँच-छह दाने डाले। दो दिन बाद ज़बान को खाने का स्वाद मिला था,

जिसने भूख पर लगा प्रतिबंध तोड़ दिया था। तंबोलन का भूख के मारे बुरा हाल हो गया। उसी के साथ उसे चक्कर महसूस हुआ कि कल दुकान खोलने के लिए कत्था, चूना, सुपारी, पान कहाँ से लाएगी ? इस हालत में किसी से कुछ माँगना भी मुश्किल है। सभी की जेबें ख़ाली हैं। उसने शुक्रिया-भरी नज़रों से मुजाविर को ताका और इलायची दाना की फाँकी मुँह में डालने वाली थी कि उसका हाथ मुजाविर के चेहरे पर दौड़ते ग़ुस्से को देख बीच में ही रुक गया, जो सामने बैठे दो-तीन लोगों को दबी ज़बान से फटकार रहे थे।

"हाँ··· हाँ, यहाँ टीले वाले मंदिर के महंत आए थे। मज़ार से छुली अगरबत्तियों का पैकेट ले गए हैं और नवरात्र के नौ दिन तक मज़ार पर क़ुरान ख़्वानी करवाने के लिए ये पैसे भी दे गए हैं··· फिर ? यह उनका एतक़ाद है। बचपन से वह आते रहे हैं। यह रिश्ता तब से बना है जब तुम लोग पैदा भी नहीं हुए थे। उनकी ख़्वाहिश रहती है कि सूफ़ी बाबा के मज़ार की तरह उनके मंदिर से कोई ग़रीब निराश न लौटे तो इसमें तुम्हारी दख़लअंदाज़ी का क्या मतलब है ? पीर-औलिया इनसानों में फ़र्क़ नहीं करते। यह दर सबके लिए खुला है–अमीर-ग़रीब, हिंदू-मुसलमान, छोटा-बड़ा। ख़बरदार जो फिर कभी अपनी जाहिलाना राय मुझे देने यहाँ आए !"

आसपास के लोगों के कान खड़े हो गए। तीन-चार मर्द बड़ी शालीनता से उनको जाने का इशारा कर तब तक खड़े रहे जब तक वे दोनों हाथ जोड़, सिर झुका बाहर की तरफ़ नहीं बढ़े।

कुछ देर बाद बड़ी पतीली और रोटी उठाए कुछ औरतें-मर्द दाख़िल हुए, जिनको देख दीवार से लगे मर्द-औरत अपना कटोरा ले आगे बढ़ने लगे। उनकी मुराद पूरी हुई थी। तंबोलन भी प्रसाद के इंतज़ार में आगे की तरफ़ खिसकी; मगर अफ़सोस, जब तक उसकी बारी आई तब तक रोटियाँ और शोरबा ख़त्म हो गया था। वह निराश-सी उठी और बेटे को उठाकर बाहर सड़क पर आ गई, जहाँ फ़कीरों की भीड़ होटलों के सामने बैठी थी। भूख से बेताब होकर उसके क़दम मुड़े, मगर फिर वह ठिठककर खड़ी हो गई कि वह तंबोलन है, फ़कीरन नहीं। कल तक भूखी रह सकती है।

दूसरे दिन बेटे का बुख़ार तो उतर गया था, मगर होंठों पर पपड़ी जम गई थी। पानी पिला-पिलाकर वह कब तक उसे ज़िंदा रख सकती थी। शाम ढले जब भीड़ को टीले की तरफ़ जाते देखा तो वह भी चल पड़ी। कुछ दूर चलकर फिर उसके क़दम रुकने लगे कि वह तो··· वहीं टीले के नीचे बैठ हसरत से भीड़ को ऊपर जाते और ख़ुश-ख़ुश

लौटते देख वह अपने को रोक नहीं पाई। ऊपर पहुँच उसने देखा कि वही संन्यासी सबके पत्तलों में खाना डालता आगे बढ़ रहा है। उसके आठ-दस साथी सबकी आवभगत में लगे हैं। गंदे, चिथड़े वाले कपड़े पहने बूढ़े, बच्चे, मर्द, औरत खाना खा रहे हैं। उसकी आँखें भीगने लगीं। वह मुड़ी और टीले से उतरने को हुई कि तभी पीछे से आवाज़ आई, "माँ, भंडारे की रोटी तो चखती जाओ'''आओ, इधर आओ'' यह तो तुम्हारा अधिकार है।"

लंबोलन ने घबराकर पीछे देखा। आग्रह में इतना प्यार था कि वह उधर ही बढ़ गई। पत्तल पर एक साथ कई व्यंजन देख उसे अजीब लगा। पेट भरकर जब वह उठी तो उसे अपने स्तन बहुत भारी लगे। हाथ धो वह कुछ दूर पेड़ के नीचे बैठ बेटे को दूध पिलाने लगी। एक असीम सुख में डूबते हुए उसने सोचा, रोटी में कितनी ताक़त है ! जब चाहती है, बाँट देती है और जब चाहती है, एक कर देती है।

अपराधी

राम मनोहर त्यागी को रिटायर हुए अभी साल ही गुज़रा है, मगर उन्हें लगता है कि सौ साल लंबा कारावास भुगतकर बैठे हैं। सरकारी नौकरी ख़त्म हुई, क्वार्टर छूटा, यार-दोस्त बिछड़े, शान और दबदबा गया, शहर बदला। उस वक़्त जब सबकुछ गुज़र रहा था तो उन्हें महसूस हो रहा था कि गुलामी से पिंड छूटा, भटकन से फुरसत मिली। अब वह नए शहर में जाकर नई ज़िंदगी शुरू करेंगे; मगर बेटे के घर आकर उन्हें महसूस हुआ कि वह यहाँ कुछ भी नया नहीं कर सकते हैं। सुबह से शाम गुज़र जाती है, न किसी ने मिलना, न जुलना। इस उम्र में मित्रता केवल काम की जगह तक सीमित नहीं रह जाती है बल्कि एक-दूसरे के घरों की बैठक तक सिमट जाती है। पास-पड़ोस में दो-तीन घर हैं, मगर कौन जाए। धुरेंदर कई बार कह चुका है कि पापा, दीक्षित जी के घर हो आइए, वह कई बार बुला चुके हैं; मगर उनसे नाता क्या जोड़ना ! जब वह पोते-पोतियों का नाम शुद्ध हिंदी का नहीं रख पाए तो उनके घर का खान-पान क्या पाक-पवित्र रह गया होगा ! उनसे मन बाँटने का आधार क्या होगा ? हमारे विचार ही नदी के दो पाट की तरह बेगाने होंगे।

राम मनोहर त्यागी पुलिस के महकमे में थे। शराब और रिश्वत से दूर रहे। पूजा-पाठ, सच और ईमानदारी से उनकी दोस्ती गहरी रही है। पत्नी भी उनको अपने स्वभाव की मिली थीं, जो सामाजिक दृष्टि से बड़ी व्यावहारिक थीं। मीठा बोलकर भी वह किसी ऐसे-वैसे के घर खाती-पीती नहीं थीं। पड़ोस में कुरैशी हैं। अब उनसे क्या बात करना। सच पूछो तो उनके घर में सुबह-शाम मांस बनता होगा और मैं ठहरा शुद्ध शाकाहारी···उनके यहाँ पानी पीना भी सहन नहीं कर पाऊँगा। मेरा बेटा धुरेंदर मेरी मजबूरी नहीं समझता कि मैं उम्र के इस दौर में अपने को एकाएक नहीं बदल सकता, जिसने कभी पुलिस वालों की तरह न इधर-उधर खाया-पिया, न हाथ-पैर मारे हों; जो संस्कार मिले उन्हीं पर अडिग रहा। पराई औरतों को माँ-बहन समझा और लहसुन-प्याज़ से परहेज़ किया, वह एकाएक चोला कैसे बदल सकता है ?

शाम बड़ी उमस-भरी थी। बिजली को गए लगभग दो घंटे हो गए थे। गरमी से परेशान परिवार के सारे सदस्य बालकनी पर बैठे थे। पंखा झलने के बावजूद मच्छरों के डंक ने शरीर में जहाँ-तहाँ जलन भर दी थी।

"मम्मी, कल मेरा टेस्ट है और यह लाइट···"

"आ जाएगी।" मुक्ता ने बेटी का गाल थपथपाया। मगर उसे खुद चिंता खाए जा रही थी कि पूरी पचास कॉपियाँ देखनी हैं। कल हर हालत में उसे नंबरों की लिस्ट ऑफ़िस में जमा करनी है। यही अच्छा किया जो खाना पका लिया, वरना इस गरमी में किचन में खड़ा होना मुश्किल था।

"डैडी आ गए !" अँधेरे में हेड लाइट देख टिंकू चहका।

"पूरी कॉलोनी अँधेरे में डूबी है।" धुरेंदर शमा की पीली रोशनी से भरे कमरे में दाख़िल होते हुए बोला।

"कोई मेजर फाल्ट है।" मुक्ता ने पानी से भरा गिलास पति की तरफ़ बढ़ाया।

"पापा कहाँ हैं ?" टाई की नॉट खोलता हुआ धुरेंदर बोला।

"दादा जी बाहर बैठे हैं।" टिंकू ने कहा।

"और पापा, आपने आज कैसे दिन गुज़ारा ? कहीं गए थे ?" बालकनी में आकर बेटे ने पिता से पूछा।

"कहाँ जाऊँ, बेटा ? मेरे लिए यह घर ही भला।" धुरेंदर को जवाब दे त्यागी हँस पड़े।

"सारे पड़ोसी आपको आदर और सम्मान से बुलाते हैं। उनके यहाँ भी बुज़ुर्ग हैं जो दिन-भर अकेले रहते हैं। दीक्षित के पिता; उनको गठिया है वरना वह खुद आपसे मिलने आते···आप पहले कितने सोशल थे ! एक ओल्डमैन क्लब क्यों नहीं बना डालते ?"

"तब की बात और थी, मिलना-जुलना व्यक्तिगत ज़रूरत नहीं थी बल्कि नौकरी की मजबूरी थी। मगर अब, जब वह मजबूरी नहीं रही तो मन ज़रूर करता है कि कोई अपनी पसंद और समझ का आदमी मिले, दो बातों का सुख भी मिले; वरना बेकार में हँसना, ग़प्पें मारना मुझे कुछ उचित नहीं लगता।"

"फिर भी पापा, समझौता तो करना पड़ेगा, वरना आप बीमार पड़ सकते हैं !" धुरेंदर ने चिंता व्यक्त की।

तभी बत्ती आ गई और सब कमरे की तरफ़ भागे। राम मनोहर जवाब नहीं दे पाए, मगर मन ही मन कहने लगे, 'चतुर्वेदी जी हैं जो बाज़ार के दूसरी तरफ़ रहते हैं। उनके घर जाना मुझे अच्छा लगता है; मगर रोज़ तो नहीं जा सकता हूँ। बहू-बेटे,

पोता-पोती नौ बजे तक घर छोड़ देते हैं। अब उनसे क्या बात करें ! श्रीमती जी को भी मरे दस साल गुज़र गए हैं। तन्हाई तो तब से है; मगर ऐसी क़ैद जिसमें दम घुटने लगे, यह मेरा पहला अनुभव है।'

रात के बारह बज रहे थे। मुक्ता मेज़ पर झुकी कॉपियाँ चेक कर रही थी। धुरेंदर को बार-बार बिस्तर पर करवटें बदलते देख वह परेशान हो उठी।

"पेट में दर्द है क्या ?"

"नहीं।"

"फिर सो क्यों नहीं रहे हो ? कुछ ऑफ़िस में…"

"अरे नहीं, वहाँ क्या होना है ! मैं हफ़्ते-भर से बहुत परेशान हूँ कि पापा इस फ़्लैट में सारे दिन अकेले रहते हैं। काम करते-करते एकाएक ख़याल आ जाता है तो मन घबराने लगता है।"

"चिंता की बात तो है, मगर उन्हें भी अपने को बदलना होगा। पढ़ने का उन्हें शौक़ नहीं, टी०वी० देखते नहीं, बाग़बानी करना उन्हें पसंद है तो हमारे पास कुल पंद्रह गमले हैं। फ़ील मुझे भी बहुत होता है उनका अकेलापन।"

"आज पापा ने मुझे सोचने पर मजबूर कर दिया कि मैं जब रिटायर हूँगा तो क्या फ़ील करूँगा ! नौकरी के साथ एक पूरी व्यवस्था आपसे जुड़ी रहती है और एकाएक उसके कट जाने से…"

"तभी कहते हैं कि इनसान को एक-आध शौक़ रखने चाहिए। पापा को अपनी जड़ता तोड़नी पड़ेगी।"

"मुश्किल लगता है। जहाँ जिस शहर में हम रहे, पापा ने मकान की जगह पड़ोसी को अधिक परखा कि वह कौन है, कैसे स्वभाव का है। सच पूछो तो हमारा बचपन ब्राह्मण समाज के अलावा कुछ देख नहीं पाया। रुड़की न गया होता तो मेरी आँख न खुलती कि हमारे अलावा भी कुछ है।"

"पापा तो इतना घूम-फिरकर भी अपने तक सीमित हैं…अच्छा, अब सोना चाहिए।" इतना कहकर मुक्ता ने मेज़ समेटी और बत्ती गुल कर बिस्तर पर लेट गई।

"काश ! पापा रूमानी हो सकते तो…"

"शटअप ! वह तुम्हारे पिता हैं।" मुक्ता अँधेरे में हँस पड़ी।

"तभी तो कह रहा हूँ कि ज़िंदगी का हर मोड़ एक नया आयाम होना चाहिए। जीवन बढ़ने का नाम है, घटने का नहीं। सच पूछो तो इनसान चालीस के बाद समझदार और पचास के बाद ज़िंदगी के असली रंग पहचानने की क्षमता प्राप्त करता

है। उससे पहले तो वह सिर्फ़ जोश और उमंगों से भरा एक पारा रहता है।"

"देखो, मुझे सुबह पाँच बजे उठना है। बातों में लग गई तो···"

मुक्ता करवट बदलकर लेट गई। थकी थी, सो गई। मगर धुरेंदर को नींद कहाँ ! दिमाग़ है कि सोचना बंद नहीं करता है। अब सुई इसी मुद्दे पर टिक गई थी कि यदि पापा अमेरिका में होते तो क्या करते ? उनकी दूसरी बीवी उन्हें पुराना कुछ भी जीने नहीं देती, ज़िंदगी का गुज़रा हुआ सोचने न देती। तब पापा जीने की ललक के साथ देश-विदेश घूमते, या फिर किसी सामाजिक कार्य में लग बुढ़ापे में शांति की तलाश करते···ख़ैर, जो भी करते, मगर इस तरह जाति-पाँत, खान-पान की रेखाएँ खींच संसार के अनेक सुखों से अपने को वंचित नहीं कर पाते। साल-भर में उनके अकड़े शाने झुकने लगे हैं। मुक्ता को शायद उतना महसूस नहीं हो सकता जितना मुझे। आख़िर वह मेरे पिता हैं और ऐसे पिता जो सुबह से वरदी में तने दिखते तो रात को सोने से पहले तक वह उसी तरह नज़र आते थे। उनके बहुत चाहने पर भी मैंने पुलिस की नौकरी नहीं की और···

"उफ ! तुम अभी तक जाग रहे हो !" मुक्ता करवट ले मुनमुनाई। धुरेंदर ने सिगरेट बुझाई और चुपचाप आँखें बंद कर लेट गया। अब उसका दिमाग़ ख़यालों से ख़ाली था, जैसे पौ फटने से पहले आसमान पक्षियों से ख़ाली होता है।

राम मनोहर त्यागी के लिए एक नया दिन फिर कपड़े के थान जैसा सामने खुला पड़ा था, जिसके घंटों को उन्हें शाम तक लपेटना था। बालकनी पर वह मुँह सवेरे कसरत कर लेते थे। हवाख़ोरी के बहाने लौटते हुए दूध ले आते, फिर नहा-धोकर पूजा पर बैठ जाते। उनके पाठ से घरवालों की आँख एक के बाद एक खुलती, फिर धमाचौकड़ी-भरी सुबह में वह नाश्ते के बाद पोता-पोती के लाख मना करने के बावजूद उन्हें बस स्टॉप तक छोड़ने जाते और जब लौटते तो बेटा-बहू घर से निकलने वाले होते। उनके पास करने को कुछ नहीं बचता था, सिवाय एक काम के कि वह दोपहर-भर कुरसी पर चुपचाप बैठ उन स्थानों को याद करते रहते, जहाँ वह हवलदार से थाना प्रभारी तक की पोस्ट पर पहुँचे थे। अपनी मूँछों पर हाथ फेरते हुए उन सारे बदमाशों को याद करते जो भागते हुए उनकी गोली का निशाना बने थे, या फिर डंडे की मार से अधमरे होकर उनके क़दमों पर गिर उनके मुख़बिर बन बैठे थे। उनमें से कुछ बदमाश ईद-बक़रीद, होली-दीवाली घर बुलाने लगे थे; मगर वह कभी गए नहीं। यहाँ तक कि जब नसीम अहमद नामी गुंडे से एम०एल०ए० बन गया तो भी त्यागी की बंदूक़ का रुख़ बदला नहीं; मगर जब उसकी बेटी के ब्याह का न्योता

आया तो वह बिना खाए-पिए शगुन देकर ज़रूर लौट आए थे।

धुरेंदर का घर धीरे-धीरे तनाव में डूब रहा था। राम मनोहर का चेहरा 'डिप्रेशन' का शिकार लगने लगा था। वह पोते-पोती से हँसते-बोलते ज़रूर थे, मगर उनकी आँखें नहीं मुसकराती थीं। पूजा का समय ज़रूर लंबा हो गया था। अब तो राम मनोहर शाम को भी पाठ करने लगे थे। पूरे फ़्लैट में पाठ की भुनभुनाहट सबकी मांसपेशियों पर दबाव डाल एक अजीब उग्रता-भरी बेचैनी पैदा करती थी। खाने के बाद शांति ज़रूर छा जाती थी तो टी०वी० चल पड़ता और राम मनोहर समय का थान बग़ल में दबा बालकनी में जा बैठते और फिर घंटे-मिनट के हिसाब से उसे खोलते, लपेटते गई रात तक चुपचाप बैठे रहते थे। उनको अपनी ग़लतियों का अहसास हो चला था कि उन्होंने गाँव में अपना ठिकाना क्यों ख़त्म कर दिया ? खेत-मकान भाई को देकर वह अपने हिस्से का पैसा धुरेंदर को फ़्लैट के लिए दे चुके थे, जिस पर उनकी नहीं, धुरेंदर की नामपट्टी लगी है। ईंट उन्होंने जोड़ी, मगर घर की व्यवस्था बहू-बेटे के हाथ में है। ट्रांसफर लगातार होने की वजह से परिवार ने अंत में इसी शहर में बसेरा ले लिया था जहाँ धुरेंदर को नौकरी मिल गई थी। बेटियाँ ब्याह दीं। उनके घर जा नहीं सकते, गाँव और शहर दोनों घर में वह एक सम्मानित अतिथि बनकर रह गए हैं। उनका अब ज़ोर क्या ? इस घर में अन्य धर्म वालों और शराब से परहेज़ नहीं रह गया है। जिन बच्चों को बड़ा करने में सारी जवानी गँवा दी, वे अब पहचाने नहीं जाते कि कभी ये अपने माँ-बाप की तरह थे। आख़िर ये किसकी औलाद बन जाते हैं ? किसकी भाषा बोलते हुए जाने किसका समर्थन करने लगते हैं ?

"पापा, आप इतना बड़ा टीका पहले तो कभी नहीं लगाते थे !" एक दिन धुरेंदर ने अटपटे स्वर में कहा।

"पता नहीं, बेटे।" वह खिसियाकर हँस पड़े।

"आज जो हो रहा है, पापा, उसमें इस तरह का डिसप्ले कोई और अर्थ दे बैठेगा; जबकि आपका राजनीति से कुछ भी लेना-देना नहीं है।" धुरेंदर के चेहरे पर चिंता उसी तरह डैने फैलाए रही।

आईने के सामने राम मनोहर ने खड़े होकर चेहरा देखा तो माथे पर पूरे अँगूठे-भर लंबा लाल टीका दगदगा रहा था। अधपकी मरोड़ी मूँछों के साथ लाल टीका ···वह पल-भर बाद क़हक़हा मारकर हँस पड़े।

'डाकू जैसा चेहरा लगा होगा धुरेंदर को मेरा, तभी···'

कुछ देर बाद उन्हें विचार कौंधा, नहीं, ऐसा नहीं है। वह सोच में डूब गए।

उसका इशारा किसी और तरफ़ था। दोपहर को जब अकेले खाना खाने बैठे तो एकाएक उन्हें गुत्थी सुलझती-सी लगी।

'अगर मैं ठीक समझ रहा हूँ तो फिर प्रश्न उठता है कि उसे अपनी पहचान से घबराहट क्यों लग रही थी ? हो न हो, यह पड़ोस की दोस्ती का असर है। दीक्षित के घर ईसाई बहू है और कुरैशी का कहना ही क्या ! आख़िर आज़ू-बाज़ू तो यही दो पड़ोसी हैं जिनके घर सारी शाम बच्चे, बहू आते-जाते रहते हैं; छुट्टी के दिन धुरेंदर का अड्डा भी वहीं जमता है। मेरे आने से पहले वे लोग भी ख़ूब अड्डा जमाते होंगे। इन्हीं थाली-कटोरी, गिलास में खाते-पीते होंगे।'

बेचैन हो खाने की मेज़ से उठे और उदास-से जाकर खिड़की के पास खड़े हो गए। दोपहर ढल रही थी। सड़क पर चहल-पहल थी। शाम तक उनका मन भारी-भारी रहा। चाय की मेज़ पर अपना पसंदीदा नाश्ता समोसे और कचौरी देखकर भी उनका मन हलका न हुआ।

धुरेंदर ने माहौल बदलने के लिए कहा, "पापा ! कल शाम हमारे घर एक मीटिंग है सोसायटी की, हर महीने किसी न किसी के घर रखी जाती है। आपके लिए यह मौक़ा अच्छा रहेगा। उसमें कुछ रिटायर बुज़ुर्ग भी आएँगे। अगर उसमें कोई पुलिस वाला निकल आया तो आपका टाइम अच्छा कटेगा।"

"देखता हूँ···वैसे बेटा, मैं कई दिनों से सोच रहा हूँ कि एक चक्कर गाँव का लगा आऊँ। बहुत दिनों से सीताराम की चिट्ठी भी नहीं आई है। उसके परिवार के दुःख-सुख का कुछ पता ही नहीं !"

"ज़रूर पापा, चाचा से मिलकर आएँ, मैं सीट रिज़र्व करवाता हूँ।" कुछ हलका हो धुरेंदर बोला। उसके दिल में भी एक खुशी की लहर दौड़ी कि पापा कुछ दिन आराम से लोगों के बीच उठेंगे-बैठेंगे और इस 'बोर' ज़िंदगी से उन्हें छुटकारा मिलेगा।

गाँव में सप्ताह-भर रहने के बाद राम मनोहर को लगने लगा था कि यह जगह भी अब रहने लायक़ नहीं रह गई है। सब कुछ बदल रहा है, बल्कि बँट रहा है। खाना-पीना तो कभी साथ न था, मगर काम-धंधा साथ था। मौत-बीमारी साथ थी। एक के दुःख पर दूसरा काका, चाचा कहता-दौड़ता था; मगर अब कोई किसी को जैसे पहचानता ही नहीं। यह कौन-सी हवा चल पड़ी है, जो सबका मन बदल रही है ? शब्बीर-नानबाई के घर शादी हुई, एक भी न्योता ब्राह्मण टोले नहीं आया। पहले रस्म थी कि मुखिया राम अवतार के घर के लोग बारात के आगे चलते थे; मगर आज उनकी बात तो दूर, पास रहने वाले को बुलावा न आया। नौकरी हमने भी की थी,

मगर चोर-चोर में भेदभाव कभी नहीं रखा था। क़ानून का न्याय अपनी जगह था और संस्कार का सम्मान अपनी जगह। अच्छी तरह याद है कि ज़मींदार अहमद मियाँ के सारे हलवाहे और मज़दूर हमारे घर के थे, क्योंकि गाँव की आबादी में उनका हिस्सा अस्सी प्रतिशत था; जबकि धुरेंदर के ननिहाल में इसका उलट था। वहाँ पर कुँवर सूरज प्रकाश की सारी प्रजा मुसलमान थी, क्योंकि देहात ही उनकी आबादी से भरा था। तभी तो धुरेंदर की माँ की बोलचाल का तरीक़ा भी कुछ अलग था। लेकिन अब ...दो कोस चलकर नदीम शब्बन लोहार के पास जाएगा और शंभू पड़ोस के रहमान को छोड़ नाला पार धरमू धोबी से कपड़े धुलवाएगा। आख़िर यह कैसा अंधेर मचा है ? जहाँ गाँव वालों की मुहब्बत बँट जाए, फिर उस धरती पर बचेगा क्या ? धुरेंदर इसी अलगाव को राजनीति कहता है...अब उसकी बातों का अर्थ खुला।

धुरेंदर की सारी ख़ुशी मिट्टी में मिल गई, जब महीने-भर के लिए गए पिता को पंद्रह दिन बाद ही घर लौटते देखा। धूप से तपे चेहरे से उदासी ज़रूर छँटी दिखी; मगर उस खुले चेहरे के आकाश पर चिंता की गहरी लकीरें अपना निशान ज़रूर छोड़ बैठी थीं। औपचारिक बातों के बाद घर फिर ख़ाली हो गया। राम मनोहर फिर फ़्लैट में अकेले रह गए। उन्हें गाँव याद आया। नदी का तट, सिंघाड़ों से भरा तालाब, कुएँ की जगत और खेत के किनारे। जहाँ चाहते थे, निकल जाते थे, बोल-बतिया लेते थे। बहुत कुछ बदलने के बावजूद वहाँ अब भी संवाद बाक़ी था, मगर यहाँ ? कुछ पल राम मनोहर की सोच ठहर गई। हलके से मुसकराए।

'यहाँ...हाँ, यहाँ, मैं निकलता कहाँ हूँ ? चलता हूँ, आज चतुर्वेदी के घर होकर आता हूँ। शायद धुरेंदर ठीक कहता है, मुझे लोगों से मिलना-जुलना चाहिए। इस तरह सबसे कटकर रहना भी तो ठीक नहीं है।'

कपड़े बदल, दरवाज़े पर ताला डाल बाज़ार के नुक्कड़ पर पहुँच गए। सीढ़ी चढ़कर ऊपर पहुँचे और दरवाज़े पर दस्तक दी। श्रीमती चतुर्वेदी ने दरवाज़ा खोला। नमस्ते में हाथ जोड़ मुँह कुछ कहने के लिए खोलना ही चाहती थीं कि पीछे देख मुसकरा दीं।

"कहो बंधु, कैसे हो ?" चतुर्वेदी की आवाज़ सुन राम मनोहर पीछे मुड़े। साग-सब्ज़ी का थैला और दूसरी चीज़ें उठाए चतुर्वेदी बाज़ार से लौटे थे। दोनों सोफ़े पर जा बैठे।

"बहुत दिनों बाद दर्शन दिए हैं। कुशल तो हैं ?" इतना कहते हुए चतुर्वेदी जी ने सामान का थैला आगे बढ़ाकर वहीं खाने की मेज़ पर रखा, जहाँ उनकी पत्नी शरबत के गिलास में बर्फ़ डाल रही थीं। श्रीमती चतुर्वेदी ने लाल शरबत का गिलास

आगे बढ़ाया।

"गाँव गया था···भाभी जी, आपने कष्ट क्यों उठाया ?" कहते हुए राम मनोहर की नज़रें खाने की मेज़ पर अटक गईं, जहाँ काले थैले से लाल-लाल कुछ निकालकर उनकी बेटी फ्रिज़र में रख रही थी।

"आप मांस-मच्छी कहाँ से लेते हैं ?" चतुर्वेदी ने उनकी आँखों का पीछा करते हुए पूछा।

"जी !" राम मनोहर का बढ़ा हाथ लाल शरबत का गिलास उठाते-उठाते ठिठक गया।

"मैं तो कल्लू मीट शॉप से लाता हूँ। साफ़-सुथरा और ताज़ा। एक बार लेकर देखें।" चतुर्वेदी ने अपना गिलास उठाया और शरबत का घूँट भरा।

"लीजिए न, भाई साहब।" नमकीन की प्लेट रखते हुए श्रीमती चतुर्वेदी बोलीं और सोफ़े पर बैठ गईं।

"नहीं···बस चलता हूँ। एक काम याद आया, ज़रूरी, बहुत ज़रूरी। धन्यवाद, नमस्ते !" कहते हुए राम मनोहर त्यागी ने शरबत का गिलास मेज़ पर रखा और तेज़ी से उठकर सीढ़ियाँ उतरने लगे। आज उनका भ्रम ही नहीं टूटा बल्कि दिल भी टूटा। एक सहारा भी जाता रहा। थके क़दमों से पसीने से डूबे वह घर में दाख़िल हुए और बैठक के कोने में रखी अपनी कुरसी पर चुपचाप बैठ गए। एकाएक उनके बदन में क्रोध की लहर दौड़ी और बहुत दिनों बाद गालियों की बौछार···

"अपने को ब्राह्मण कहते हैं ! बड़ी-बड़ी बातें बनाते थे, मगर लच्छन देखो जैसे ···म्लेच्छ कहीं के !"

रात को खाने की मेज़ पर धुरेंदर को बड़ा आश्चर्य हुआ जब राम मनोहर त्यागी के चेहरे पर चिंता की रेखाएँ मिटी-सी लगीं। चेहरा पहले की तरह लगा, जब वह कोतवाली से लौटते थे—दगदगाता हुआ, चमकती आँखें और रोबदार आवाज़। आज खाना भी मन से खा रहे हैं। ऐसा क्या घट गया आज ? यह चमत्कार हुआ कैसे ?

"चतुर्वेदी पूरा रँगा सियार है। तुम ठीक कहते थे। आज मैं उसके घर गया था। जो मैंने सुना, उससे मन उचट गया।" एकाएक राम मनोहर बोल उठे। उनकी आवाज़ सुन सब चौंक उठे।

"क्या देखा ?"

"मेरा धर्म भ्रष्ट होते-होते बच गया ! लेकिन बचा कहाँ ? पहले तो चाय एक-दो बार पी ही चुका हूँ; मगर···मांसवाली बात···"

"आपको देखकर, पापा, कोई जल्द विश्वास नहीं करेगा कि आप पुलिस जैसे महकमे में रहकर इतने संस्कारी हैं।"

"मेरे जैसे बहुत हैं···एस०पी० मिश्रा को भूल गए क्या ?"

"आपको एक बात बताऊँ, क्या आप उस पर विश्वास करेंगे ?" धुरेंदर ने पिता की आँखों में झाँका।

"करूँगा। इस कलियुग की हर बात पर विश्वास करना होगा।"

"अपने पड़ोसी कुरैशी हैं न, चमचा भी अगर मांस के व्यंजन से छू जाए तो वह खाना नहीं खा सकते। पूरा घर शुद्ध शाकाहारी है।"

"आश्चर्य !"

"और दीक्षित जी के बारे में जानेंगे ? दोनों पति-पत्नी दस वर्ष विदेश में रहकर लौटे हैं। वे भी शाकाहारी हैं। एलिजाबेथ ने पति के सम्मान में कभी पोर्क बीफ को हाथ नहीं लगाया। वही हाल बच्चों का है। आपकी तरह शुद्ध शाकाहारी।" इतना कह धुरेंदर ज़ोर से हँस पड़ा।

"अच्छा !" जैसा भाव राम मनोहर के चेहरे पर उभरा और मुँह लटक गया। जैसे उन्हें कलियुग की इस सच्चाई का इंतज़ार न था।

"ये सब बड़ी छोटी बातें हैं, पापा। यहाँ आप जितना देखेंगे उतना ही लगेगा कि आप कुछ नहीं जानते हैं। हर आदमी आपके पैमाने से अलग है। हर सच झूठ लगता है और हर झूठ सच !"

यह रात राम मनोहर त्यागी के लिए मानसिक रूप से केंचुल बदलने की रात थी। उन्हें अपना व्यवहार याद आया, जब कुरैशी की पत्नी कढ़ी बनाकर बड़े चाव से लाई थी कि उन्हें पसंद है, मगर उन्होंने उसे चखा भी न था। दीक्षित के पिता को दमे का शदीद दौरा पड़ा था, मगर वह देखने नहीं गए थे। मन में गहरा आक्रोश था कि ब्राह्मण होकर ईसाई से विवाह क्यों किया। मगर चतुर्वेदी, जो तिलक लगाकर हर मंगलवार को पत्नी के संग शक्तिपीठ जाता था, वह ?···उनको अपनी सोच का फ्रेम बदलना होगा, आँखों का शीशा साफ़ करना होगा। जड़ विचारों को छोड़ जो जैसा है उसको वैसा ही स्वीकार करना होगा। जो काम वह नौकरी करते हुए पूरा भारतवर्ष घूमकर भी नहीं कर पाए थे, क्योंकि एक सीमा के बाद वह किसी को नहीं जानना चाहते थे। उन्होंने जो जाना था, वह सिर्फ़ इतना कि अपराधी पकड़ना है। उसकी जमकर पिटाई करनी है। चार्जशीट तैयार करनी है और रिश्वत लेकर न कोई काम करना है, न पराई औरत और शराब की बोतल को हाथ लगाना है। इतना संयम का जीवन जीकर भी उनसे अपराध हो गया !

मन की खोई शांति पाने के लिए उन्होंने भोर से पहले ही बिस्तर छोड़ा। भगवान् की मूर्ति को नहलाया; चंदन, फूल, जल चढ़ा उन्होंने शीश नवाया और अपने मन-मस्तिष्क को ज्योति से भरने की प्रार्थना की। फिर टहलने की तैयारी की और दरवाज़ा खोल बाहर निकले। कुरैशी का बंद दरवाज़ा ताका, फिर दीक्षित का और मुँह ही मुँह में बोले, 'यह संसार विचित्र है। तेरी महिमा अपार है।'

टहलने की जगह राम मनोहर पार्क के घने पेड़ के नीचे जाकर बैठ गए। पसीने से टकराकर सुबह की हवा तन को अजीब-सा सुख देने लगी। उन्होंने आँखें बंद कर लीं। पूरे शरीर में शांतिमय लहरें दौड़ जैसे ख़ून की उत्तेजना को कम करने लगीं। उँघाई-सी आने लगी तो वह पेड़ की उभरी जड़ को तकिया बना हरी घास पर पसर गए। भरपूर झपकी के बाद जो आँख खुली तो देखा, पत्तियों के बीच से सूरज की नरम किरणें झाँक रही थीं। उन्होंने हरे छत्तुर के जाल को ताका।

'कितनी शाख़ाएँ, कितनी पत्तियाँ, कितनी कोंपलें—सिर्फ़ एक वृक्ष में !' मन में मृगछौना जैसे दौड़ गया। चेहरे पर मुसकराहट उभरी। आँखों में चमक, मोटे तने के खुरदुरेपन पर हथेली जमा उठे, फिर ऊपर घने पेड़ को निहारा और घर की तरफ़ चल पड़े।

राम मनोहर त्यागी का मन-मस्तिष्क बहुत हलका था, जैसे पत्ते पर ठहरी ओस की बूँद। ऐसा तरोताज़ापन उन्हें कभी विद्यार्थी जीवन में महसूस हुआ था जब वह कुछ नया सोचते थे, नया कुछ पढ़ते थे, नया कुछ कहते थे, नया कुछ लिखते थे—एफ०आई०आर० के अलावा ! हाँ, उन्होंने कभी कविताएँ भी लिखी थीं। पुलिस की नौकरी ने उन्हें कितना जड़ बना दिया ! और अब कुछ याद नहीं आ रहा है, वह पंक्तियाँ क्या थीं ? कुछ याद नहीं⋯ज़ेहन में लय फिसल रही है, मगर शब्द वह नहीं पा रहे हैं⋯भाव अलबत्ता पकड़ में आ रहे हैं⋯हाँ-हाँ, याद आया, कविता कुछ यूँ थी :

'इनसान बुनियादी रूप से एक वृक्ष ही तो है/जो पहले-पहल अंकुर के रूप में फोड़ता है दो कोंपलें/कोंपलें बन जाती हैं जब कोमल शाख़/तक शाख़ों से फूटती हैं अनेक पत्तियाँ/शाख़, टहनी, पत्तियों के संग सबको बाँधे रखता है तना/जैसे धरती बाँधती है अनेक इनसानों को/जो रंग, भाषा, धर्म में होते हैं अलग-अलग।'

राम मनोहर त्यागी जब मस्त-मस्त-से घर के पास पहुँचे तो बेटे को दरवाज़े के बाहर खड़ा देख चौंके। आज उन्हें समय का ध्यान नहीं रहा। धूप फैल चुकी थी।

"कहाँ रह गए थे, पापा ?" बेटे की आवाज़ में चिंता का पुट था।

'रह नहीं गया था बल्कि वापस लौटा हूँ अपने में एक नई ज़िंदगी जीने के

लिए।' राम मनोहर त्यागी को ऐसा कुछ जवाब बेटे को देना चाहिए था, मगर वह तो भूली-बिसरी कविता की पंक्तियाँ मन ही मन दोहराते अंदर चले गए।

अवाक् खड़ा धुरेंदर पिता के खिले चेहरे और तेज़ चाल को देख समझ नहीं पा रहा था कि आख़िर पापा को हुआ क्या है। किसी अपराधी से अब मुलाक़ात होना तो नामुमकिन है; फिर···फिर यह परिवर्तन किस मौसम की पूर्व सूचना है ?

पाँचवाँ बेटा

अमतुल पर सुबह से झुँझलाहट सवार थी। बात-बेबात वह चीज़ें पटककर अपना ग़ुस्सा उतार रही थीं। अब गुसलख़ाने की मुँडेर पर बैठा काँव-काँव करता कौआ उनको तैश दिला गया और आव देखा न ताव, पैर की जूती निकाल ज़ोर से निशाना साधा…चल-मर कमबख़्त ! बेसुरे राग अलापने को मेरी ही मुँडेर मिली थी तुझे ! कौआ चोट खा नीम के पेड़ पर जा बैठा; मगर काँव-काँव नहीं छोड़ी और न अमतुल ने उसको कोसना।

पिछले कई दिनों से अमतुल को फ़िक्र लगी थी कि मोहर्रम का महीना सिर पर है और काम करने वाले रहमान का कहीं पता नहीं है। बात इमामबाड़े की न होती तो वह सज्जन या सूरज, किसी को भी बुला लेतीं। माना कि आने वाले महीने लपलपाती धूप के होंगे, मगर बादलों का क्या ठीक, कब बरसा दें रहमत की बारिश और अमतुल का सारा बदन इस ख़याल से गनगना उठा कि सजे ताज़िया और अलम का क्या हाल होगा पानी से भीगकर ?

"अत्तो ख़ाला…" खुले दरवाज़े की कुंडी खड़क उठी।

अमतुल की बेताब नज़रें टाट के झूलते परदे की तरफ़ उठीं, जहाँ पर एक ही साया खड़ा नज़र आया। चेहरे की ख़ुशी पल-भर में निराशा में बदल गई। तो भी बेताबी से पूछ बैठीं, "मिला था रहमान ?"

"मिला था, ख़ाला, कुँवर साहब के यहाँ चिनाई का काम करवा रहा है। बोला, फुरसत नहीं है।"

"बौरा गया है क्या ?"

"अब वह ठेके पर काम लेने लगा है। उसके नीचे पाँच बेलदार काम कर रहे थे।"

"तुमने बताया था कि इमामबाड़े की छत की हालत ठीक नहीं है?"

"कहा था, ख़ाला, वह तो छाता लगाए कुरसी पर बैठा था। पान चबाने से उसे फुरसत कहाँ थी जो जवाब देता ! सच जानो, हमको बहुत बुरा लगा। अब हम उसे बुलाने दोबारा नहीं जाएँगे।"

अमतुल के चेहरे पर बेबसी के बादल घिर आए। दिल में हूक उठी कि चार पहाड़-से लड़के जनकर भी उन्हें कौन-सा सुख मिला। किसी भी लड़के को न माँ की फ़िक्र है, न दीन व मज़हब की, बस नौकरी करे जा रहे हैं। महीने में भेजे मनी-ऑर्डर क्या मेरा अकेलापन दूर कर सकते हैं ? क्या इस रहमान बेलदार का दिमाग़ सीधा कर सकते हैं जो सौ बार बुलाने पर भी न आया ?

"देखो ख़ाला, चिंता की बात नहीं, हम काम करने को तैयार हैं। जब ज़रूरत पड़े, बुला लेना।" इतना कहकर सुलाखी चला गया। वह इससे ज़्यादा कुछ कह भी नहीं सकता था। उसे बचपन से पता था कि ख़ाला को उसका पड़ोस भाता है, मगर इमामबाड़े में हाथ लगवाना अच्छा नहीं लगता है।

अपने में कुढ़ती अमतुल छुट्टे पायजामे में हिलती-डुलती इमामबाड़े की चौखट पर पहुँचीं और उसके किवाड़ खोले। चूहों ने बल्लियों में घुड़दौड़ मचा कुछ मिट्टी के टुकड़े नीचे गिराए। कमरे की बत्ती जला उन्होंने सूने इमामबाड़े को देखा। तख़्त पर मिट्टी के ढेलों के साथ चूहों की गंदगी पड़ी थी। कोने से फूल झाड़ू उठा उन्होंने तख़्त बटोरा और कूड़ा काग़ज़ के टुकड़े में उठा चूहों को जी भरकर सलवातें सुनाईं—झाड़ू फिरे, जाने क्या कुतरने यहाँ आते हैं। चालाक ऐसे कि चूहेदानी की रोटी देख मुँह फेर लें।

अमतुल को अरमान था कि इमामबाड़े और दालान की छत पक्की हो जाती। पहले हाथ तंग था, ऐसी बातें सोच नहीं सकती थीं। लड़कों ने हर बार माँ से वायदा किया, मगर पिछले पाँच वर्षों में कोई भी ऐसे मौसम में माँ से मिलने नहीं आया जब छत डाली जा सकती थी। बात अगले मौसम के लिए टल जाती थी। इस बार खुद हिम्मत की तो निगोड़ा रहमान बेलदार ठेकेदार बन बैठा। कैसी अनहोनी सुनने में आती है। चारों तरफ़ अरसे से कोई बात उनके कान में नहीं पड़ी जो मुनासिब लगती और जिसको सुनकर उनका जी खुश हो जाता।

कमरे का दरवाज़ा बंद कर, कुंडी लगा अमतुल बाहर आईं। कूड़े की पुड़िया फेंक हाथ धोने बैठीं तो उँगलियों पर हिसाब लगाया कि अब तो मरम्मत का वक़्त भी नहीं बचा है। हिसाब से मोहर्रम के चाँद को परसों हो जाना चाहिए। हाथ पोंछ दालान के कोने में रखा लकड़ी का बक्स खोला और धूप में पड़े खटोले पर बक्स से निकली गठरी खोल दी। पगड़ी, पटका, चादर सफ़ेद मलमल पर फैला दी। अब अमतुल का दिल इमामबाड़े की सजावट की तरफ़ मुड़ गया था। मन ही मन उन्होंने फ़ैसला ले लिया था कि अब वह किसी के आसरे बैठने वाली नहीं हैं, खुद चूना

भिगोएँगी और जहाँ तक हाथ जाएगा, कमरा पोत लेंगी। आख़िर सरफ़राज की लड़कियों ने मिल-जुलकर पिछली मोहर्रम में पूरा घर नहीं पोत डाला था।

मोहर्रम का चाँद हो गया था। औरतों ने चूड़ियाँ बढ़ा, नाक की कील छोड़कर कान, गले, पैर, हाथ के सारे ज़ेवर उतार दिए थे। तसलों में हरा-काला रंग घुल गया था, जिसमें कपड़े रँग-रँगकर अलगनी पर फैलने लगे थे। अमतुल की मदद करने बड़ी बहन शाहेदा की पोती रौनक़ कानपुर से आ गई थी। अब दोनों दादी-पोती इमामबाड़े को धो-पोंछकर तख़्त पर बिछी सफ़ेद चादर पर 'ज़री' रख रही थीं। उसके छोटे दरों और खिड़कियों पर कुमकुमे लगा रही थीं।

लकड़ी के डंडे पर उभरी खूँटियों पर अलम लगा उसकी गरदन पर पटका लगाते हुए पोती ने दादी से पूछा, "दादी, आपने यह सब बनाए हैं ?"

"कभी दादी जवान थीं, पटापटी, जाली और लचके का काम चुटकियों में कर डालती थीं। अब की लड़कियों को न कोई शौक़ है, न उमंग, बस किताबें खोले बैठी रहती हैं।"

चाँद रात थी। इमामबाड़ा सजना ज़रूरी था। उसके बाद 'मातम' होना था, जिसके लिए उन्होंने सलमान हलवाई के यहाँ से दो किलो बालूशाही दोपहर को ही मँगवा ली थी, वरना शाम तक तो उसकी दुकान पर लूट मच जाती है। मक्खियों तक को मिठाई का दाना नसीब नहीं होता है। पटकों और ताबूत की चादर में इत्र लगा अमतुल ने सजे इमामबाड़े को नज़र भरकर देखा और कमरे से बाहर निकल दरवाज़ा भेड़ दिया। अब दालान में फ़र्श बिछाना बाक़ी था। काम से निबटकर दोनों ने खाना खाया। फिर अमतुल ने पानदान खोल भुने नारियल, छालिया, धनिया और लौंग की पुड़िया बाँधनी शुरू कर दी। दो माह न सही, कम से कम दस दिन तो आदमी हुसैन का ग़म मनाए और पान से होंठ-मुँह लाल न करे। पुड़िया बाँधते-बाँधते अमतुल को एकाएक ध्यान आया कि कहीं बादल टप-टप बूँदें बरसाने आ गए तो ? घबराकर आसमान ताका। उस पर तारे खिले थे। अमतुल अपने इस तरह हौलने पर खुद हँस पड़ीं। याद आया उनको अपने मियाँ का कहना, 'बहुत सोचती हो तुम, अमतुल ! जो नहीं है उसको भी देख लेती हो !'

"दादी, मैं तैयार हूँ।" चोटियाँ गूँथ पोती बोली।

"बस उठती हूँ।" कहकर अमतुल ने नन्ही-नन्ही पुड़ियों से भरी छोटी-सी पीतल की ट्रे उठाई और दालान में बिछे फ़र्श के बीचोबीच आने वाली बीबियों के लिए रख दी।

टॉर्च लेकर दोनों दादी-पोती घर से निकलीं। सुलाखी बेलदार के घर के सामने

से गुज़रती हुई जब ज्योति कहारिन के घर के पास पहुँचीं तो उन्हें आता देख रमज़ान के इक्के की घोड़ी हमेशा की तरह ज़ोर से हिनहिनाई और इससे पहले कि अमतुल अपना छुट्टा पायजामा समेटतीं, उन पर पेशाब की छींटें पड़ चुकी थीं। दोनों दादी-पोती खिसियाई घर लौटीं और आधा धड़ 'गोता' कर दूसरे कपड़े पहन फिर निकलीं। इस बार सीधे न जाकर पानी की टंकी के पीछे से चक्कर काट बतूल बेगम के घर पहुँचीं। मातम ज़ोरों पर था। 'या हुसैन' की आवाज़ बाहर तक आ रही थी। जब वे आँगन में पहुँचीं तो दूसरा नौहा शुरू हो गया था। वे दोनों भी जाकर खड़ी हो गईं और लय में लय मिलाने लगीं।

आग बरसाती दोपहर में हरा-काला कपड़ा पहने औरतें, बच्चे, लड़कियाँ एक घर से दूसरे घर मजलिस में शरीक़ होतीं। औरतें पसीना और आँसू पोंछतीं, फिर बर्फ़ का पानी पीकर पंखे में लेट जातीं। कमर सीधी कर फिर अगली पड़ोसिन के घर जमा होतीं, भर्राए गले से बातें करतीं। पाँचवीं मोहर्रम तक आवाज़ इस क़ाबिल नहीं रह जाती थी कि सुनने वाला मर्द-औरत की पहचान करता। फिर बात भी अहम थी कि साल-भर में यही एक मौक़ा था जब औरतें खुलेआम, ढलती रात को घर वापस आतीं, आपस में मिलकर दुखड़े कहतीं और सुनतीं। जब हदीस शुरू होती तो कर्बला के दर्दनाक बयान को सुनकर उनके अंदर दबा दर्द का लावा फूट पड़ता। हुसैन के नाम पर ज़ानू पीट-पीटकर रोतीं और वह सबकुछ आँसुओं में बहा देतीं, जो साल-भर से अंधा कुआँ समझ अपने दिल में डालती रही थीं।

आज नवीं मोहर्रम थी। अमतुल आज के दिन 'खान' पर पाँच बख़्श की नज़र करवाती थीं। सुबह से हलुआ, पुलाव, क़बाब, कोरमा पकाने में लगी थीं। शीरमाल और खमीरी रोटी के लिए वह नानबाई को कहलवा चुकी थीं। गरमी के तपते महीने में बावर्चीख़ाने में पसीने से डूबी अमतुल सूजी भून रही थीं कि एकाएक ठंडी हवा का झोंका सारे बदन में सिहरन भर गया। अमतुल ने राहत की साँस ली। मगर जब यह हवा बराबर उनके पसीने को सुखाने लगी तो उन्होंने मुड़कर देखा, शाम उतर आई थी। सात बजे नज़र होती। उनके हाथ जल्दी से पतीली में पड़ी कफगीर को घुमाने लगे। तभी बिजली-सी चमकी और बादल गरजा।

"इलाही ख़ैर करना," गरम पतीली चूल्हे पर से उतार अमतुल जले पैर की बिल्ली की तरह बदहवास दर पर आन खड़ी हुईं। दोपहर की गरमी और फिर अंधड़ ने जाने कहाँ से काले-काले मेघ बुला लिए थे। अमतुल को काटो तो ख़ून नहीं।

एकटक आसमान को ताकती खड़ी रह गईं। अंदर से हर धड़कन जैसे पूछ रही हो, अब क्या होगा ? अब क्या होगा ?

"आज का दिन गुज़र जाने दो, माबूद···कल जितना चाहे, बरसना। आज नबी की शब है। हुसैन एक दिन के मेहमान हैं। कल सुबह तो इमामबाड़ा बढ़ाना है ···तुझे तेरे प्यारे हुसैन की प्यास की क़सम है।" कहती हुई अमतुल वहीं आँगन में दोज़ानू हुईं, फिर सिजदे में गिर गईं।

'टप-टप' मोटी-मोटी बूँदें उनके काले दुपट्टे से ढके सिर और पीठ पर गिरने लगीं। अमतुल तड़पकर उठीं और शिकायत-भरी नज़रों से उन्होंने आसमान को ताका। ख़ामोशी पल-भर में आँसू बन आँखों से टपकने लगी। मूसलाधार बारिश को खड़ी ताकती, हारी-सी अमतुल में इतनी ताक़त नहीं थी कि वह अंदर इमामबाड़े को खोलकर देखतीं कि बारिश की बूँदें अंदर दाख़िल हुई हैं या नहीं।

बादल की गरज और बिजली की तड़प से बच्चों के दिल दहले जा रहे थे। बड़ी-बड़ी बूँदें तो पक्के मकान के प्लास्टर उखाड़ देती हैं, यह तो फिर गरमी-सर्दी सहे बोसीदा मकान था जिसकी मिट्टी को गलते-बहते कितनी देर लगेगी। दालान में टपकते हिस्सों के नीचे पतीली रख अमतुल को जितनी दुआएँ मुसीबत की घड़ी टालने वाली याद थीं, वह पढ़ रही थीं। भय और अपमान के अहसास से अधमरी आवाज़ गले से बड़े मद्धिम सुरों से निकल रही थी। पोती दोनों तकिये कानों पर लगाए बिजली की चमक से ख़ौफ़ज़दा बिस्तर पर औंधी पड़ी थी। बादल के घड़घड़ाने के बीच अमतुल को एकाएक लगा जैसे उन्हें किसी ने पुकारा हो।

"अत्तो ख़ाला ! ओ अत्तो ख़ाला !···"

"हाँ-हाँ, कौन है भाई ?" दुआ जल्दी से ख़त्म कर उन्होंने खड़े होते हुए पूछा।

"हम सुलाखी ! इमामबाड़े की छत पर तिरपाल डाल रहे हैं। इधर से दबा दिया है। इधर से खंभे में बाँधना है। अब परेशानी की कोई बात नहीं है।"

'सुलाखी, इमामबाड़े की छत पर !' अमतुल के सारे बदन के रोंगटे खड़े हो गए। मुँह ही मुँह में बड़बड़ाईं, "यह क्या कर डाला इस सिरफिरे ने ! मेरी मिट्टी पलीद कर दीन-दुनिया तबाह कर डाली।"

"चलो, एक चिंता तो ख़त्म हुई।" सुलाखी ने दूसरी तरफ़ से निबटकर कहा। फिर हाथ आकाश की ओर उठाकर ज़ोर से चीख़ा, "खूब बरसो झमाझम ऊपर वाले ! प्यासी धरती दुआ देगी।"

"तू क्यों चढ़ा था वहाँ ? किसने कहा था ?" अमतुल पर गुस्से का दौरा पड़ चुका था। सुलाखी जो इधर उतरता तो कौए की तरह उसे एक नहीं, दो चप्पलों की

चोट याद आ जाती; मगर वह छत पर खड़ा छोटे-से इमामबाड़े को भीगने से बचाने की कोशिश में जुटा पानी-बिजली से मुक़ाबला कर रहा था। उस तक अमतुल की आवाज़ नहीं पहुँच रही थी।

तूफ़ान घंटे-भर बाद ठहर गया, मगर अमतुल का दिल शंकाओं से भर उठा। सारी रात पलक नहीं झपकी। पाक-नापाक का वसवसा उन्हें घुलाने पर तुला था। अल्लाह-अल्लाह करके पौ फटी, मगर बूँदाबूँदी नहीं रुकी। इमामबाड़ा बढ़ाना था। आशूरे का दिन था। चूल्हा जलना नहीं था, न हलक़ से कुछ उतरना था। कब तक और कितनी दुआएँ पढ़तीं अमतुल, सो मजबूर होकर इमामबाड़ा बढ़ाने उठीं। दस बजे ताज़िया दफ़न होना है। सुलाखी की नादानी और अपनी मजबूरी ख़ुदा से कहती इमामबाड़े तक पहुँचीं और इस ख़याल से उन्होंने दरवाज़ा खोला कि कमरे में घुटनों तक पानी भरा होगा। ज़री भीगकर उसमें तैर रही होगी और पटका अलम भीगा-पोचा खूँटिये से लटक रहा होगा। उन्होंने बंद आँखें खोलीं और धक-से रह गईं···लोबान की महक से इमामबाड़ा भरा था। अलम जगमगा रहे थे। पटके सूखे थे। ज़री की पन्नियाँ उसी तरह सही सालिम झिलमिला रही थीं। अमतुल गद्‌गद हो उठीं। इमामबाड़े की बलाएँ ले हाथों की उँगलियाँ कनपटी के पास ले जाकर फोड़ीं और ज़री को चूमकर बोलीं, "मौला, तेरी क़ुदरत के सदक़े ! तूने अपनी इस बंदी की लाज रख ली।"

"दादी ! वंडरफुल, दादी ! सुलाखी के तिरपाल ने सबकुछ बचा लिया।" पोती इमामबाड़े में दाख़िल हो ख़ुशी से चहकी, क्योंकि पानी से भरी पतीलियों को फेंकते-फेंकते वह कल से बोर हो चुकी थी।

"उस नामुराद का नाम मत लो मेरे सामने !" अमतुल ने पोती को झिड़का। उनका दिल ख़ुदा के क़हर से सहमा हुआ था। बंदों की ग़लतियों की सज़ा तो ऊपरवाला देता है।

"दादी, एक तो उसने काम किया और आप हैं कि···" पोती ने मुरझाए गजरों को उतारते हुए हैरत से कहा।

"तुम अपने बाप वाली बातें मुझसे न करना।···दोस्ती-प्यार अपनी जगह, दीन-ईमान अपनी जगह।" अमतुल ने ज़री पर पड़ी ख़ाक को काग़ज़ पर समेटते हुए कहा।

"आपका गुस्सा रहमान पर है या सुलाखी पर ?" पोती ने पटके तह करते हुए पूछा।

"दोनों पर।"

"यानी कि एक की नेकी और दूसरे की लापरवाही को आँकने का आपके पास एक ही पैमाना है, दादी !" पोती ने हैरत से पलकें झपकाईं।

"पैमाना मेरा बनाया हुआ नहीं है, बल्कि पुरखों के वक़्त से चला आ रहा है।"

"दादी, अब इस दौर में पेट की वजह से रहमान अगर कुँवरपाल के घर काम कर रहा है तो सुलाखी हर हाल में आपके घर का काम करेगा, इस हक़ीक़त से आप कैसे आँख बंद कर सकती हैं ?"

"तभी तो ज़माने में आग लगी है, जो हर धान सत्ताईस रुपए सेर बिक रहा है।" अमतुल ने बात ख़त्म करने के लहजे में कहा। पोती ने दादी का चेहरा देखा और मुसकराकर मलमल की गठरी बाँध लकड़ी के बड़े बक्स में रखा। सूखे गजरों का थैला इमामबाड़े की चौखट पर रख अमतुल ने गहरी साँस ली।

दूर गली से अलविदाई दस्ते के गुज़रने की आवाज़ नज़दीक आती सुनाई पड़ी। अमतुल की आँखें भर आईं। आज हुसैन घर से रुख़सत हो रहे हैं। सूखे गजरों का थैला उठा वह दरवाज़े तक आईं कि कर्बला जाने वालों के हवाले कर दें, ताकि ताज़िया के साथ यह भी दफ़न हो जाए।

दस्ता गुज़र जाने के बाद हर साल की तरह ननकू पासी, भोला जुलाहे और ज्योति कहारिन के घर की औरतें-बच्चों के लिए 'ख़ाक' लेने पहुँच गईं। अमतुल ने पुड़िया खोल चुटकी भर-भरकर लोबान और अगरबत्ती का गुल उनमें बाँटा, जो किसी ने बच्चे को चटा खुद माथे-सीने पर लगाया, किसी ने उसे काग़ज़ पर सँभाला।

"सुलाखी के बेटवा के लिए भी दे देव, ख़ाला।" ज्योति कहारिन की बहू बोली।

"क्यों ? उसके बहू के पैरों में मेहँदी लगी है क्या ?" रूठे स्वर में अमतुल बोलीं।

"ख़ाला की बात।" बूढ़ी पासिन हँस पड़ी।

"अरे ख़ाला, उसका हाल-बेहाल है। रात को क़हर टूटा था। उसी में भीग गया। जाने कहाँ काम पर गया था। अब बुख़ार से तप रहा है।"

"कहती तो ऐसे हो जैसे चना डाल दो तो भुन जाए !" कहने को सख़्त बात अमतुल कह गईं, मगर चढ़ी तेवरी ढीली ज़रूर पड़ गई। मगर दिल में एकाएक हौल समाई कि कहीं सुलाखी को 'बेअदबी' की सज़ा तो नहीं भुगतनी पड़ेगी। पोती ने गहरी नज़रों से दादी को ताका, जहाँ तनी कमान टूटने का भाव नाच रहा था। औरतें 'ख़ाक' लेकर चली गईं। उनका विश्वास अमतुल के इमामबाड़े पर है। उसके इमाम पर भी है, तभी तो वह मन्नतें माँगती, चढ़ावे चढ़ाती हैं; मगर अमतुल ⋯? अमतुल

ने घबराकर पोती की तरफ़ देखा, फिर सिर झुका लिया। उनके चेहरे पर पीलापन उतर आया था।

दिन निकल आया था। धूप भी खिल उठी थी। उमस ग़ज़ब की थी। कर्बला से मर्द घर लौट आए थे। हुसैन की शहादत का दिन था। सुबह से सब बिना खाए-पिए थे। चूल्हा भी ठंडा पड़ा था। अमतुल ने घड़ी देखी, दो बज रहे थे। दुआ की किताब बंद कर उन्होंने बावर्चीख़ाने का रुख़ किया। काली मूसर की भीगी दाल को चूल्हे पर चढ़ा चौलाई का साग काटने बैठ गईं। पोती भी सुस्त-सी आकर चावल धोने लगी।

"दादी, सबके घर आज के दिन यही खाना क्यों पकता है ?"

"तुम सवाल बहुत पूछती हो !" कहकर अमतुल ने साग छौंका।

"समझ गई, पुरखों के ज़माने से चला आ रहा होगा।" ठंडी साँस भर पोती धीरे से बोली।

अमतुल किसी गहरी सोच में थीं। उन्हें भी तो एक सवाल बचपन से परेशान करता रहा है कि दसवीं को सारे दिन भूखे रहने के बाद हुसैन की शहादत के बाद खाना क्यों चार बजे खाया जाता है ? क़ायदे से तो 'शहादत' के बाद 'फ़ाक़ा' करना चाहिए। मगर इस सवाल को पूछने की हिम्मत उनमें नहीं थी, अब एक नया सवाल उन्हें मथ रहा था।

'सुलाखी ने पड़ोसी का फ़र्ज़ निभा दिया। इमामबाड़ा भीगने और बरबाद होने से बच गया, यह तो ख़ुश होने वाली बात है, फिर मैं क्यों अनहोनी से डर रही हूँ ?'

दोपहर ढल रही थी। दस्तरखान पर तीन डोंगे और दो तश्तरियाँ रखी हुई थीं। दादी-पोती आमने-सामने बैठी थीं। अमतुल को जाने क्यों सुलाखी याद आ रहा था। प्लेट में खाना निकाल जैसे ही पहला लुकमा तोड़ा तो कान बज उठे...'ख़ाला, अत्तो ख़ाला ! अब परेशानी की कोई बात नहीं है।'

बचपन में सुलाखी की माँ और अमतुल में बड़ी दोस्ती थी। चचा के घर शादी हुई, सो मायका-ससुराल एक घर में रहा और बिनती का साथ न छूटा, जो उनके घर सुबह से रात तक जमी रहती थी। बिनती ब्याह के साल-भर बाद जब विधवा होकर मायके लौटी तो फिर गुइँयापा दर्द का रिश्ता बना बैठा। जब बिनती को साँप ने काटा उस वक़्त सुलाखी छह महीने का था। उनकी गोद भी हरी थी। स्तन दूध से भरे थे। रात को जब बिनती की चिता ठंडी पड़ी तो हलकान होते सुलाखी को

वह नहीं देख पाई थीं और बिना सोचे-समझे गोद में लिटा उसका पेट भरा था। अपने बेटे का पेट काट वह रात को सुलाखी को गोद ज़रूर लेतीं; मगर ग़रीब का बेटा जल्द ही रोटी खाना सीख गया। बिनती के मरने के बाद वह भी विधवा हो गईं। क़स्बे के स्कूल में पढ़े चारों लड़के शहर में नौकरी पा गए और वहीं के हो गए। अब हाँके-पुकारे को बचा था सखी का लड़का सुलाखी···मुँह की तरफ़ बढ़ा निवाला वापस अमतुल ने प्लेट में रख दिया। उनका दिल बिगड़ने लगा। कुछ देर चुपचाप बैठी रहीं, फिर बटुआ बक्स से निकाल पुड़िया ले आगे बढ़ीं।

"खाना छोड़कर कहाँ जा रही हैं, दादी ?" भूखी पोती मिनमिनाई।

"तुम खाना खाओ, मैं अभी आई।"

सुलाखी के घर की चौखट पर जब अमतुल पहुँचीं तो उसके माथे पर ठंडे पानी की पट्टी उसकी पत्नी रख रही थी। पास के खटोले पर कथरी पर उसका बेटा मुँह में चुसनी लगाए सो रहा था।

"ख़ाला, तुम यहाँ !" चौंक उठी सुलाखी की पत्नी।

"बुखार तो बहुत तेज़ है।" अमतुल ने माथे पर हाथ रखा।

अमतुल कुछ देर खड़ी रहीं, बेचैन, परेशान-सी, फिर कुछ सोचकर उन्होंने ख़ाक की पुड़िया निकाल, उसे चुटकी में भर, सुलाखी के माथे और सीने पर लगा, उसका बाज़ू पकड़ मुँह ही मुँह में कुछ दुआ पढ़कर दम की। फिर धीरे से बोलीं, "अल्लाह ने चाहा तो बुख़ार फ़ौरन उतर जाएगा।"

"सुबह से दो बार चक्कर लगा चुके हैं अवतार पनवाड़ी कि काम का हरजा हो रहा है। भला तुम्हीं बताओ, ख़ाला, ऐसी हालत में यह कैसे जाएँ ?"

"कहीं और काम पकड़ने की ज़रूरत नहीं है। यह लो रुपए। जैसे ही बुख़ार उतरे, सुलाखी से कहना, कमरे और दालान पर पक्की छत अब पड़ जाए। चहल्लुम आते कितनी देर लगेगी ! अच्छा, मैं फिर आऊँगी।"

"वह तो कब से चिंता में डूबे रहे। आपको दुखी देख उनका मन ख़राब हो जाता है। कल दौड़कर गए, कल्लू के घर से तिरपाल उठाकर ले आए और···"

अमतुल ठहरीं नहीं, तेज़ क़दम से वापस आईं। अब उन्हें बड़ी ज़ोरों की भूख लग रही थी। दस्तरखान पर बैठ जल्दी-जल्दी निवाला निगलने लगीं।

हाथ धोते हुए पोती ने उन्हें देखा और हैरत से पूछा, "क्या हुआ, दादी ?"

"कुछ नहीं।" गरदन हिलाकर जवाब मिला। पोती को अपनी दादी से प्यार है, मगर उनकी कुछ बातें उसे परेशान कर देती हैं। उसकी नज़र में तो सारे इनसान

एक जैसे हैं, फिर…?

शबे आशूरा का प्रोग्राम लखनऊ ने आने वाला है। सारे घर की बत्ती बुझाए दादी रेडियो सुन रही हैं। मुँह पर दुपट्टा रख फूट-फूटकर रोती हैं, "मासूम असग़र को भी ज़ालिमों ने पानी न दिया, हुसैन को धोखे से बुलाकर…"

पोती ग़ौर से दादी को देखती है, परेशान होती है कि चौदह साल पुराने ग़म पर इस तरह दादी पिघल जाती हैं, मगर…

भोली-भाली पोती को क्या पता कि हर चीज़ के बदलने का एक समय होता है। तभी तो अमतुल अपनी नादानी से शर्मिंदा हो पुराने ग़म में नया ग़म मिला रही हैं, जिनके चार लड़के शहर की भीड़ में खो गए हैं। उन्हें ढूँढ़ने में उन्हें होश ही न रहा कि पाँचवाँ जो पास में है, उसे समझतीं। अब शुक्राने के इन आँसुओं को पोती नहीं समझ सकती। अभी उसकी उम्र ही क्या है !

बड़े परदे का खेल

जब मैं उसके साथ घने पेड़ों की छाँव में टहल रही थी तो इस बात का क़तई गुमान न था कि मेरे अलावा उसका जुड़ाव कई और नामों से होगा। मैं संबंधों के प्रति अपनी ज़िम्मेदारी जानती थी; मगर वह इतना ग़ैरज़िम्मेदार साबित होगा, इसका अहसास मुझे नहीं था। होता भी कैसे ? वे सारे नाम तो बाद में कहानियों के ज़रिए उसने ख़ुद खोलकर रखे थे। यह उसका जीने का अंदाज़ था, जिसको उसने ईमानदारी का नाम दिया था। उसका कहना था कि वह किसी का हक़ नहीं छीनता है; न किसी से छीनकर कुछ किसी को देता है। सबकी अपनी-अपनी जगहें हैं। जो आ गया वह रह गया। उसको मैंने सँजो लिया। सबके लिए मेरे पास एक-सी भावना है, न कम, न ज़्यादा! मैं किसी को न निराश करता हूँ, न उदास। भरपूर तरीक़े से मैं सबके साथ जीता हूँ। मेरे पास समय की कोई कमी नहीं है।

उसकी यह लनतरानी सुनकर मैं चौंक पड़ी। मैं मझधार में खड़ी थी। वहाँ ठहरना भी मुझे बेईमानी-सी लग रही थी। जब उसके पास संबंधों की भीड़ थी तो मेरा वहाँ ठहरना क्या मुनासिब होगा ? मेरा फ़लसफ़ा अंतरंग संबंध में 'जोड़े' का था, मगर सामाजिक एवं मानवीय स्तर पर विस्तार का। उसको मेरा दर्शन स्वीकार नहीं था, मुझे उसका। सो उसने मुझे संकीर्ण मानसिकता का ख़िताब दे डाला, जहाँ दूसरों को सहन न कर सकना मेरी तंगदिली का आईना था। मैं ख़ामोश रह गई। अकसर मैं शब्दकोश उठाकर उसमें 'हरजाई' शब्द का अर्थ पढ़ती और सोचती, यदि यह शब्द अपनी सार्थकता खो चुका है तो फिर इसका यहाँ रहना क्या उचित है ? यदि वहाँ रखना चयनकर्ता की मजबूरी है तो फिर उसका अर्थ वह भी होना चाहिए जो राज कहता है। मेरे लिए यह चिंतन का विषय बन गया था कि दो प्रेमियों के बीच निष्ठा का क्या पैमाना होना चाहिए ? क्या मैं सचमुच आदर्श संबंध की खोज में रूढ़िवादी परंपरा की समर्थक हूँ ? यदि हूँ तो फिर इस भँवर से मैं अपने को कैसे आज़ाद करूँ ? माना कि प्रेम ने अपना लंगर मेरे वजूद में डाल दिया था, मगर वे सारे नाम-चेहरे मुझे अकसर रात को कोंचते थे कि मैं उनका विस्तार बनी। और इस ख़याल से मेरी आँखों की नींद उड़ जाती जब मुझे यह भय खाने को दौड़ता कि यदि

मैं ठहर गई तो मेरे बाद आने वाला नाम क्या मुझे सहन हो सकेगा ? मुझे मझधार से निकलना होगा—हर हालत में, हर क़ीमत पर। ऐसे प्रण मैं रोज़ रात को लेती और सुबह फिर हालात का शिकार बन जाती। राज का फ़ोन आता और मैं कॉलेज के बाद उसके बताए किसी रेस्तराँ में जा बैठती।

"राज, मेरी शादी तय हो रही है।" मैंने एक दिन मिलने पर उससे कहा।

"तो कर लो, माँ-बाप का दिल दुखाना क्या उचित होगा ?" राज का सहज-सा जवाब था।

"तुम्हारा नहीं दुखेगा ?" मैंने ताज्जुब से पूछा।

"दुखेगा। आख़िर मैं भी इनसान हूँ। रोज़ ऑफ़िस से निकलकर मैं तुमसे इस तरह मिलने नहीं आ सकता; मगर..."

"तो फिर कुछ करो न !"

"तुम्हारी याद मेरे पास सदा रहेगी। जब कभी तुमसे मिलूँगा तो इसी गरमी से मिलूँगा। मेरे ऊपर विश्वास रखो, मैं कुछ भी छोड़ने और भूलने वाला इनसान नहीं हूँ।"

"मुझसे शादी कर लो।" मेरे मुँह से निकल गया।

"यह कैसे मुमकिन है ? तुम जानती हो, मैं शादीशुदा हूँ। यह शादी मेरी इच्छा के विरुद्ध हुई थी, जब मैं मात्र उन्नीस वर्ष का था। उस अत्याचार के प्रति मेरा क्रोध शांत नहीं हुआ है, तो भी माँ-बाप को मैं दुःख नहीं दे सकता दूसरा विवाह करके। आख़िर उनकी मान-मर्यादा भी तो है इस समाज में...रहा मेरी धर्मपत्नी का प्रश्न, तो वह संयुक्त परिवार में रच-बस चुकी है। उससे मैं मिलूँ या न मिलूँ, मुझे वह सुख दे या न दे, अब ये प्रश्न मेरे लिए प्रश्न नहीं रह गए हैं। मेरी समस्याएँ कुछ और हैं।" राज ने कुछ इस तरह की बातें करके मुझे ख़ामोश तो कर दिया था, मगर उसके शब्द मुझे लाजवाब नहीं कर पाए थे, बल्कि उसके चेहरे पर फैला भाव मुझे अंदर तक कुरेद गया कि उससे क्या कहूँ जो स्वयं अपने संबंधों का जाल बुन रहा हो। एक तरफ़ अच्छा बेटा और पति का ढोंग, दूसरी तरफ़ नए संबंधों को लगातार बनाने का जुनून।

जब मैं घर लौटी तो ड्राइंगरूम में घर के सारे सदस्य जमा थे। उन्होंने फ़ैसला कर रखा था कि आज वह मुझसे 'हाँ' करवाकर रहेंगे। मैं भावनात्मक रूप से टूटी हुई थी। राज से किसी तरह का समर्थन मुझे प्राप्त नहीं हो पाया था। होता भी तो क्या मैं उसकी जीवन-शैली में खप सकती थी ? वहाँ भी पीड़ा मुझे चैन न लेने देती कि

राज एक स्वतंत्र प्रकृति का व्यक्ति है। उसकी फैलती दोस्ती का दायरा तो बढ़ना ही था। सो मेरे सामने केवल एक रास्ता था कि मैं शादी के लिए 'हाँ' कर दूँ और प्रेम-भँवर से निकलकर घर-गृहस्थी में अपना सुख और खुशी तलाश करूँ। यह काम मेरे लिए बहुत मुश्किल था। मगर मेरे लिए और कोई चारा न था। सो माँ के कहने, बहनों के पूछने, भाई के तसवीर सामने रखने से पहले ही मैंने बुआ के कान में फुसफुसा दिया कि 'मम्मी-पापा जो चाहते हैं, करें। उनकी पसंद मेरी पसंद है।'

इस ख़बर से ड्राइंगरूम में खुशी का भूचाल आ गया। माँ ने प्यार किया, पापा ने सिर थपथपाया और बहनों ने शरारत में चुटकी काटी, भाई ने गाना गाया; मगर इन सबके बीच मैं अकेलेपन की तलाश में थी कि कब मुझे कमरे में जाने को मिले और मैं तकिए पर सिर रखकर फूट-फूटकर रोऊँ। पूछूँ उस भगवान् से कि मेरे साथ ऐसा क्यों हुआ ?

मेरे साथ जो होना था सो महीने बाद हो गया। विदा होकर मैं दूसरे शहर चली आई। यहाँ इस घर में मुझे बहुत कुछ मिला, मगर राज का ध्यान बुझे बराबर आता रहता। ख़ासकर उसका जीवन-दर्शन मुझे अपने पति की तरफ़ से शंकित कर देता था कि कहीं वे भी बाहर इस तरह के संबंध न जीते हों और मुझे अँधेरे में रखते हों। राज की 'मात्रा' वाली थ्योरी याद आती, जब वह बताता था कि मेरे संबंध मेज़ पर रखे उन ढेरों गिलासों की तरह हैं जो अपने-अपने सामर्थ्य के अनुसार अपने में तरल पदार्थ रखते हैं। कोई आधा भरा है तो कोई पूरा भरा है, कोई तलहटी में तलछट की तरह बचा हुआ है तो कोई छलक उठा है, और कोई बिलकुल ख़ाली है। अकसर मेरे मन में प्रश्न उठता कि उन गिलासों में से कौन-सा गिलास मैं हूँ ? अपने प्रेम की मात्रा को जानने की लालसा में जब भी मैंने राज को कुरेदा, उसका एक ही जवाब होता था, 'खुद को पहचानो। विश्वास की भी अपनी एक मूक भाषा होती है, जो आँखों से पढ़ी जाती है। मेरी आँखों में झाँककर मेरे दिल की धड़कन सुनो।'

"रमा, मैं आज देर से लौटूँगा, इसलिए रात के खाने पर मेरा इंतज़ार मत करना।" दिनेश ने नाश्ता करते हुए कहा।

"क्यों ?" मैंने चौंककर अपने पति दिनेश को देखा।

"मेरे देर से आने की बात सुनकर तुम सहम क्यों जाती हो ? घर में अकेले डर लगता है क्या ?" दिनेश हँस पड़े।

"नहीं तो, मैंने तो यूँ ही पूछ लिया।" इतना कहकर मैं हँस पड़ी।

"आज शाम एक मीटिंग है। मीटिंग के बाद रस्तोगी साहब के यहाँ डिनर है। तुम जानती हो कि रस्तोगी साहब कुँवारे अधेड़ हैं, तो उनके यहाँ दावत केवल मर्दों की होती है। यह बात मैं बताने वाला था, मगर तुम्हारा सहमा चेहरा देखकर हँसी आ गई।" दिनेश इतना कहकर उठे और वॉशबेसिन पर हाथ धोने चले गए।

मैं दिनेश से कुछ न कह सकी। कैसे कहती कि राज का साया मेरे सारे वजूद पर हरदम छाया रहता है। पता नहीं क्यों, एक तपकन-सी उठती रहती है, जो यह नहीं बताती है कि राज से दूर रहकर मैंने अच्छा किया या बुरा किया ? वह एक अच्छा इनसान था या धोखेबाज़ प्रेमी ? उससे कुछ मिलना भी न था तो भी मैं उस संबंध को कितनी दूर तक खींच लाई। आख़िर किसलिए ? तब भी अपने को पूरी तरह उससे मुक्त नहीं कर पाई थी और आज भी।

"कहाँ खो गईं ?" दिनेश ने खाने की मेज़ के पास आकर पूछा।

"कहीं नहीं।" मैं चौंक पड़ी।

"फिर यह गरम चाय ठंडी कैसे हो गई ?" दिनेश ने इस बार आँख के इशारे से पूछा। उसके इस शरारत-भरे अंदाज़ को देखकर मैं खिलखिलाकर हँस पड़ी।

दिनेश के जाने के बाद मैं घर के काम में व्यस्त हो गई। चाहती थी कि आज वह उपन्यास शुरू करूँ जो दिनेश ने कल ख़रीदा था। पहाड़-सा दिन और आधी रात मेरे हिस्से में थी, उसको काटना था। पढ़ने से बढ़िया और क्या दिल का बहलावा हो सकता था। अरसे बाद दिल पर छाई काली घटा हटी। गुनगुनाने का मन किया। पूरा घर मन लगाकर साफ़ किया। गुलदान के फूल बदले। पलंग पर नई चादर बिछाई। मन ही मन सोचने लगी कि मैं रोज़ इस तरह क्यों नहीं रहती हूँ। दिनेश के साथ भी मेरा व्यवहार अपरिचित जैसा रुका-थमा रहता है। क्या यह उचित है ? अभी मैं हाथ धो ही रही थी कि दरवाज़े की घंटी बज उठी। कौन हो सकता है इस समय ? आँचल से हाथ पोंछती हुई दरवाज़े तक जाती हूँ। खुले पट के पीछे एक लड़की खड़ी है—साँवली, छरहरे बदन की, गंभीर चेहरे वाली। मुसकराकर उसने हाथ जोड़े तो उसके चेहरे का भाव खिल उठा। मैंने सवालिया नज़रों से उसकी तरफ़ देखा।

"अंदर आने को नहीं कहेंगी ?"

"आइए।" मैंने उसको रास्ता दिया।

"मेरा नाम उषा है। आपके शहर की रहने वाली हूँ। यहाँ मौसी के घर आई थी। सोचा, आपसे मिलती चलूँ।"

"बैठिए, मैं पानी लाती हूँ।" इतना कहकर मैं अंदर गई। मन में ख़ुशी थी कि इस अजनबी शहर में कोई तो आया।

"लीजिए।" दो गिलास ट्रे में रख मैं फ़ौरन लौटी।

"शुक्रिया।" कहकर उसने ख़ाली गिलास मेज़ पर रखा, फिर मुसकरा दी। मैं भी मुसकरा दी। कुछ समझ में नहीं आया तो चुप्पी तोड़ने के लिए मैंने भी दूसरा गिलास जूठा करके वैसे ही भरा-भरा मेज़ पर रख उसके चेहरे को ताका।

"मात्रा की थ्योरी आप जानती हैं ?" उसने गहरी सोचती हुई आँखों से दोनों गिलासों को ग़ौर से देखते हुए कहा।

"मात्रा की थ्योरी ? मैं समझी नहीं !" एकाएक उसके इस सवाल से मैं चौंक पड़ी।

"बनिए मत। हम अजनबी ज़रूर हैं, मगर शत्रु नहीं। कुछ भी छुपाना एक-दूसरे से किसी तीसरे के लिए हानिकारक साबित हो सकता है।" उषा ने अजीब तेवर से यह बात कही।

"दोस्तों में पहेली भी बुझाना ग़लत है।" मैंने भी उसके तेवर के बराबर का तेवर अपनाया।

"आप राज मल्होत्रा को जानती हैं ?" उसने सीधे मेरी आँखों में झाँका।

"हाँ।" मैं उससे झूठ नहीं बोल पाई। उसमें अजीब तरह का ताप था।

"वह 'मात्रा की थ्योरी' के अतिरिक्त 'सँजोने' की अपनी ख़ूबी और सारे संबंधों को साथ लेकर जीने की बात करता था न आपसे ?"

"हाँ, मगर···" पहली बार मुझे भय महसूस हुआ।

"आपके विवाह हो जाने के बाद उसकी मुठभेड़ मुझसे हुई। शादी के नाम पर उसने अपनी मजबूरी बयान करते हुए जहाँ अपना 'दर्शन' बघारा वहीं आपका ज़िक्र किया कि आप कितना उसको प्यार करती थीं और उसके समझाने पर आपने विवाह किया। क्यों, सच है न यह सब ?"

"हाँ।" मैंने इक़रार में सिर हिलाया।

"आप सोचती हैं, उसको सबक़ सिखाना चाहिए ?"

"सबक़ !" मैं चौंक पड़ी।

"हाँ, वरना यह सिलसिला जाने कब तक चलता जाएगा। वह मानसिक बीमार है। यह बीमारी हम औरतों, लड़कियों के कारण जड़ पकड़ती जा रही है; क्योंकि हम यह सब कुछ ख़ामोशी से पी जाने पर मजबूर कर दी जाती हैं, जिससे ऐसे लोगों का हौसला बढ़ता है।"

"आप चाहती क्या हैं ?" मैं घबरा गई।

"कुछ ख़ास नहीं, तो भी मेरा प्लान आप लोगों की मदद के बिना कामयाब

होने वाला नहीं है।"

"कैसा प्लान ?" मैं सचेत होकर पूछ बैठी।

"राज कुछ छुपाते तो हैं नहीं, सो अपनी मर्दाना शान में उन्होंने अपने सारे संबंध 'मात्रा की थ्योरी' के संग मुझे बता डाले। मैं संवेदना के धरातल पर टूटी, संताप के गहरे गर्त में डूबी-उतरी भी और टूटने-बिखरने की जगह मैंने तय किया, जो मुझे मेरी भावुक ईमानदारी के कारण अपमानित कर रहा हो उसको ही न ऐसा मज़ा चखाया जाए कि आगे इश्क़ करना भूल जाए। सो मैं उसकी मित्र औरतों और लड़कियों से मिली। वे मेरी ही तरह कहीं अंदर ही अंदर ताव खा रही थीं; मगर अनेक तरह के भय के कारण वे राज से बनाए संबंध के प्रति उदासीन थीं। मुझे लगा कि वे अपने प्रति जवाबदेह नहीं थीं कि आख़िर वे मस्तिष्क पर गहरा बोझ लेकर क्यों अपना जीवन नष्ट कर रही हैं ? मानिए या न मानिए, प्रेम के नाम पर यह भावनात्मक हिंसा है, जिसके विरोध में अब मैं अकेले आवाज़ बुलंद नहीं कर सकती। इसलिए आप सबका साथ चाहती हूँ।" उषा का साँवला चेहरा आक्रोश से गुलाबी हो उठा था। आँखें अधिक गहरी और होंठ धीरे-धीरे काँप रहे थे।

"आप मेरा यह जीवन भी नष्ट कराना चाह रही हैं ? अभी जो बात पति नहीं जानते हैं वह भी जान गए तो जीवन नरक नहीं बन जाएगा क्या ?" मैंने माथे पर छलक आए पसीने को पोंछा।

"तो क्या आप नरक नहीं झेल रही हैं अभी ?" उषा के इस वाक्य ने मेरे दिल पर एक ज़ोरदार घूँसा मारा। न चाहने के बावजूद जाने कब से रुके आँसू भलभलाकर आँखों से उबल पड़े।

"रो लें। दिल हलका हो जाएगा तो बात करने में आसानी होगी।" उषा ने एक उदास मुसकान के साथ अपनी आँखों में आए आँसुओं को ज़बरदस्ती पीते हुए कहा और तेज़ी से पलकें झपकाईं।

मैं किस हद तक दुखी थी, इसका अंदाज़ा मुझे उस समय हो रहा था जब मैं फफक-फफककर रो रही थी। उस विलाप में अपमान, छल, बनावट, झूठ, अहं, तिरस्कार—सभी कुछ था, जो राज से प्रेम कर मुझे मिला था। उषा कुछ सोचती हुई पैर हिलाती रही, जैसे कह रही हो कि मैं इस सबसे गुज़र चुकी हूँ। अब तुम भी गुज़र जाओ, मगर अपने बल पर। मैंने हाथ बढ़ाकर खुद ही पानी पिया और बचे पानी को चुल्लू में भरकर मुँह नम किया। अपने को अकेले झेलने में कितने तरह के भय और चिंताएँ इनसान को जकड़ लेती हैं, इसका अहसास मुझे इस समय हुआ जब सारी ज़ंजीरें टूटकर बिखर रही थीं। रोशनी का यह दरवाज़ा उषा ने खोला था,

जिससे मैं बाहर निकलकर आज़ादी की साँस ले रही थी, सोच रही थी कि आज सुबह से कुछ अलग-सी अनुभूति हो रही थी जिसकी पूर्व सूचना को मैं पकड़ नहीं पा रही थी। अब अपने अंदर उगी उस खुशी का कारण जान गई जो सुबह से बिना कारण मुझे प्राप्त हुई थी। मैंने तब पूरी तन्मयता से उसकी तरफ़ देखा।

"चाय नहीं पिलाएँगी ?" उषा ने उँगलियों से कनपटी दबाते हुए कहा। उसका चेहरा तनावग्रस्त था।

"अभी लें।" हलके से हँसकर मैं खड़ी हुई। उषा मेरे साथ-साथ किचन की तरफ़ आई। उसके हाव-भाव से बड़ी बेचैनी टपक रही थी। उसके बदन से जो तरंगें उठ रही थीं, उनसे मुझे साफ़-साफ़ महसूस हो रहा था कि वह गहरी पीड़ा से गुज़र रही है। चाय की ट्रे लेकर मैं ड्राइंगरूम में आई। एक-दो घूँट लेकर उसने मुझे गहरी नज़र से घूरा।

"हमारे सामने दो रास्ते हैं—पहला, नए क़ानून को नज़र में रखकर मैं उसके ख़िलाफ़ रिपोर्ट दर्ज़ करा दूँ कि राज ने मुझे ऑफ़िस में परेशान किया है; क्योंकि मैं उसकी कलीग हूँ। और यह बात साबित करना मेरे लिए आसान है। मगर मैं नैतिक रूप से यह रास्ता उचित नहीं समझती कि व्यक्तिगत संबंध को सार्वजनिक करूँ। मेरा यह भी विश्वास है कि इससे उसको क़ानूनी सज़ा तो मैं दिलवा सकती हूँ, मगर प्रताड़ना की वह तिलमिलाहट पैदा नहीं कर सकती, जो उसको अंदर-अंदर जलाए और उसकी 'मात्रा की थ्योरी' का जी भरकर मज़ाक़ उड़ा सके। दरअसल मैं उसके अंदर कहीं गहरी चोट मारना चाहती हूँ, जो दिखे तो नहीं मगर रिसे हर पल।" उषा की चमकती आँखें मेरे चेहरे पर टिकी थीं।

"दूसरा ?" मैं उसकी बातें सुन चकित थी।

"दूसरा रास्ता सामूहिक क़दम उठाने का है, जो हम सभी की इच्छा से उठे तो बेहतर होगा। कमला, रोजी, सुरेंदर कौर, जमीला तो राज़ी हैं, अब आपकी मरज़ी लेनी बाक़ी है।"

"मैं आप सबके साथ हूँ।" एक अजीब-सी सुरक्षा ने मुझे लपेट लिया।

"हम सबने तय किया है कि रात के नौ बजे के बाद दस-दस मिनट के अंतराल से बारी-बारी से हम राज से बात करेंगे। यह फ़ोन चूँकि घर पर होगा, इसलिए इतनी घंटियों से सभी तंग आएँगे। दूसरे, घर के पते पर टंकित पत्र भेजे जाएँगे, जिसमें मिलने की बात की जाएगी। यह मिलना एक तारीख़, एक ही समय को लेकर होगा। पत्र में वे सारी बातें अवश्य दर्ज होंगी जो उसने अपने व्यक्तिगत जीवन के बारे में बताई हैं। चूँकि उसके पास प्रेम की अभिव्यक्ति की एक ही तरह

के शब्द-विन्यास वाली भाषा रही है और मिलने का एक ही तरीक़ा भी, सो अलग-अलग पत्र लिखने की जगह एक पत्र ड्राफ़्ट कर उसकी अनेक फ़ोटो कॉपी निकालना उचित होगा। नीचे नाम या हस्ताक्षर कुछ धुँधलाया-सा, ऊपर बोल्ड अक्षरों में संबोधन। ये पत्र एक ही समय में एक ही पोस्ट ऑफ़िस से भेजे जाएँगे, ताकि राज को एक साथ मिलें। मिलने की जगह का चयन उसी पर छोड़ना बेहतर होगा। यह तो रहा पहला चरण। ज़ाहिर है, वह जवाब नहीं देगा, क्योंकि पूरा पता उसके पास किसी का होगा नहीं। मगर अंदर ही अंदर परेशान तो होगा। उसकी नज़रों के सामने हम सबका चेहरा तो अवश्य ही एक बार गुज़रेगा। फिर हफ़्ते-भर बाद उलाहना देती हुई चिट्ठियाँ जानी हैं, जिसमें उसी के दोहराए शब्द होंगे जो उसने समय-समय पर हर औरत से कहे हैं, जैसे—'मैं हूँ न तुम्हारे साथ', 'तुम जब भी बुलाओगी, मुझे अपने पास पाओगी', 'प्रेम में मैं तन, मन, धन तीनों को महत्त्व देता हूँ', 'मैं किसी को नहीं भूलता, सबको सँजोता हूँ' इत्यादि-इत्यादि।" इतना कहकर उषा हँस पड़ी। मेरी नज़र उसके चेहरे पर थी सो मुझे भी हँसी आ गई। हम दोनों एक साथ एकाएक क़हक़हा मारकर हँस पड़े, जैसे हमने किसी जोकर को देख लिया हो जिसका व्यवहार सामान्य से अलग असहज मुद्राएँ लिए हुए हो।

"यह सब ख़ुराफ़ात तुम्हारे दिमाग़ में आई कहाँ से ?"

"गहरे अपमान-बोध से···बहरहाल अंतिम चिट्ठी होगी माली मदद माँगते हुए, क्योंकि उसने यही एक वाक्य दोहराकर कि प्रेम में तन, मन, धन का क़ायल हूँ, हर औरत के दिल में बलिदान का भाव जगाया था और समय-समय पर जब दिल चाहा, धन और उपहार भी जी भरकर हथियाया था। अब बलिदान की उसकी बारी है, इसलिए साथ में एक-एक फ़रमाइश भी नत्थी होगी और फिर उसके बाद संपूर्ण सन्नाटा हम सबकी ओर से, ताकि वह नए शगूफ़े के इंतज़ार में तिल-तिलकर जले, मगर उसको अपमान-भरे ख़ालीपन के सिवा कुछ हाथ न लगे कि वह किसी के लिए कुछ नहीं कर पाया।" उषा ने पर्स खोला।

"यह सब उसको हिला पाएँगे ?"

"मेरा विश्वास है, क्योंकि इससे हमको भी फ़ायदा होगा। हमारे अंदर का भय, उदासी, घुटन और पूर्वग्रह इन क्रियाओं से हट जाएगा और हमारी यादों में दुःख की जगह एक शरारत-भरी मस्ती उभरेगी, जो हमको सदा एक क़िस्म की प्रसन्नता देगी, जिससे हम अपनी खोई शांति को प्राप्त कर न केवल अपनी घर-गृहस्थी में रमेंगे बल्कि अपने पति से खुलकर प्यार करेंगे···मेरी शादी अभी नहीं हुई है, तो भी मैंने आप सबको घुटते देखा है। अब राज की घुटन का सुख देखकर मैं विवाह की

सोचूँगी। फ़िलहाल तो मैं राज से एक ख़ास दूरी के साथ प्रेम का नाटक खेल रही हूँ, जब से मुझे पता चला है कि न केवल वह शादीशुदा है बल्कि दिलफेंक भी। वह अपने को शातिर समझता है और मैं उससे बड़ी शातिर बनकर बड़े परदे पर मानवीय यंत्रणा का नहीं, मानवीय मुक्ति का खेल खेलना चाहती हूँ।" उसने काग़ज़ का पुलिंदा मेज़ पर रखते हुए कहा। उसकी साँस तेज़ हो गई। उसने अपना निचला होंठ दाँतों में दबाया, जैसे दर्द को पीना चाह रही हो।

मैं मंत्रमुग्ध-सी उसको देख रही थी। उसके दिमाग़ में इतना कुछ भरा होगा, मैं सोच भी नहीं सकती थी। चेहरा इतना भोला, आँखें इतनी निर्मल, हँसी इतनी निश्छल, जैसे दुनिया की कोई चालबाज़ी से उसका कभी कोई वास्ता ही न पड़ा हो। उसने मेरी तरफ़ बड़ी अदा से देखा और चार-पाँच टंकित पन्ने मेरी तरफ़ बढ़ाए।

"पढ़ लें यह पत्र और जो मेरे विचार से सहमत हों तो इस पर हस्ताक्षर कर दें, ताकि मैं जब लौटूँ तो यह दस-ग्यारह पत्रों की पहली क़िस्त पोस्ट कर सकूँ।"

"बिना पढ़े, आँख बंद करके हस्ताक्षर करूँगी।" अजीब तरह की उत्तेजना से भरकर मैं बोली और उससे पेन ले काग़ज़ पर तेज़ी से पेन चलाने ही वाली थी।

"ठहरिए ! पूरा मज़ा लें। जल्दी का काम शैतान का होता है।" उसने शरारत से भरकर कहा।

"ठीक है।" मैंने एक के बाद एक ख़त पढ़े और अपनी हँसी न रोक पाई। उसमें वही सब था जो राज मुझसे दोहराता आया था। किसी दवा के फॉर्मूले की तरह उसके पास प्यार का भी एक 'इंस्टेंट घोल' था, जो एक साथ वह सबको पिलाता था। उसकी बेवकूफ़ी से सारे सबूत उषा को मिलते चले गए, क्योंकि उसके पेटेंट नुस्खे की एक ही लिखावट थी। हँसते हुए मैं एकाएक उदास हो गई। पछतावा जैसा कड़वा पदार्थ मेरी ज़बान पर घुल-सा गया।

"इन पत्रों की प्रतिक्रिया राज के चेहरे पर रोज़ देखूँगी और सूचना देती रहूँगी, ताकि तुम सब उस क़ैद से आज़ाद हो सको जो केवल खोखली अभिव्यक्तियों से बनाई गई थी। मेरा कंधा इस बीच उसके लिए एक निर्मम हमदर्द का होगा जो एक नई भाषा के साथ उसके ज़ख़्मों पर नमक-मिर्च का काम करेगा।"

"मगर क्या तुम···"

"मेरा पत्र तुम लोगों के इन पत्रों में नहीं होगा।"

"क्यों भला ?"

"अपनी एक्स गर्ल फ्रैंड्स को विदा करने का उसका दावा भी तो झूठा साबित करना है। जब उसको अपनी शादी का कार्ड देने जाऊँगी तब मेरा व्यवहार केवल

एक कलीग का होगा, बेहद औपचारिक।" उषा ने इतना कहकर गहरी साँस ली और हस्ताक्षर किए मेरे पत्रों को लिफ़ाफ़े में डाला।

"शादी में बुलाओगी ?" मैंने उसकी मोहिनी सूरत ताकी।

"मेरे दूल्हा को न सही, राज का पिटा चेहरा तो देखने आप सबको आना पड़ेगा। जब पुरानी पहचान का कोई चिह्न आप सबकी आँखों में उसको नज़र नहीं आएगा, तब उसकी मर्दानी अकड़ का जनाज़ा ज़रूर निकल जाएगा।" इतना कहकर वह जाने को उठी।

"बैठो ! थोड़ा बैठो ! खाना खा के जाना।" स्नेह की गहरी डोर से बँधकर मैंने कहा।

"खाऊँगी ! खूब छककर खाऊँगी ! राज ने आपके हाथों के बनाए खाने की बहुत तारीफ़ें की हैं। मगर अभी नहीं खाऊँगी, बल्कि तब जब सबसे बड़ा शातिर कौन है, यह तय हो जाएगा।" वह इतना कहकर झटके से मुड़ी।

"और क्या-क्या राज ने बताया ?" मेरा दिल बुझ-सा गया।

"वह सब जो आप दोनों ने साथ जिया और वह सब भी जो दूसरों ने उसके साथ जिया। वह तो अपने को बहुत साफ़गो क़िस्म का आदमी मानता है, जल की तरह पवित्र और पारदर्शी।" उसने कटाक्ष से कहा और दरवाज़े की तरफ़ बढ़ी।

"माइ फुट !" क्रोध से मैं बड़बड़ाई। दिल चाहा कि उषा से कहूँ—पत्रों की जगह बंदूक़ों का इंतज़ाम करो, ताकि सब मिलकर उसको शूट कर सकें।

दरवाज़ा बंद करके जब लौटी तो मैं एक अलग इनसान बन गई थी। क्रोध से मेरा सारा जिस्म फुँका जा रहा था। प्यार का बुख़ार उतर चुका था। घर में इधर-उधर जले पैर की बिल्ली की तरह घूमकर अंत में बेडरूम में आकर लेट गई। सबकुछ नया-नया लग रहा था। लगा, घर की चीज़ें पहली बार देख रही हूँ। खुद को पहली बार महसूस कर रही हूँ। पैर फैलाकर बिस्तर पर इस तरह लेटी जैसे पहाड़, घाटी, मैदान पार करके आ रही हूँ। जाने क्यों दिल रुआँसा हो उठा और आँखों के सामने राज का चेहरा उभरा। दुनिया का सबसे बदसूरत आदमी मेरे सामने खड़ा था। अंदर से आवाज़ आई।

'क्यों जी रमा, इस बेडौल चेहरे वाले इनसान में ऐसा क्या देखा था जो सब कुछ दाँव पर लगाने पर तुल गई थीं ?'

'लच्छेदार बातें। हाँ, शायद वही लच्छेदार बातों की जलेबियाँ जो उसने बड़ी बेबाकी से हर औरत को थमाई थीं।'

रमा का क्रोध जाने क्यों एकाएक अपने प्रति ममत्व पर उतर आया। विवेचना की तीसरी दृष्टि पैनी हो उठी। अपने से अपने को अलग कर उसने सोचा कि उम्र की उस गीली ज़मीन पर जब अहसास का पौधा अपनी कोंपलें फोड़ता है तो विवेक खाद बन अपने सारे तर्क उसकी जड़ को समर्पित कर बैठता है और ज़्यादातर इस कच्ची उम्र का प्रेम एकतरफ़ा होने के कारण ठोकर खाकर जब होश में आता है तो ज़िंदगी-भर की ख़लिश दे जाता है; मगर उस तंग गली से गुज़रना कोई नहीं छोड़ता। उस अनुभव को एक बार ही सही, जीना सब चाहते हैं। मुझे वह टीस इस घर में कभी बसा न सकी, आज न जाने कहाँ गुम हो गई। मैं उसको ढूँढ़ती हूँ, उस तपकन को खोजती हूँ, मगर उसका वजूद मेरे अंदर कहीं नज़र नहीं आता। क्या वह दर्द का पंछी दिल का दरवाज़ा खोलकर कहीं उड़ गया, या फिर उसका कोई अस्तित्व ही नहीं था, वह केवल मेरा भ्रम मात्र था ?

शब्दकोश उठाकर एक बार फिर 'हरजाई' और 'जोड़ा' शब्दों का अर्थ पढ़ती हूँ। महसूस होता है कि गुज़री पीढ़ियों ने कितने गहरे अध्ययन के बाद मानव की प्रवृत्तियों का बड़े विस्तार से अवलोकन कर ये शब्द गढ़े होंगे। उनके सामने रखी हुई किसी शख़्स की थोथी परिभाषा कितनी अर्थहीन हो उठती है, जब वह व्यक्तिवाद पर आधारित हो। इतिहास इस यथार्थ का सबसे बड़ा साक्षी है।

इस अपने नए घर में, जहाँ मैं आज ही दाख़िल हुई हूँ, उसको फिर से घूमकर देखती हूँ। खोया विश्वास लौटता है। हर चीज़ अलग-सी दिखती है। मोह बढ़ता है और मुझे लगता है, मेरे अंदर एक बीज कल्ले फोड़ पूरे तनावर दरख़्त में बदल रहा है, जो पत्तियों की जगह फूलों से भरा है, जिसकी सुरभि ने मुझे अपने घेरे में मज़बूती से जकड़ लिया है।

जोड़ा

पिछले कई दिनों से उसके बदन का मौसम बदल रहा है। त्वचा मुलायम हो गई है और चेहरे पर कुछ ऐसा निखार आया है जिसमें बुलावा छुपा हुआ है। आँखें फूल-पत्तियों, हवा-बादलों पर से गुज़रती हुई जाने किसे ढूँढ़ रही हैं। मन बहका-बहका-सा अपने ही तन का चक्कर काट रहा है। याद करने की कोशिश करता है कि उसने आख़िरी बार इश्क़बाज़ी कब की थी ? याद नहीं आता। मगर वैसा ही अनुभव फिर दोहराने का मन कर रहा है। मगर किसके साथ ? फूलों से भरे इस अहसास का भागीदार उसे कहाँ मिलेगा ? यह धीरे-धीरे बढ़ता बुख़ार फौरी किसी स्पर्श से एकाएक उतारा नहीं जा सकता, बल्कि उसके मन-आँगन में जो उत्सव उतर आया है, उसको वह भरपूर तरीक़े से मनाना चाहता है, ताकि जब वह इस तपिश से मुक्ति पाए तो उसका वजूद ऐसी आज़ादी से लबरेज हो उठे कि वह फिर मासूम बन जाए और ताज़ादम हो इस बूढ़ी दुनिया को दोहराने का हौसला पा सके। मगर ऐसा साथी कहाँ मिलेगा ?

अगले मास उसके चित्रों की प्रदर्शनी होने वाली है। पिछले कई महीनों से वह उसकी तैयारी में लगा है। विचारों की जुनूनी कैफ़ियत में रंगों से खेलना उसे अजीब उत्तेजना से भर देता है। कल्पना कहीं रुकती नहीं, इच्छा कहीं ठहरती नहीं। आख़िर इन सादे-सफ़ेद कैनवासों पर वह रंगों की कौन-सी इबारत उभारना चाहता है ? इस बेक़रारी में वह पिछले दो वर्षों से मैदान, पहाड़ की ख़ाक छान रहा है। ब्रश चलाते-चलाते उसका शाना थक गया है। नाक के ट्यूब और तारपीन तेल के अलावा किसी भी अन्य सुगंध को स्वीकार करना छोड़ दिया था। उसको एक ही सनक चढ़ गई थी कि इस बार वह नया प्रयोग करेगा, अपने अंदर की दुनिया खोलेगा, रंगों का नया मिश्रण बनाएगा जो इससे पहले उसने अपनी कला में नहीं किया है। रंगों से इनसानी कहानी कहना, ठहरे हुए दृश्य में समय की हरकत को दिखाना उसके लिए मुश्किल काम नहीं था। मगर वह इस बार इन सारे सोपानों से गुज़रकर एक ऐसे जहान की खोज करना चाहता था जो किसी भूलभुलैया की तरह देखने वालों को उसके कैनवास में भटका दे। वह काफ़ी हद तक अपनी इस इच्छायुक्त परीक्षा में

कामयाब हुआ है और तभी सृजन की पूर्णता के संतोष ने उसके बदन का मौसम बदल डाला है। अब उसे जोड़े की तलाश है। किसी परिंदे की तरह जो एक ऋतु-भर के लिए घोंसला दुरुस्त करता है, फिर उसकी याददाश्त मौसम के साथ बदल जाती है।

"हलो !" उसके ख़लायात फ़ोन की घंटी से बिखर जाते हैं। चोंगा उठाता है। दूसरी तरफ़ वाला उत्साह से भरा उसकी पेंटिंग्स देखना चाहता है। उसके अंदर एक तीखा उत्तर उभरता है; मगर फ़ौरन ही वह अपने को सहज बना आहिस्ता से जवाब देता है, "इस बार नहीं···मैं आपको बता चुका हूँ कि···नहीं, ऐसा कुछ नहीं है। बस कुछ···अच्छा···पंद्रह को ज़रूर आइएगा। कार्ड पहुँच जाएगा।"

वह सिगरेट सुलगाकर कश लेता है। मन ही मन हँसता है कि फ़ोन करने वाला शायद पुरानी घटना भूल चुका है, जब उसकी कई पेंटिंग्स की नक़ल वह शहर के उभरते आर्टिस्ट से बनवाकर उस पर नक़ल का आरोप लगवा चुका है। यह आरोप 'अफ़वाह' के रूप में धुएँ के बादल की तरह फैला ज़रूर था, मगर जब उस आर्टिस्ट के विदेश जाने की चयन समिति में उसका नाम भी था तो वह कमज़ोर दिल वाला चित्रकार उसके पास आकर सबकुछ उगल गया था। पहले उसे सदमा लगा, फिर क्रोध आया, फिर हँसी कि आख़िर इस स्तर की ईर्ष्या और षड्यंत्र कला और कलाकार को कहाँ ले जाकर छोड़ेंगे ? क्या आज का निर्णय कला के संसार में केवल महत्त्वपूर्ण रह गया है, जो चतुरता और फूहड़पन से उसे साबित करने की नादान हरकत स्वयं हुनरमंद करने लगा है ? क्या सृजन का सुख उन्हें नहीं चाहिए ? केवल शोहरत ···और वह भी किस क़ीमत पर ?

कार्ड छपकर दोपहर तक आ गए थे। उसने नामों की लिस्ट निकाल लिफ़ाफ़ों पर पते लिखना शुरू कर दिया। लिखते-लिखते उसका दिमाग़ भटक गया। ज़ेहन में पिछली ज़िंदगी का एक दृश्य अटक गया। इस दृश्य को याद कर-करके उसने अपने को कितना बिखेरा था। मगर वक़्त अब ठहरा लगता है, जिसमें वह घटना अटकी लगती है। एक ट्रेन हादसे में एक साथ उसका परिवार ख़त्म हो गया। उसकी माँ, जवान पत्नी, पिता, छोटे बहन-भाई··· । इस अकेले घर में कितना भटका था ! यादों की दुनिया में डूबकर वह भूल चुका था कि उसकी अपनी भी एक ज़िंदगी है, जिसको उसे जीना है और फिर एक लंबी बीमारी और उदासी के गर्त से उसे डॉक्टरों ने निकाला था। धीरे-धीरे करके उसके अकेलेपन ने उसको सँभाला था। रिश्तों के सुख से वह वंचित हो उठा था। उसका शरीर हर तरह के स्पंदन से मुक्त हो एक वीरान मैदान की तरह बंजर हो उठा था। उसे किसी तरह का आवेग, उत्साह और

पीड़ा प्रभावित नहीं कर पाती थी। मानो उस हादसे ने उसके अंदर की दुनिया पर पूरा क़ब्ज़ा कर लिया हो और मौत का अंतिम दृश्य किसी बड़ी हिमशिला की तरह उस पर जम गया हो। उसी हिमशिला को समय ने पिघलाया था।

प्रदर्शनी शुरू हो गई थी। भीड़, इंटरव्यू, प्रशंसा, आलोचना और अंदर की दुनिया के बंद दरवाज़ों का धीरे-धीरे खुलना उसे सहज बना रहा था। शाम को अपने मित्र द्वारा दी गई कॉकटेल पार्टी में उसकी मुलाक़ात एक विदेशी पेंटर से हुई, जिसकी बातें और विचार उसे अलग लगे। एक सहज आकर्षण उसने अपने अंदर महसूस किया। शायद इसलिए कि अपनी पेंटिंग दिखाने का उसका आग्रह था, जिसमें उसे एक अलग देश की प्रकृति और संवेदनाओं को देखने का मौक़ा मिलने वाला था। वायदा करके वह विदा हुआ कि परसों वह ठीक समय पर उसके बँगले पर पहुँच जाएगा। घर लौटकर उसे उस पेंटर का ध्यान कई बार आया। विशेषकर उसकी बातें और पेंटिंग्स पर उसकी टिप्पणियाँ, जो अपनी तरह से उसकी सोच को खोल रही थीं। वह पिछले बीस वर्ष से ब्रश चला रही थी और भारत इसलिए आई थी ताकि वह अपने ब्रश को नया रंग दे, एक अलग तरह की अभिव्यक्ति कैनवास पर उभारे। इस कोशिश में वह दक्षिण भारत के सारे मंदिर देख चुकी थी, राजस्थान का सौंदर्य आँक चुकी थी, मध्य प्रदेश और कश्मीर घूम आई थी। उसकी यह भटकन कहीं पर उसे अपनी-सी लगी थी, जैसे वह उसी का साया हो। उससे बात करके लगा था कि वह ज़िंदगी को एक नए कोण से देखने की जुस्तुजू में भटक रही है। यह व्याकुलता अजीब ख़ूबसूरती से उसके अंदर से फूट रही थी।

सुबह अख़बार में कई लेख उसकी नई पेंटिंग्स पर थे। प्रशंसा थी, मगर ऐसा कुछ नहीं था जिससे उसे आगे के पड़ाव का रास्ता दिखता। उसने अख़बार किनारे रखे और सिगरेट निकालकर सुलगाई। मन में सवाल उभरा, यह सुस्त-बेकार दिन कैसे काटा जाए ? नया कुछ बनाने का मन नहीं। आख़िर वह भी इनसान है, कंप्यूटर नहीं, जो एक ही तरह से डाटा फीड करता जाए। खिड़की खोलकर खड़ा हुआ। सड़क पर चहल-पहल थी। थोड़ी देर उसमें गुम रहा, फिर तैयार होकर लंबी ड्राइव पर जाने के लिए निकल पड़ा। मन में कई बार विचार उठता है कि आख़िर अब उसे घर बसा लेना चाहिए। इस तरह ज़िंदगी तन्हा कब तक चलेगी। बात करने के लिए भी तो कोई हो, जो बहुत मामूली ज़रूरतों के बारे में उसकी चिंता करे। कला और चिंतन, सियासत और समाज के गूढ़ प्रश्नों से हरदम जूझा नहीं जा सकता। आज उसके

मन में ब्याह की इच्छा उभरी है, यदि यह बात डॉक्टर को पता चले तो वह खुश होकर एक जुमला कहता कि अब आप बिलकुल नॉर्मल हो चुके हैं। आपको मेरी दवा की ज़रूरत नहीं रह गई है।

दूसरे दिन शाम को अपनी छोटी-सी पेंटिंग को उपहार के रूप में देने के लिए वह अपने साथ ले गया। उसे उम्मीद थी कि आज की शाम बहुत अच्छी गुज़रने वाली है। वहाँ उसे कुछ और नया सुनने और देखने को मिलेगा। विशेषकर अपने ही देश को वह एक विदेशी नज़र से समझने की कोशिश करेगा। रंगों का चुनाव, ऋतुओं का प्रभाव और लोगों के चेहरे के भाव को लेकर वह किस भारतीय आर्टिस्ट को कैसे देखती है, इस पर बड़ी अच्छी बातचीत हो सकती है। यही सब सोचकर वह उसके बँगले पर पहुँचा। हरी घास पर फूलों की क्यारियाँ खिली हुई थीं। उसने घंटी बजाई। नौकर ने दरवाज़ा खोला और उसका कार्ड लेकर उसे अंदर कमरे में बैठाया। अंदर घुसते ही उसे पियानो की मंद आवाज़ सुनाई पड़ी। सोफ़े पर बैठकर उसने कमरे पर उचटती नज़र डाली।

तभी आवाज़ आई, “हैलो ! वेलकम !” उसने आगे बढ़कर हाथ मिलाया और सामने वाले सोफ़े पर बैठ गई।

“कैसी हैं ?”

शिष्टता से पूछा सवाल सुन वह हँस पड़ी। चाय की ट्रे आ गई थी। उसने बिना किसी औपचारिकता के दो प्याली चाय बनाई और धीरे से गुनगुनाते-से स्वर में कहा, “जब मैं पियानो बजाती हूँ तो अपने बचपन में लौट जाती हूँ।”

“अच्छा !” उसने हलके से घूँट भरा।

“आपकी तरह मेरा ब्रश बहुत सधा हुआ नहीं है, तो भी मुझे अच्छा लगेगा कि आप मेरा काम देखें !”

चाय ख़त्म हो गई। प्याली मेज़ पर रख उसने अपनी पेंटिंग का उपहार उसे भेंट किया और उसके साथ उसके स्टूडियो में गया, जहाँ रंग, कैनवास, किताबें और कुशन बिखरे पड़े थे। वह एक-एक पेंटिंग अलग निकालकर सामने दीवार से टिकाती हुई बोली, “यह घर मेरा नहीं है, तो भी इस कमरे को मैंने अपना बना लिया है। ये सारी पेंटिंग्स मैंने यहीं बैठकर बनाई थीं, जब भारत आई थी। फिर घूमने में लग गई और काम अधूरा रह गया। मगर मुझे यह कमरा हमेशा याद रहेगा। मैंने यहाँ रहकर अपनी गुज़री ज़िंदगी को एक पाठक की तरह पढ़ा। इस पाठ में पाठक की आलोचनात्मक दृष्टि ने मेरी कोताही, नाकामी, आकांक्षा और उपलब्धि को छाँटा

और मुझे लगा, मैं अपने को दोहरा रही हूँ, जो मेरी कला के लिए हानिकारक है। मुझे कुछ ऐसा करना है जो पहले किसी ने नहीं किया हो और···" वह मुसकरा पड़ी।

"ऐसा ही मैंने सोचा था।" हँसकर उसने कहा और हाथ बढ़ाकर उसका हाथ थाम लिया। उसे महसूस हुआ कि कोई उसकी तरह सोच रहा है। उसकी तन्हाई बँटती-सी लगी।

"मेरे हाथ बहुत छोटे हैं। इनको मैं माहिर बनाना चाहती हूँ आपके ब्रश की तरह और हर बड़े फनकार की तरह मैं अमर होना चाहती हूँ !" वह हँसी। उसकी आँखों का सपना उसके चेहरे के भाव में घुल गया।

"हर क़ीमती चीज़ छोटी होती है···दिल को देखो, जो इतने बड़े शरीर को संचालित करता है।" उसकी आवाज़ में कंपन था—भावना का और बदलते मौसम का। दिल चाहा कि उन हाथों को दबाए, किसी फूल की नाजुक पंखुड़ी की तरह और···मगर फिर अपने ऊपर क़ाबू पा उसने उन हाथों पर अपनी पकड़ ढीली कर दी।

"यहीं बैठते हैं।" वह बोली। मोढ़ों पर से फैला सामान हटाया और धीरे से बोली, "मेरे देश में मेरा कोई इंतज़ार नहीं कर रहा है। दरअसल मैं 'अवैध संतान' हूँ। मगर मेरी कला की दुनिया को मेरी नई पेंटिंग्स का इंतज़ार है।"

सादे कमरे में कैनवास की सफ़ेदी पर ज़िंदगी के रंग उभरे हुए थे। उन्हीं में उसकी आँखें उलझ गईं। नाक में एक बेहद मुलायम-सी खुशबू भर गई। वह पास बैठी थी। उसके अंदर की ख़ूबसूरती उसे लुभा रही थी। उसने पास बैठी उस औरत को एक मर्द की नज़र से पहली बार देखा। उसे वह औरत आकर्षक लगी। उसके कटावदार होंठ और गालों की उभरी हड्डी पर कमानदार भौंहें और जिज्ञासा से भरी आँखें एक अजीब-सा संतोष उसे दे रही थीं। मन किया कि उसे चूम ले।

तभी वह मुड़ी और उसने रैक से एक भारी पुस्तक खींच ली तथा उसको खोलकर उसके सामने रखा। संसार की मास्टर पीस पेंटिंग्स के बारे में किसी कला समीक्षक की वह पुस्तक थी। पुस्तक देखने के क्रम में शैंपू की गंध से भरी उसके बालों की लट चेहरे पर झुक आई थी। उसने हाथ बढ़ाकर उसे हटाया। इस कोशिश में उसकी उँगलियाँ गालों से छू गईं और एक तपती हुई सिहरन उसके अंदर फैल गई। इस पुरवाई से वह सँभल भी नहीं पाया था कि उसकी आँखें उसके चेहरे पर टिक गईं। उनमें स्वागत का उत्सव था या उसके अंदर फैले उत्सव का उल्लास था, जिसने हाथ बढ़ाकर उसके चेहरे को दोनों हाथों से थामा। उसने कोई प्रतिवाद नहीं किया। दोनों की गरम साँसें एक-दूसरे के चेहरों को सहला रही थीं। एक इच्छा

बेक़ाबू होकर दोनों के सीनों में एक साथ पंख फड़फड़ा रही थी। जैसे कहना चाह रही हो कि ऐ औरत ! मुझे तुम्हारी ज़रूरत है; या ऐ मर्द ! मैं तुम्हारे बिना अधूरी हूँ।

तभी फ़ोन की घंटी बज उठी। दोनों के दिल जैसे ठहर गए। बाढ़ का पानी उतरने लगा। वह उठी और हलके से मुसकराती हुई फ़ोन उठाने लगी। उसके चेहरे पर भी एक जवाबी मुसकान की लहर दौड़ी। दोनों सँभल चुके थे। यह सँभलना शायद वह समझदारी थी कि अगला क़दम क्या होना चाहिए। जो होने जा रहा था वह बुरा क्या था ? एक-दूसरे को चाहना, एक-दूसरे को पाना—यही तो औरत-मर्द के रिश्ते की सबसे ख़ूबसूरत माँग है।

फ़ोन पर बात ख़त्म कर वह मुड़ी और उसके क़रीब आकर खड़ी हो गई। दोनों खुली किताब पर छपी तसवीरें देखते रहे या फिर किसी नतीजे पर पहुँचने के लिए एक-दूसरे को तौलते रहे। पन्ने एक के बाद एक कम होते गए और जब किताब बंद हुई तो उसने उसकी कमर में हाथ डाला और अपने ज़ानू की तरफ़ खींचा। वह किसी बच्ची की तरह उसकी गोद में बैठ गई। पहले वे हाथ मिले जो ब्रश पकड़ते थे, फिर होंठ···और फिर वे आँखें बंद हो गईं जो रंगों का चयन करती हुई दृश्य देखतीं, आकृति उभारती हैं। उसके बदन का मौसम भरपूर बहार में बदलने लगा। उसे महसूस हुआ, मोगरे की अधखिली कलियाँ उसके चारों तरफ़ बिखरी हैं। उनकी गंध उसके नथनों से होती हुई उसके दिमाग़ में भरने लगी है और पुराने अनुभव में एक नया अध्याय जोड़ने का उनका उत्साह उसके सारे बदन में फैल रहा है। दोनों के बीच केवल बदन की चाहत-भर नहीं थी बल्कि उनकी कला, सोच और उनका अपना अकेलापन भी था, जो आकर्षण बन एक-दूसरे में पैवस्त होने के लिए बेचैन था। ये पल भी दायमी नहीं बन पाए और घर की बेल किसी ने बजाई। एक गहरे नशे में डूबते हुए जैसे दोनों होश में आए; मगर कई पल लगे अपने को सहज बनाने में।···कोई पड़ोसी था जो नौकर को पूछने आया था। पार्ट टाइम नौकर काम ख़त्म कर जा चुका था, यह उसके जवाब से उसे पता चला। उसने घड़ी देखी, आठ बज रहे थे।

"सॉरी···" वह कमरे में दाख़िल हुई। फिर उसका हाथ पकड़ उसे ड्राइंगरूम में लाई और खाने की मेज़ के पास रखे फ्रिज़ को खोल बोली, "क्या पीना पसंद करोगे ? ह्विस्की, वाइन या चिल्ड बियर ?"

"रेड वाइन।" उसका हलका-सा जवाब था। दरअसल वह इस समय शराब पीकर अपने उस मौसम में किसी प्रकार की मिलावट कर उस सहजता को खोना

नहीं चाहता था जो बड़े नेचुरल अंदाज़ में किसी स्रोत की तरह उसके अंदर फूटी थी।

उसने क्रिस्टल के दो गिलास मेज़ पर रखे। रेड वाइन की बोतल उठाई। तभी एक साथ कई बिल्लियाँ 'म्याऊँ-म्याऊँ' करती हुई कमरे में दाख़िल हो उसके पैरों के इर्दगिर्द जमा हो गईं। उसने बोतल मेज़ पर रख दी और दुलार में भरकर एक बिल्ली उठाई, उसकी नाक से अपनी नाक रगड़ी, फिर उसके चेहरे को प्यार कर उसकी तरफ़ मुड़ी।

"एक मिनट···इनका यह खाने का समय है।" कहते हुए उसने फ्रिज़ खोला और अंदर से मछली से भरा बरतन निकाला। नन्ही-नन्ही उबली मछलियाँ थीं। उसने एक-एक मछली बिल्लियों की तरफ़ बढ़ाई। वे अजीब तरह की आवाज़ें निकालकर उसकी तरफ़ लपकीं। उनकी बेचैनी पर वह वात्सल्य से भर हँस पड़ी। उसकी बचकाना अदा पर वह भी मुसकराया और हाथ बढ़ाकर सुनहरी धारी वाली बिल्ली को थपकना चाहा।

"प्लीज़, डोंट टच। खाना खाते हुए ये बड़ी खूँखार हो उठती हैं।" उसने एक सफ़ेद बड़ी प्लेट पर मछलियों का बरतन उलटा, जिसमें पहले से पका चावल पड़ा था।

"जब लौटोगी तो इन्हें साथ ले जाओगी ?" पूछकर वह हँसा।

"ओह नो···! जब मैं अकेली होती हूँ तो इनसे खेलकर मेरा समय अच्छा कटता है···सामने वाले मेजर रवि वर्मा हैं न, ये उनकी बिल्ली के बच्चे हैं जो डिनर मेरे यहाँ करते हैं और लंच उनके घर में।" वह किसी बच्ची की तरह लग रही थी। उसको अब वह और भी आकर्षक लगने लगी थी। दोनों की आँखें मिलीं। दोनों में खुशी-भरी चमक थी। होंठों पर ज़िंदगी से भरपूर मुसकान, जो रिश्तों को जोड़ने की घोषणा थी।

"शैंपेन खोलूँ ?"

"फिर कभी।"

"मैं अकेले कभी नहीं पीती।" उसने पेग भरे और एक को उठाकर उसकी तरफ़ बढ़ाया।

"थैंक्स।" ख़ूबसूरत क्रिस्टल प्याले में रेड वाइन नाच रही थी। उसने धीरे से पेग उठाकर कहा, "चियर्स।"

"चियर्स !" उसने पेग टकराया और घूँट भरा। उसके घुँघराले बाल माथे पर बिखर आए थे, जिनको उसने बड़ी अदा से झटका।

"फूल बहुत ख़ूबसूरत हैं।" उसने गुलदान में लगे फूलों को देखते हुए घूँट भरना चाहा, मगर नथनों में एक बू ने घुसकर जैसे उस पर रोक लगा दी। वह सँभला।

"मेरे गार्डेन के हैं।" उसने भुने काजू का प्याला साइड टेबल पर रखा।

"नाइस।" उसने इतना कहकर घूँट भरा। फिर प्याले को बीच से थामकर उसने इस तरह घुमाया जैसे लाल फूल की टहनी को घुमा रहा हो। एकाएक उसे अपने प्याले पर उँगलियों का निशान नज़र आया, जो शायद वाइन भरी होने के कारण पहले नज़र नहीं आया था। उसने घबराकर आधा भरा प्याला साइड टेबल पर रख दिया और कमरे के कोने में मछलियाँ खाती बिल्लियों को देखा, जो अब अपना मुँह-हाथ साफ़ कर रही थीं। उसके बदन में सिहरन-सी दौड़ी। ख़याल आया कि उसने बिना हाथ धोए ये प्याले पकड़े थे। नथनों में घुसी कुछ देर पहले की वह बारीक़ लहर-सी बू अब पूरी तरह मुरदा मछली की गंध में बदल गई थी।

"जाम भरा हो तो पीने का सुख अलग होता है।" यह कहकर वह उठी और बोतल से पहले उसने उसका जाम भरा, फिर अपना। फिर वह बड़े दिलकश अंदाज़ में मुसकराई और हाथ बढ़ाकर उसके हाथों को पकड़ा।

हथेलियों पर गरम दबाव पड़ा, मगर पहले की तरह करंट नहीं लगा। उसे महसूस हुआ जैसे भरी बहार में लू चलने लगी हो। ठंडी मस्त हवा ठहर गई हो और खिले फूल मुरझाने लगे हों। उसके बदन का मौसम एकाएक पतझड़ की तरफ़ बढ़ने लगा था। वह भयभीत-सा हो उठा।

'नहीं, हरग़िज नहीं। मैं इस वसंत को बरबाद नहीं होने दूँगा···मुझे यह मौसम चाहिए। बहुत अरसे बाद मेरे बदन में फूल खिले हैं···सुगंध के बादलों ने मुझे घेरा है···'

"वाट्स रांग ? क्या हुआ ?" जवाब न पाकर वह चौंक पड़ी थी। उसके हाथों की पकड़ ढीली हो गई। आँखों का ठहराव देख उसने अपने हाथ समेट लिए और हलकी-सी घबराहट में उसने अपना पेग उठाया तथा खिसियाई हँसी के साथ बड़े-बड़े घूँट भरे। अपने माथे पर आए बाल समेटने लगी।

"कुछ ख़ास नहीं।" उसने मुसकराने की कोशिश की और भरा जाम उठाया, ताकि घूँट भर सके। मगर वह होंठों तक उसे ले जाकर वापस ले आया। उसका दिल व़ दिमाग़ जिस नफ़ासत की तलाश कर रहा था, उसके खो जाने का दुःख उसे सालने लगा था। मन किया कि लौट जाए। अब वह नाज़ुक अहसास की घाटी से निकल आया था। उसकी भावुकता को गहरा धक्का लगा था। बात ज़रा-सी थी कि मुहब्बत

की इस घाटी में मौत के साए की पदचाप नहीं सुनना चाहता था। उस धब्बे ने उसकी संवेदनाओं के तार को काटकर रख दिया था। उसका सारा उत्साह सुन्न पड़ गया था। अब वह चाहे भी तो अपने को भुलावा नहीं दे सकता। आख़िर वह मर्द है और मर्द का बदन अपनी अभिव्यक्ति में चाहकर भी बेईमानी नहीं बरत पाता। वह उदासी की तरफ़ बढ़ने लगा।

उसके चेहरे की बदलती कैफ़ियत कैसे छुप सकती थी। वह थोड़ी देर खड़ी उसे देखती रही, फिर मुड़कर उसने रिकॉर्ड-प्लेयर ऑन किया। कमरे में रूमानी धुन बल खाने लगी, जो उसे सहज बनाने की जगह थकाने लगी। उसने हाथ में पकड़ा वाइन का प्याला मेज़ पर रखा, जिसमें लाल शराब नाच रही थी।

“मुझे याद ही नहीं रहा कि एक ज़रूरी एपॉइंटमेंट था।” उसने एकाएक घड़ी देख शर्मिंदगी के अंदाज़ में कहा और उठ गया। “मैं इजाज़त चाहूँगा···आ’यम सॉरी।”

“तो आप जाएँगे ?” उसके चेहरे पर पहले आश्चर्य, फिर दुःख और अंत में अपमान की तमतमाहट फैल गई।

“हो सके तो मुझे माफ़ करना।” उसके दिल में भी कुछ टूटा और चेहरे पर एक शर्मिंदगी-भरी बेबसी फैल गई।

वह बिना हाथ मिलाए भागना चाहता था। जो बचा हुआ वसंत उसके अंदर मौजूद था, उसे खोना नहीं चाहता था। इसलिए जब वह अलविदाई ‘किस’ की आशा ले आगे बढ़ी तो वह बिना चुंबन लिए घर से बाहर निकल आया। कार का दरवाज़ा खोलकर जब उसने ‘बाय’ में हाथ हिलाकर ‘गुड नाइट’ कहा तो उसकी हैरतज़दा आँखों में आँसुओं के सितारे चमक उठे थे, जो पूछ रहे थे कि मेरी ख़ता क्या है ? उसने तेज़ी से गाड़ी मोड़ी और बिना उसकी तरफ़ देखे वह सड़क पर तेज़ी से बढ़ा। उसे डर था कि दोबारा आँखें मिलते ही उसकी चमकीली आँखों के ठहरे सितारे टपक जाएँगे, जो वह सहन नहीं कर पाएगा। उसके मन में कसक उठी थी, जो इस बात का शिद्दत से अहसास दिला रही थी कि रंगों की दुनिया के बीच वह भी तन्हा है। मेरी तरह बिलकुल तन्हा।

शहर के ख़ामोश इलाक़े की तरफ़ उसने कार मोड़ी और ख़ाली सड़कों को नापने लगा। उसे पछतावा था, दुःख था एक औरत को इस तरह आहत, अकेला छोड़ने पर। मगर वह भी मजबूर था। उसे तलाश थी ऐसी साथी की, जो उसके कोमल अहसास को तितली के पंख की तरह मुलायम स्पर्श से जगा दे···हलके, बेआवाज़। उसे सिर्फ़ बदन की चाहत नहीं थी बल्कि उसकी ज़रूरत एक ऐसे अनुभव की थी जो उसकी

रूह पर छाई थकान को उतार दे। उसे फिर ताज़ादम बनाकर ज़िंदगी की पेशानी पर पड़ी सिलवटों को पोंछ दे। मगर उस घाटी में उतरने से पहले उसकी ज़रा-सी लापरवाही ने उसे सचेत कर दिया कि वह उसकी पूरक नहीं बन सकती। आख़िर क्यों ? क्यों उसे शंकित कर दिया कि वह एक संवेदनशील प्रेमिका नहीं बन सकती ?···उस घड़ी उसने जीवन के उत्सव में मौत को क्यों छू लिया था; जबकि बहता पानी, खिलते फूल, चहचहाती चिड़ियाँ, घुमड़ते बादल और नाचती मछलियाँ बदन के उस मौसम की साक्षी थीं। यही अहसास उसे शंकित कर गया कि वह एक अच्छी चित्रकार के बावजूद उसके बिस्तर की साथी नहीं बन सकती···! अच्छा हुआ, यह सब पहले घट गया, वरना यह भेद अंत में खुलता तो वह जाने कितना आहत और तृषित लौटता।

मन पर छाया गुबार कुछ कम हुआ। कार की गति धीमी पड़ी। उसने एक सिगरेट सुलगाई और कार को घर की तरफ़ मोड़ा। उसके अंदर गंभीर सहजता फैलने लगी थी। दृश्य ज़्यादा साफ़ नज़र आने लगे थे। अक़्ल ने दिल पर क़ाबू पा लिया था। बदन का उत्साह शांत हो गया था। उत्सव-भरे उल्लास का अब कहीं नाम व निशान नहीं रह गया था। उसने कार पार्क की और ख़ाली घर का दरवाज़ा खोला। एक वीरानी घर की दीवारों से उठकर उसके बदन में दाख़िल हो गई, जैसे कह रही हो कि पतझड़ का मौसम क्या बुरा था जो भरी बहार में किसी का दिल दुखा आए ? यह गुनाह अपने सिर लेना बहुत ज़रूरी था क्या ?

उसने आगे बढ़कर थके हुए अंदाज़ में खिड़की के पट खोले। सामने सन्नाटी सड़क के दोनों ओर बिजली के खंभों की क़तारें दिन-भर की घटनाओं की ख़ामोश साक्षी बनकर खड़ी थीं। पीली मलगिजी रोशनी के बीच एक धुँधलाया-सा चेहरा नज़रों के सामने इस तरह उभरा जैसे पानी गिरने से रंग फैल जाएँ। उसने पलकें झपकाईं और खिड़की से हटकर अपने स्टूडियो की तरफ़ बढ़ा। सफ़ेद कैनवास पर रंगों की फैलती लकीरें देख उसे अपने अंदर के मौसम के बदल जाने का अफ़सोस हुआ। उसने एक लंबी-गहरी साँस भरी। ब्रश तेज़ी से चलाते हुए उसके दिल व दिमाग़ में सूखे पत्तों की चरमराहट-सा स्वर फूटा—'अब फिर वह इच्छा वसंत लेकर कब उसके शरीर में जागती है, पता नहीं, और यह भी क्या पता कि उस लौटती बहार में उसको अपना जोड़ा मिल ही जाए !'

अग्निपरीक्षा

पूरे गाँव में एक अजीब सनसनी फैली हुई थी। जो अब तक नहीं हुआ था, वह आज हो गया था। कम्मो कुम्हारिन ने धमकी के बावजूद मुँहअँधेरे खेत का वह टुकड़ा जोत लिया था, जिस पर मंगलू अपना अधिकार बताता है। कम्मो का पति नर्बदा भी सुबह से उसके साथ निकल गया था। घर में केवल बेनी कुम्हार और उसकी जोरू चाक के पास बैठे रोज़ के धंधे में व्यस्त थे।

"चाचा, अगर वैसा कुछ हो गया न, तो फिर न कहना कि मंगलू ने बताया नहीं।" एकाएक आँगन में आन खड़ा हुआ मंगलू टाँग हिलाता हुआ बोला।

"धौंस किस बात की जमाता है रे ? बीता-भर का लौंडा और हमको बताने चला है कि वह खेत किसका है !" बेनी हँसा।

"कौन लड़ेगा तुम्हारी तरफ़ से ? वही अपंग छोकरा–तुम्हारे कम्मो का दूल्हा !" ज़ोर से क़हक़हा लगाया मंगलू ने।

"अभी हम ज़िंदा हैं। जाओ यहाँ से···पूरे गाँव को पता है कि वह ज़मीन हमारे पुरखों की है।" बेनी की जोरू ने मिट्टी का लौंदा थप-से मारा ज़मीन पर और गुस्से से उठ खड़ी हुई।

"बेच दो। मुझे वह ज़मीन चाहिए, वरना···" कहता हुआ मंगलू वहाँ से चल पड़ा।

"हरामी पूत !" बेनी कुम्हार ने चक्का घुमाते हुए गाली दी।

मंगलू गाँव के कुम्हार संपत का बेटा है। बिगड़ गया है। दूसरों का माल हड़पना, कमज़ोरों को सताना, यही उसकी कमाई है। रेल की पटरी पार एक छोटा-सा टुकड़ा है। कम्मो ब्याहकर आई तो खर्चे की तंगी देखकर टुकड़े को उपजाऊ बनाने में जुट गई। एक-दो फसल भी निकल आई ठीक-ठाक; मगर अब उधर पटरी पार कोई ज़मीन ख़रीदना चाहता है। मंगलू उसी का दलाल बन बेनी की खुशामद कर उसे ऊँच-नीच बताता रहा–और अब धमकाने पर उतर आया था। कम्मो से उसकी कई बार झड़प भी हो गई थी। कम्मो जानती है कि उसका पल्ला पति नर्बदा के कारण कमज़ोर है, जिसके दोनों पैर नीचे से ख़राब हैं, वरना तो एक-एक की हड्डी

का सुरमा बना देती।

कल मंगलू ने कम्मो को चेतावनी दी थी कि खेत ठीक न करे; मगर कम्मो ने उसकी धमकी पर कान नहीं धरा। धरती तो खाती क्या ? कुम्हारी से अब कौन-सी आमदनी थी, जो मोरचा छोड़ देती ! ऊपर से एक दुर्घटना में नर्बदा भी शहर जाकर पैर कटवा आया। नौकरी तो न मिली, ऊपर से जान के लाले पड़ गए। दवा-दारू में गहने-पत्तर निकल गए; मगर उसकी माँग का सिंदूर बच गया। समय के साथ लड़ते-लड़ते वह सख़्त हो गई थी। भगवान् ने अभी गोद भरी न थी, जो घर सँभालती, सो सास पर घर छोड़ कम्मो और नर्बदा सारा दिन खेत पर गुज़ारते थे।

खेत ने अँखुए फोड़ने शुरू कर दिए थे। उसी के साथ गाँव के नाई ने दाढ़ी बनाते, बाल काटते कानों में मज़ेदार क़िस्सा, वह भी आँखों देखा, फूँकना शुरू कर दिया। जो उधर से गुज़रता वह हँसती आँखों से कम्मो को देखता गुज़रने लगा। खेत के पास ही घनी अमराई थी, जिसमें बौर भर गए थे। गरमी के चढ़ते ही अमियाँ डालियों पर झूलने लगी थीं। कल रात की आँधी में कच्चे आमों का बिछावन ज़मीन पर बिछ गया। रखवाले ने कुछ मालिक के घर पहुँचाया, कुछ इधर-उधर बेच दिया। कम्मो भी दस-बीस आम अचार डालने के लिए ले आई थी। उसी घटना को लेकर नाई ने मंगलू से पाए इनाम के चलते कहानी गढ़ डाली कि उसने कम्मो को अमराई में किसी के संग देखा है।

कम्मो और नर्बदा इस अफ़वाह की फैलती आग से बेख़बर खेत की रखवाली में नीम के पेड़ के नीचे बैठे थे। कम्मो का मन उदास था। सारी ज़िंदगी उसे अब ऐसे ही काटनी पड़ेगी। नर्बदा बैठकर काम कर सकता है तो उसे चाक घुमाने का चाव नहीं। उसने भी कभी ज़ोर नहीं दिया। मायके से आया भाई उसकी हालत देख दुखी हुआ था; मगर वह भी क्या करता, सिवाय हौसले के दो बोल और साथ लाए सामान के।

"तेरा भाग्य फूट गया, कम्मो, मेरे साथ।" नर्बदा ने उसके चेहरे को ताकते हुए कहा।

"फिर वही बातें ! तू बच गया, नर्बदा, यह क्या कम है मेरे लिए, वरना…" कम्मो की आँखें भर आईं।

"ठीक तो कहती है, मगर दोनों पैर सलामत होते तो कुछ और बात होती… तेरे कंधों पर इतना बोझ न होता।"

"हाँ, अगर सकोरे, घड़ों से इतनी आमदनी हो जाती तो हम दोनों मिलकर बाबू का हाथ बँटाते; मगर वहाँ भी…ख़ैर, छोड़ यह बात…भाग्य में लिखा भाग्य जाने !

तू बता, सावन में चलेगा मेरे संग ? भाई बुलावा दे गया है।" कम्मो ने बात पलटी, आँखों के गीले कोनों को नर्बदा से छुपा न पाई।

मंगलू ने पंचायत बिठाने की बात शुरू कर दी थी। उसका आरोप अब नया नहीं था। हफ़्ते-भर से सबके कान भर चुके थे। बेनी ने सुना तो हक्का-बक्का रह गया। नर्बदा को काटो तो ख़ून नहीं। बस सास ने घबराकर माथा पीटा था। कम्मो को कोठरी में ले जाकर बातें पूछी थीं। कम्मो को साँप सूँघ गया। मन ही मन नागिन की तरह तड़पी कि मंगलू अब इस स्तर पर उतर आया है कि उसे गाँव वालों के सामने अपमानित करे।

"अम्माँ, यह सब लांछन है। उसी खेत के कारण मंगलू ने यह पाप चढ़ाया है।" नर्बदा ने माँ से कहा।

"वह तो सब ठीक है, मगर···"

"साँच को आँच क्या ! पंचायत को बुलाने-बिठाने वाला वह कौन होता है ! आज ही मैं सरपंच के घर जाता हूँ।"

इस झटके से कम्मो की कमर टूटी हो या नहीं, मगर उसे लगता जैसे हर मर्द की आँखों में कुछ अलग भाव तैर रहा है। उसके अंदर विद्रोह की नदी उमड़ती और दिल चाहता कि मंगलू को···उसका तनाव देख नर्बदा उसे शांत करने की कोशिश करता, मगर उसके सीने में भी तूफ़ान घुमड़ रहा था। उसको अपनी मजबूरी पर गुस्सा आ रहा था। वह ठीक होता तो अकेला ही लाठी भाँज मंगलू का सिर दो टुकड़े कर देता।

रेल की पटरी के पास वाली ज़मीन की क़ीमत बढ़ने वाली थी, इसका पता सुंदरलाल भट्ठे वाले को बहुत पहले से था। उसने कई मजबूर किसानों की ज़मीनें हथिया ली थीं। कुछ पर अवैध क़ब्ज़ा कर लिया था। उसे पता चला था कि सरकार इधर स्टेशन बनाने वाली है, सो ज़मीन के बदले अच्छा पैसा देगी। उसे चौगुना मुनाफ़ा होगा। मगर कम्मो खेत बेचने पर जब तैयार न हुई तो उसने मंगलू के द्वारा बेनी को डराया-धमकाया और अब सीधे कम्मो पर वार कर दिया।

सरपंच ने बिना पंचायत बुलाए बेनी कुम्हार को राय दी कि वह जल की गवाही बहू के लिए ले, वरना यह मामला शांत नहीं होने वाला और सरा में बेकार में हज़ार-डेढ़ हज़ार का ख़र्च हो जाएगा। सो बेनी को भी बात समझ में आ गई। घर आकर उसने सब बातें बताईं। सुनकर कम्मो तुनक उठी।

"मैंने कुछ नहीं किया है। मेरे लिए कोई नहीं जाएगा बीच धारा में डुबकी लगाने।"

"जाना तो पड़ेगा। तू पवित्र है तो पानी खुद गवाही देगा। डरती क्यों है ?" नर्बदा ने उसका हाथ पकड़ा।

"तू पति है मेरा···तू गवाही दे जाकर कि मेरी पत्नी ऐसी नहीं है। सारा दिन मेरे साथ रहता है तू।" तड़पकर उठ खड़ी हुई कम्मो।

"देख बहू ! हम सच जानते हैं; मगर इस लांछन को लेकर तो गाँव वाले चुप बैठेंगे नहीं। वे इसको सच भी समझ सकते हैं।" बेनी ने सहजता से कहा।

"लेकिन बापू, यह मेरा अपमान है !"

"तो फिर एक रास्ता है, चुपचाप वह खेत मंगलू को दे दे और धैर्य से बैठ।"

"वह तो नहीं होगा, बापू···हमारी हेठी होगी···पेट कहाँ से भरेगा ? ऊपर से वह क़ीमत क्या लगा रहा है !" कुढ़ा-सा नर्बदा बोला।

"मैं तैयार हूँ; मगर खेत नहीं देने की !" गुस्से से कहती हुई कम्मो उठ गई। जब उसका अपाहिज़ पति खेत देने पर राज़ी नहीं है तो फिर वह क्यों दे ? उसका हौसला तो नर्बदा है। जब उसे मौत के कगार से खींच लाई तो फिर नदी में डुबकी लगाने की ही बात है न ! वह झेल लेगी यह भी। भाग्य का लिखा पूरा कर देगी। कम्मो ने गुस्से में होंठ काटे और ज़ोर-ज़ोर से आँगन बुहारने लगी।

कम्मो के इस फ़ैसले से घर पर छाया तनाव दूसरे दिन छँट गया था। बेनी के हाथ तेज़ी से घूमते चाक पर सध गए थे। सास हाथ धोते हुए सोच रही थी कि कहीं ऐसा न हो कि डुबकी के समय मगरमच्छ बेनी को घसीट ले जाए और हम हाथ मलते रह जाएँ।

नर्बदा बैसाखी उठा घर से बाहर निकला और मैदान के घने पीपल के पेड़ के नीचे जा बैठा। यह उसकी बचपन की आदत थी। जब कभी अकेला महसूस करता तो यहीं आकर उसे संतोष मिलता था।

शाम ढल गई थी। डाँगर घरों को लौट रहे थे। खेलते बच्चों को भी माँएँ आवाज़ देने लगी थीं। धूप के ग़ायब होते ही हवा में ठंड भर गई। कम्मो ने चाय छानकर नर्बदा को आवाज़ दी, फिर खुद ही चाय से भरा लोटा लेकर उसके पास पहुँच गई। लोटा लेते हुए नर्बदा ने कम्मो का चेहरा देखा, जिस पर मौसम की मार झलकने लगी थी। गौने के बाद ही वह शहर काम की तलाश में गया था और मोटर के नीचे आ गया था। तब से अब तक कम्मो पर एक-एक दिन कैसा भारी पड़ा था ! अब

जब पत्नी की पवित्रता के लिए पानी की धार में उतरना है तो वह दूसरे मर्द की सहायता लेगा। उसका दिल भुरभुरी मिट्टी की तरह बिखर गया। दिल चाहा, ज़ोर-ज़ोर से अपनी बेबसी पर रोए।

"क्या बात है ? इतना उदास क्यों हो ?" कम्मो पास बैठ गई।

"कुछ नहीं।"

"भाई को समाचार भेजना होगा। बापू इस उम्र में···" इतना कहकर कम्मो चुप हो गई।

इस गाँव से ख़बर डोलती हुई तीन गाँव छोड़ चौथे में पहुँचेगी। धीरे-धीरे करके सब जान लेंगे। कैसे आँख मिलाऊँगी कि पति मिला तो पैर कट गए। ससुराल मिली तो लांछन लग गया। उसको हमजोलियाँ याद आने लगीं। पता नहीं ब्याह के बाद उनकी कैसी गुज़र रही है !

भाई ख़बर मिलते ही पहुँच गया था। साथ में भाभी भी आई थी। उसकी आँखों में अविश्वास की परत चढ़ी थी। अकेले कोठरी में सौगंध दे-देकर पूछती रही कि अरी करमजली, कही ऊँच-नीच तो नहीं कर बैठी कि सारी बिरादरी के आगे भाई-बाबा की नाक कटवाएगी ? कम्मो हर तरह से भाभी को विश्वास दिला चुकी थी; मगर उसकी चिंता दूर नहीं हुई थी। रात को खाना-पीना करके सब सो गए थे, मगर कम्मो के भाई की आँखों में नींद न थी। उसका मन परीक्षा से नहीं डरा था बल्कि उसे चिंता खाए जा रही थी कि उसकी बहन की ज़िंदगी आगे कैसे बढ़ेगी। वह अपने साथ दो जोड़े जयपुरी पैर लाया था। कब से कह रहा है कि नर्बदा साथ चले, नाप का लगवा ले; मगर हर बार नर्बदा ने इनकार किया। इस बार वह इस वायदे पर ख़रीद लाया कि फिट न होने पर बदल लेगा, ताकि नर्बदा मजबूर हो जाए और पैर लगवा ले। उसका मुँह भी तो बहनोई के सामने नहीं खुलता है, कहे भी क्या ? दोष न उसका है, न किसी का। और अब यह मुसीबत बिरादरी ने उठा दी है।

यमुना बह रही थी। किनारे पर कम्मो का परिवार और गाँव के कुछ लोग बैठे थे। मंगलू भी दो-तीन मर्दों के संग बैठा था। कम्मो की तरफ़ से भाई उतरने वाला था और मंगलू की तरफ़ से भट्ठे वाले का भेजा एक आदमी। सभी के दिल धड़क रहे थे। कम्मो की भाभी बार-बार कम्मो को देख रही थी। भाई ने पैर नदी के किनारे रखे। आसपास वालों ने मंगलू को पुकारा कि अपना आदमी भेजो; मगर वह पानी में उतरने की जगह यह कहकर भाग गया कि धारा बहुत तेज़ है।

"लांछन तो तूने लगाया है, मंगलू, तू उतर ! क्यों बैठा है वहाँ अब ?" कई

लोगों ने उसको ललकारा।

"मैं बुलाकर लाता हूँ।" कहकर मंगलू तेज़ी से भागा और उसी के साथ उसके मित्र-बंधु भी। सब समझ गए और हँसते हुए गाँव की तरफ़ लौटने लगे। मंगलू को सबने बुरा-भला कहना शुरू कर दिया। सबके दिल में विश्वास बैठ गया था कि मंगलू को आज धारा अपने साथ बहा ले जाती। कई दिनों तक मंगलू गाँव वालों को नज़र नहीं आया।

दीवाली से एक दिन पहले जब कम्मो खेत की तरफ़ जा रही थी तो उसे मंगलू रास्ते में मिला। वह हलके-से मुसकराई, जैसे पूछ रही हो कि मर्द के बच्चे, दुम दबाकर कहाँ भाग गए थे ? उसकी यह मुसकान मंगलू को कहीं गहरे छील गई थी। दर्प से उठी कम्मो की गरदन और सधे पैर देखकर उसने सोचा था कि किसी दिन अकेला पाकर इसका सारा गुरूर धो डालूँगा। शहर में अगर वह टिकट ब्लैक करने में पकड़ा न जाता तो गाँव लौटता ही नहीं। गाँव में उसका बैठा कौन है ! सारे दिन चाय की दुकान, स्टेशन और खेत-बाग़ के चक्कर लगाता रहा। उस घटना के बाद से भट्‌ठे वाले से भी उसकी ठन गई थी। इसलिए वह ऊबा-ऊबा रहता और दोबारा शहर जाने के मनसूबे बनाने लगा।

गाँव में मंगलू का आना ख़बर थी। पहुँच गई भट्‌ठे पर और सुंदरलाल ने मंगलू को बुलाने के लिए अपना हरकारा भेजा कि जैसे भी हो, उसे लिए बिना मत आना। जेब मंगलू की ख़ाली थी। रहने का कोई बंदोबस्त नहीं था। थोड़ा-बहुत नखरे दिखा वह सुंदरलाल के घर पहुँच गया। देशी पीते और नमकीन खाते हुए सुंदरलाल ने फिर वही खेत की बात शुरू कर दी। सुनते ही मंगलू की आँखों के सामने कम्मो का चेहरा उभरा और क्रोध का ज्वार ख़ून की धमनियों में फैलने लगा। मुँह ही मुँह में गाली दे मंगलू ने सौगंध खाई कि वह कम्मो को बरबाद करके ही दम लेगा। अरसे बाद बढ़िया खाना और बिछौना मिला था। लंबी तानकर मंगलू सोया। सुंदरलाल को भी जल्दी नहीं थी। परिंदा क़ैद हो चुका था। अब जैसा वह चाहेगा वैसा ही वह उड़ेगा।

कम्मो और नर्बदा खेत में पानी लगाकर लौट रहे थे। कम्मो के हाथ में लालटेन थी। तभी उसे लगा कि कोई उसके पीछे चल रहा है। जब तक वह सँभलती, किसी ने उसका मुँह दबाकर उसे उठाना चाहा। हाथ में पकड़ा डंडा पूरे ज़ोर से नर्बदा ने उस आदमी के सिर पर दे मारा और लालटेन को उठाकर जो मुँह देखना चाहा तो वह आदमी सरपट भागा। नर्बदा को विश्वास था कि उसके सिर पर गहरी चोट लगी है,

सो वह आगे जाकर ज़मीन पर गिरा होगा। चलकर देखें, कौन है। मगर कम्मो ने उसे मना कर दिया। दोनों ने घर जाकर माई-बापू से कुछ कहा नहीं; मगर दोनों के मन में यह बात घर कर गई थी कि यह खेत उनकी जान की मुसीबत बन गया है।

सुंदरलाल ने फिर मंगलू के ज़रिए उस नाई को पकड़ा और बात शुरू हो गई कि बेनी कुम्हार को 'सरा' दिखाना चाहिए, वरना गाँव की बहू-बेटियों पर बुरा प्रभाव पड़ेगा। जितने मुँह उतनी बातें। कोई कहता, ग़रीब सरा के लिए रुपए कहाँ से लाएगा ? दूसरा कहता, इस सबकी क्या ज़रूरत है ! क्या हम जानते नहीं कि कम्मो कैसी सुशील लड़की है ! बेकार की बातें हैं। इन पर कान धरना मूर्खता है। कोई कहता, उस दिन आरोप लगाने वालों की तरफ़ से कोई उतरा नहीं, फिर बार-बार यह बात उठाना ठीक नहीं है। माहौल ठंडा देखकर मंगलू और सुंदरलाल ने दूसरा शोशा छोड़ा कि ग़लती कोई करे, परीक्षा कोई और दे ! कोई क्यों उतरता तेज़ धार के बहाव में ? पाप कम्मो ने किया है सो 'सरा' उसे दिखाना होगा। लोहे का खनता हाथों में उठाना पड़ेगा, तभी बात साफ़ होगी।

'सरा' दिखाने की बात सोए पड़े इस गाँव में चर्चा का विषय बन एक चहल-पहल का रूप धर बैठी थी। कितने लोग तो इस परीक्षा को भूल ही गए थे। अरसे से कोई औरत बुरा काम करते पकड़ी नहीं गई थी। या फिर किसी को इतनी फ़ुरसत नहीं थी कि वह कुटनापा करता; मगर अब लोग 'सरा' की चर्चा कर रहे हैं। बेनी कुम्हार को पूछते हैं। कुल मिलाकर एक तनाव दबाव बन कुम्हार परिवार के संग बाक़ी गाँव वालों को भी तंग करने लगा था। मंगलू गाँव में नज़र न आता, जो लोग कहते कि खिसियानी बिल्ली खंभा नोचे। वह तो सुंदरलाल भट्ठे वाले के यहाँ पड़ा रहता और गाँव वालों को भट्ठे वाले के इरादे का पता न था।

बेनी कुम्हार समय से पहले बूढ़ा हो गया और उसकी जोरू सनक गई। हरदम बुदबुदाती अपने भाग्य को कोसती रहती थी। उसे कम्मो बुढ़ापे की लाठी लगती थी। उसके बेटे का जीवन वही 'सुआरत' कर रही थी और अब दो माह के पेट से भी है; मगर उसने यह ख़बर दिल पर पत्थर रखकर छुपाई, ताकि उसके पोते पर कोई उँगली न उठाए। लेकिन वह 'सरा' को नहीं रोक सकती थी। उस परीक्षा से तो कम्मो के बिरादरी वाले गुज़ारेंगे, वरना हुक़्क़ा-पानी बंद कर देंगे। फिर होने वाले पोते का क्या होगा ? सोच-सोचकर बुढ़िया सिर के बाल नोचने लगती। मुँह और सीने पर दोहत्थड़ मारती और कभी ऊपरवाले को भी खरी-खोटी सुनाने लगती। उधर कम्मो का भाई समझ नहीं पाया कि बहन को इस झंझट से कैसे निकाले ? स्कूल के मास्टर ने कहा कि गाँव के थाने में जाकर मिलो और हो सके तो प्रशासन के बड़े अफ़सर

से मिलकर सारी कैफ़ियत दे डालो, वरना पानी सिर से ऊपर चढ़ जाएगा।

पुलिस वाले सुंदरलाल से खा-पी चुके थे, सो सारी समस्या सुनकर बोले कि ठीक है, समय आएगा तो देखा जाएगा। मगर कलक्टर साहब ने मास्टर जी और कम्मो के भाई को आश्वासन दिया कि वे इस मामले में किसी तरह का अन्याय कम्मो के साथ नहीं होने देंगे। उसके पति और ससुर के नाम के काग़ज़-पत्तर पर आँच नहीं आएगी; मगर रस्म को रुकवाने पर उनका सीधा ज़ोर डालना संभव नहीं है, तो भी वे सरपंच को बुलाकर बात करेंगे। दोनों ख़ुश-ख़ुश लौटे। दूसरे दिन बहन के गाँव जाकर भाई यह ख़बर दे आया और संतोष के साथ सोया।

सुंदरलाल को खेत का लालच अब गुस्सा दिला रहा था। ख़बर मिली थी कि स्टेशन की योजना पास हो गई है और जल्दी ही सरकार यह सारी ज़मीन गाँव वालों से ख़रीदेगी। मंगलू को भी अपने कमीशन की फ़िक्र थी। दोनों को पता तो चल गया था कि यह कम्मो का भाई एवं मास्टर प्रशासन और पुलिस से विपदा कह चुके हैं; मगर उन्हें यह पता नहीं है कि कलक्टर साहब की बदली होने वाली है। अगले माह वे चले जाएँगे। फिर जाने कौन इनकी तरह शरीफ आए या घूसख़ोर, तब तक 'सरा' हो जाएगा। नाई के ज़रिए कुछ और लोगों को शराब-नमकीन खिला तथा कुछ रुपए देकर कम्मो की बदनामी पर तैनात कर दिया गया। जो सुनता, धक-से रह जाता कि कम्मो किसी के साथ सुबह देखी गई तो कभी शाम को; और बेहया ससुर और लड़के को देखो कि पापिन को घर रखे हैं। 'सरा' को कहो तो ख़र्चे की बात करते हैं। अजीब अंधेर है !

कम्मो के मन में क्रोध का ज्वालामुखी हरदम खदबद-खदबद पकता रहता था। नर्बदा की छटपटाहट भी फोड़े की कसक से कम न थी। मजबूर हो गए परिवार वाले 'सरा' दिखाने के लिए और तारीख़ तय हो गई। इस बार यमुना के किनारे आधा गाँव उमड़ आया था। औरत-मर्द अजूबा देखने पहुँच गए थे। बनवा बाम्हन भी पान खा, सिंदूर लगा पत्थर की मूर्तियों के आगे बैठ चुका था। कंडा की आग पर लोहे का खनता रख दिया गया था, जो काले से धीरे-धीरे अपना रंग सुर्ख़ कर रहा था।

कम्मो को लाकर बिठा दिया गया। उसके दोनों हाथ आगे फैला दिए गए। उससे पूछा गया कि अब भी वह बता दे कि किसके साथ मुँह काला किया है ? कम्मो की आवाज़ फँस रही थी। आँखें डबडबा आई थीं। अपमान से उसका रोम-रोम सुलग रहा था।

"बोल ?"

ख़ामोशी।

"बोल, वरना···" आवाज़ उभरने के साथ कम्मो की आँखों के आँसू गाल पर लुढ़क आए। घबराकर उसने कंडों की आग पर जलता लोहा देखा, जिसके पीछे मंगलू बैठा था। उसकी आँखों में हँसी और मुँह पर मुसकान थी। उस पर नज़र पड़ते ही कम्मो उठ खड़ी हुई और धीरे से बोली, "जो मैंने उस पापी का नाम बता दिया, जिसने मेरे साथ बलात्कार किया तो सरपंच उसे क्या सज़ा देंगे ?"

भीड़ में सन्नाटा छा गया। कहीं से कोई आवाज़ नहीं आई। पीपल के दोहरे पत्ते कम्मो की हथेली पर रखते हाथ बीच में ठिठक गए। बनवा बाम्हन टुकुर-टुकुर सरपंच का मुँह देखने लगा। सरपंच के चेहरे पर पसीना झलक आया।

"बोलिए, उसको क्या सज़ा देंगे आप लोग ? सब चुप क्यों हैं ?" बेनी कुम्हार बोला।

"उसको इसी लोहे के खनते से दाग देंगे !" एकाएक नर्बदा बोल पड़ा।

"ठीक है। दोनों ने ग़लती की है तो दोनों परीक्षा से गुज़रेंगे।" कलक्टर के पास से निराश लौटे मास्टर जी ने खड़े होकर कहा। उन्हीं के साथ ढेर सारी आवाज़ें बुलंद हुईं, "उसे भी दागेंगे ! उसे भी दागेंगे ! दोनों जने 'सरा' दिखाएँ।"

"बोलो नाम !"

"मंगलू।" सारी शक्ति बटोर आग उगलती आँखों से कम्मो ने मंगलू को देखा।

"झूठ है !" मंगलू का हँसता चेहरा फक था। उसने भागने की कोशिश की; मगर आसपास वालों ने उसे पकड़ लिया। उसको बीच घेरे में खड़ा कर उसके मुँह में पान का बीड़ा ठूँसा गया और हथेलियों पर पीपल का पत्ता जमाया गया।

"सच-झूठ का पता चल जाएगा। पान चढ़ गया, हाथ जला नहीं तो निर्दोष, वरना···" कहती हुई आवाज़ लोहे का खनता लेकर आगे बढ़ी। वह लोहा नहीं, आग का अंगारा लग रहा था।

"नहीं, यह झूठ है !" मंगलू पीछे हटा। मगर उसे पकड़े हाथों ने जैसे सीखचे पर कस रखा था।

"तूने कम्मो के संग मुँह काला किया था ?"

"नहीं···मुझे क्षमा कर दो। मैंने झूठा आरोप लगाया था। सुंदरलाल ने मुझे बहकाया था।" रोते हुए मंगलू ने सबकुछ उगल दिया था।

"कम्मो को दागो, ताकि सच बोले।"

"नहीं···कम्मो निर्दोष है···कम्मो निर्दोष है।" मंगलू ने घबराकर कहा और रोते-रोते वह कम्मो की तरफ़ मुड़ा। पकड़ ढीली हुई तो वह कम्मो के पैरों पर गिर पड़ा।

"मुझे क्षमा कर दो⋯मुझे क्षमा कर दो⋯कह दो इन सबसे कि मैं निर्दोष हूँ⋯मैंने तुम्हें हाथ नहीं लगाया।"

कम्मो की आँखों के बहते आँसू सूख गए थे। चेहरे पर फैला क्रोध घुलने लगा था। गाँव वालों की आँखें अद्भुत न्याय से चकाचौंध थीं। हवा ने कंडे के जलते शोलों को भड़काकर अंगारे बना दिया था, जो धीरे-धीरे राख में बदल रहे थे। लोहे का खनता सुर्ख़ से काला पड़ गया था। पीपल के पत्ते रेत पर उड़ रहे थे। कलक्टर ने अपना वायदा निभाया। उसके एक ज़िम्मेदार अफ़सर ने उनके कहने के अनुसार इस पूरी घटना की जाँच कर मंगलू और सुंदरलाल के ख़िलाफ मुक़दमा दर्ज़ किया। गाँव वालों को चेतावनी दी कि इस तरह की बर्बरता से भरे रीति-रिवाज फिर न दोहराए जाएँ। मगर तारीख़ शाहिद है कि इतिहास हर बार अपनी घटनाओं को नए सिरे से दोहराता इनसानों की बार-बार की गई, ग़लतियों को मूक प्रहरी की तरह देखता-भर है।

मरुस्थल

पिछली आँधी में गिरा पेड़ का वह तना आज ख़ाली था। उधर से गुज़रने वालों ने महसूस किया। आदत-सी पड़ गई थी सबको, पहले उन दोनों को और फिर बाद में उन तीनों को वहाँ बैठा देखने की। अमलतास के पेड़ों में से एक पेड़ जड़ से उखड़ा था; मगर उसके गिरने से उस कोने के छायादार शामियाने में कोई कमी नहीं आई थी। शाख़ें, सूखी पत्तियाँ, मोटी डालें काटकर माली और उनके साथी ले गए थे। बस, यह तना छोड़ गए थे जो अब बेंच का काम दे रहा था, जिस पर बैठकर वे तीनों चाय पीते हुए ढलते सूरज का तमाशा देखते थे। झुटपुटे के काले-सफ़ेद जाले फैलने के बाद वे तीनों उठते और डामर की काली सड़क पर बस, मोटर और साइकिल से बचते हुए हॉस्टल की राह पकड़ते। यह उनका रोज़ का कार्यक्रम था। देखने वालों को भी आदत-सी पड़ गई थी। पिछले एक हफ़्ते से वह सूना तना सबको खल रहा था। उनकी आँखों में उपजी जिज्ञासा अब चिंता में बदल गई थी कि आख़िर राकेश हिब्बर, ममता मुखर्जी और इंदू राजन कहाँ खो गए हैं ?

वे लोग, जो ख़ामोशी से दूसरों को पढ़ते हैं और अपने आप एक कहानी बना लेते हैं और उस पात्र के साथ जीने, रहने लगते हैं, कुछ ऐसा ही प्रो० मेहता के साथ था। उम्र गुज़र गई थी जवान लड़के-लड़कियों को पढ़ाते हुए, मगर पुरानी आदत नहीं छूटी थी चेहरा पढ़ने और इनसान को समय-समय पर देख उन सारे दृश्यों को जोड़ एक बात समझने की। अकसर वे बातें सच निकलतीं तो वे अपने 'सिक्ससेंस' की संवेदनशीलता पर मुसकराए बिना नहीं रह पाते थे। उनका यह शौक़ उन्हें हमेशा अपने में डुबोए रखता था। चेहरे पर खोयापन, सोचती आँखें और एकाएक बिलकुल निजी सवाल कर बैठना उनकी आदत बन चुकी थी, जिसके कारण वे विद्यार्थियों में काफ़ी लोकप्रिय थे। ममता में उनकी विशेष रुचि थी। वह केवल उनकी शागिर्द नहीं थी बल्कि उनके मित्र की बेटी भी थी। इसलिए उसकी विवेचना करना, उसके व्यवहार और अध्ययन पर नज़र रखना उन्हें अपने कर्तव्य की याद दिलाता था। आज भी क्लास से ममता ग़ायब थी। घर फ़ोन किया तो नौकर ने बताया, घर पर नहीं है। दोस्त से पूछा तो वह चुप रहे, जैसे कोई ख़ास बात न हो। इस उम्र में अकसर

विद्यार्थी क्लास गोल कर जाते हैं। मगर प्रो० मेहता को यह बात मामूली-सी नहीं लग रही थी। कहीं पर कुछ टूटा था। क्या टूटा था, इसी का पता उन्हें लगाना था।

फरवरी के शुरुआती दिन थे, ममता जब राकेश से मिली थी। यह मिलना आम मिलने से अलग-सा था, इसलिए उसने राकेश को अपने डैडी से मिलवाया था। डैडी को राकेश पसंद आया था। साफ़ सोचने वाला, समझदार-सा लड़का, बाक़ी दक्षिण भारतीय लड़कों से कुछ अलग-सा। शायद इसलिए कि लंबे अरसे तक उसके पिता बनारस में रह लिए थे, जिससे उसकी हिंदी भाषा बहुत अच्छी हो गई थी। ममता के घर में माँ पंजाबी और पिता बंगाली थे। अब उसका जीवन एक तीसरे कोण की तरफ़ मुड़ गया था। बरसात की झूमती घटा, जून की तेज़ धूप, लू के थपेड़े और शीत ऋतु की सनसनाती हवा के बीच इस नए खिलते जोड़े को सबने देखा था। उन्हें देखने की आदत-सी पड़ गई थी। जब कभी वे अकेले कहीं खड़े पाए जाते तो लोगों की आँखें पूछ उठतीं, 'साथी कहाँ हैं ?'

राकेश और ममता को जब से यह भेद पता चला था कि मामूली दोस्त का यह संदर्भ किसी अन्य आयाम की तरफ़ मुड़ गया है तो वे दोनों जैसे सचेत हो गए थे। मिली स्वतंत्रता और स्वीकृति के बावजूद जैसे दोनों सावधान हो उठे थे। एक-दूसरे को सँभालते, सँवारते, एक विशेष दूरी को दिखाते हुए पहले से कहीं ज़्यादा नज़दीक हो रहे थे। अपने आसपास वालों से असली भाव छुपाने के चलते उनके बीच जाने कब इंदू आन टपकी—ममता की दोस्त, जिसको ममता और राकेश के बीच खिंची डोर का पता था। इसलिए वह आराम से शाम को घूमते हुए अकसर उनके साथ होती और जब से यह तना कैंटीन के पिछवाड़े वाली जगह पर गिरा था, तब से उन तीनों का अड्डा वहीं जमने लगा था। इंदू को अपना होने वाला जीजू बहुत पसंद था। कभी-कभी वह ममता पर प्यार-भरा रोब भी गाँठती कि वह ब्याहकर उसी की जाति-बिरादरी में आने वाली है। क्लास में दबी ज़बान से चिढ़ाने के लिए 'भाभी, भाभी' कहती। ममता भी इस बात का सुख लेती; मगर ऊपर से अपनी नाराज़गी व्यक्त करती। इन तीनों की दोस्ती देख सभी उलझ-से गए थे कि कौन लड़की राकेश के अधिक क़रीब है, या फिर राकेश दोनों को एक साथ टहला रहा है, और यह दोस्ती अगर एक दिन बड़े महाभारत का रूप धर लेगी, तब ?

ममता के पिता प्रो० मुखर्जी मुतमईन थे। उनका विश्वास था कि प्रो० मेहता ममता को लेकर ग़ैरज़रूरी सवालों में उलझे रहते हैं। जवान नस्ल अपने और अपने माहौल

के बारे में पूरी तरह जागरूक और सचेत है। उनके संबंध पुरानी परिपाटी पर न चलने के बावजूद निष्ठा का अपना व्याकरण रखते हैं, जो उनके जीवन के वाक्य-विन्यास की सुंदर रचना करती है। प्रो० मेहता को ममता का यों क्लास और लाइब्रेरी से ग़ायब रहना किसी तूफ़ान की पूर्व सूचना जैसा लग रहा था। इंदू की भटकी काया उन्हें कई बार गैलरी, सीढ़ी और सेमिनार हॉल में नज़र आई; मगर वह उसकी भौचक आँखों की वीरानी में कुछ पढ़ नहीं पाए। राकेश पिछले दो सप्ताह से ग़ायब था। विभाग में कोई सूचना नहीं थी। प्रो० मेहता अँधेरे में रोशनी की तलाश में अकसर शाम को अकारण उन जगहों से गुज़रते जहाँ पर लड़के-लड़कियों का झुंड बैठा होता; मगर अफ़सोस, उन्हें वे तीनों न एक साथ, न अलग-अलग कहीं नज़र आए। उनकी बुरी कहानी कहीं ठहर गई थी। किसी भी पात्र का विकास वह नहीं कर पा रहे थे। 'सिक्ससेंस' की बैटरी भी क्षीण-सी पड़ने लगी थी। उनके अंदर चलने वाला पथिक बेचैन हो उठा था।

ममता, इंदू और राकेश का वह त्रिकोण अपने अंदर समीकरण बदलने लगा था। ममता पहले हँसती थी, जब राकेश और इंदू बीच-बीच में अपनी भाषा बोलने लगते थे। फिर कुछ खाने-पीने में दोनों की पसंद एक होने लगी और ममता अकेली पड़ने लगी, जिसके कारण वह उन्हीं का साथ देने लगी; जैसे राकेश पहले उसी की पसंद को अपना रहा था। यह दरार ममता को महसूस तो हुई, मगर अखरी नहीं—आख़िर इंदू और राकेश एक भाषी, एक इलाक़ाई थे। दोनों के बीच सबकुछ साझा था, तभी तो वे कभी खान-पान, कभी पहनावे, कभी तीज-त्योहार, कभी परिवार, कभी भाषा को लेकर इस तरह एक-दूसरे में डूब जाते कि ममता को लगता कि वह एकदम अजनबी-सी वहाँ बैठी है; बल्कि अब वह इंदू की भूमिका अदा कर रही है और इंदू ममता की, मगर राकेश ? क्या राकेश ने अपने को इंदू में देखना शुरू कर दिया है, या फिर अनजाने ही वह अपने परिवेश के आकर्षण के जाल में फँस इंदू में अपना भविष्य तलाश करने लगा है ? यह दौर ममता की परीक्षा का था। उदासी में डूबी वह अनेक प्रश्नों से टकराती, जो उनके बीच एकाएक उसे नज़र आने लगे थे। उसका ख़ामोश होना दोनों को महसूस न होता। उसका पीछे छूट जाना उन्हें याद न रहता। अपनी अवहेलना का यह नया संदर्भ ममता के लिए जानलेवा साबित हुआ। और एक दिन वह परिदृश्य से एकाएक ग़ायब हो गई बीमारी के बहाने, ताकि अपनी जन्मभूमि का वह आकर्षण पूर्णरूप से एकाकार हो जाए।

वह शाम गुलाबी जाड़े की एक बेहद हसीन शाम थी, जब राकेश और इंदू अकेले उस तने पर बैठे थे। दोनों ने चाय पी। रोज़ की तरह गप्प मारने की जगह वे ख़ामोश रहे। आज इस ख़ामोशी में उन्हें पहली बार अपने दिल की धड़कन सुनाई पड़ी, जो कुछ अलग-सी थी। कुछ ऐसी जो पहले आकर्षण के समय मद्धिम तालों में बजती है। दोनों ने परेशान होकर एक-दूसरे को देखा और नज़र मिलते ही घबराकर सामने देखा, जहाँ सड़क पर गुज़रने वाले उन्हें घूर रहे थे। झुटपुटे का अँधेरा उनके आसपास डोलने लगा। अमलतास की छिदरी पत्तियों से ताकता नीला आसमान अपनी रंगत बदल बैठा और तब जाने क्या हुआ कि राकेश का काँपता हाथ इंदू के हाथ पर था और···समय वही था, मगर दृश्य दोहराए जाने के बाद पात्र बदल गए थे।

उधर से गुज़रते हुए टहलने के बहाने प्रो० मेहता ने एक नाज़ुक-सा काँपता अक्स अँधेरे के परदे पर उभरता देखा और दंग-से रह गए। उनकी इंद्रियों को झटका लगा। शायद इसलिए भी कि कल्पना ने उनको कहानी का यह मोड़ नहीं सुझाया था। उन्होंने वहाँ रुकना मुनासिब नहीं समझा और न अपने मित्र के घर जाना ही। वह इस समय सीधे घर जाकर अपने स्टडी रूम में आँखें बंद कर बैठना चाहते थे। सोचना चाहते थे कि बदन की कैमेस्ट्री भी वास्तव में अपना वजूद रखती है, जो यों फॉर्मूला बदल जाता है। उनको अजीब-सी थकान ने आ दबोचा और वह आहिस्ता-आहिस्ता पगडंडी के रास्ते अपने घर की तरफ़ जाने लगे। आज उन्होंने भी अपना रास्ता बदल डाला था अनजाने में।

कई सप्ताह बाद तीनों में सिर्फ दो व्यक्ति नज़र आए—अलग-अलग, अपने में खोए-खोए-से किसी भटकी आत्मा की तरह डोलते हुए—और ये कायाएँ थीं इंदू व ममता की। वह पेड़ का तना पिछले एक महीने से ख़ाली पड़ा था। उस पर न कोई नया जोड़ा आकर बैठा और न कोई समूह चाय पीता हुआ दिखा। देखने वाले भी उन तीनों के त्रिकोण को भूलने लगे। कुछ लोग अलबत्ता जिज्ञासावश ममता को खोई, ख़ामोश, अकेली जाते देख पूछना चाहते कि राकेश कहाँ है ? मगर फिर खुद ही हँस पड़ते कि उनका इस प्रश्न से क्या संबंध। इम्तिहान के दिन थे, मगर राकेश का कहीं पता नहीं था। इंदू और ममता दोनों अलग-अलग ख़ामोश परीक्षा-हॉल से निकलतीं और बिना कुछ बोले हॉस्टल एवं घर की तरफ़ मुड़ जातीं। उनके चेहरे पर एक ऐसा भाव रहता जिसमें अचंभे की छाप की पाँचों उँगलियाँ साफ़ उभरी दिखतीं। उनके जवान चेहरे से जैसे खुशी रूठ गई थी। अंतिम दिन जब यूनिवर्सिटी बंद हो रही थी, तब भी इंदू ने न ममता से विदाई ली, न ममता उसको सामान के संग स्टेशन

जाने वाली बस पर छोड़ने आई।

प्रो० मेहता के लिए यह बहुत बड़ा प्रश्न था कि उनका सबसे बेहतर विद्यार्थी बीच पढ़ाई में ग़ायब हो जाए और उसका कारण उन्हें पता न चले। उस दिन शाम को भी जो सच उन्होंने देखा था, वह दरअसल इतनी बड़ी कोई घटना नहीं थी। जिसको लेकर कोई अपना कैरियर ख़राब कर डाले; फिर ̈जोड़े तो किसी भी अंतिम फ़ैसले पर पहुँचने से पहले बदलते रहते हैं। यह भी उन्होंने जीवन की लंबी यात्रा में देखा है। फिर वह कौन-सी बात थी जिसने राकेश हिब्बर को यों बौखला दिया ? ऊपर से ममता और इंदू की दोस्ती टूट गई। दोनों ख़ामोश, उदास रहती हैं। क्या इन तीनों में कोई लड़ाई है ? कोई कुछ बोले, मुँह खोले तो आदमी मदद भी करे। इस तरह गुमसुम बन अंदर-अंदर अपने फ़ैसले ले लेना नई नस्ल की पुरानी आदत है। अपने से बड़ों को ये कुछ समझते ही नहीं हैं। मैं उसको बुलाकर कई बार बातों-बातों में हक़ीक़त जानना चाहता हूँ। पूछना चाहता हूँ कि आख़िर हुआ क्या था ? हिब्बर यों क्यों परिदृश्य से एकाएक ख़ारिज हो गया ? लेकिन ये लड़कियाँ किस चालाकी से असली बात छुपा जाती हैं, जैसे कुछ हुआ ही न हो और पूछने वाला नाहक उनकी जान के पीछे पड़ा है। यह शातिर नस्ल हमारी ही पैदा की हुई है, फिर इतना फ़र्क़ कैसे ?

जुलाई के अंतिम सप्ताह में यूनिवर्सिटी खुल गई। नए-पुराने लड़के-लड़कियों के बीच सूने गलियारे, क्लासरूम, कैंटीन, हॉस्टल फिर चहक उठे। वातावरण नई ऊर्जा से महक उठा। ताज़ा चेहरे के साथ लौटे पुराने विद्यार्थी अपने रुटीन पर लौटने लगे थे। इन सारे हंगामों के बीच एक दिन ममता और इंदू का सामना हो गया। दोनों की आँखें चमकीं। ममता ने धीरे से 'हाय' कहा और इंदू ने खुली मुसकराहट से उसका स्वागत किया। फिर दोनों अपनी-अपनी दिशा की ओर चली गईं। राकेश हिब्बर इस सत्र में भी नहीं लौटा था, यह दोनों को पता चल गया था; क्योंकि रजिस्ट्रेशन बंद हो चुका था। नए लड़के-लड़कियाँ भी अब अपने को थोड़ा-बहुत पुराना महसूस करने लगे थे। किताब की इकलौती दुकान पर शाम को काफ़ी भीड़ लगने लगी थी। प्रो० मेहता अकसर ममता को देखते तो सोचते कि क्या यह लड़की अपने पहले जख़्म को भूल पाएगी ? और यह लड़की इंदू ? इसकी कौन-सी भूमिका इन दोनों के बीच रही है ? खलनायकी की या फिर...

प्रो० मुखर्जी पहली बार बेटी के लिए चिंतित हुए थे। हिब्बर के न लौटने पर उन्होंने बेटी से कुछ पूछा था, मगर उसके जवाब उन्हें ख़ुद सवाल जैसे लगे। वह उन्हें परेशान-सी लगी; मगर उस परेशानी को उसने बाँध बनाकर जैसे रोक रखा था। उन्हें बेटी पर भरोसा था कि वह इस सागर को पार कर लेगी। उन्हें न इंदू का संदर्भ पता था, न उन्होंने प्रो० मेहता की तरह कुछ देखा था कि वह सोच में भटकते। बस, उन्हें इतना ही महसूस हुआ कि उस लड़के की कोई मजबूरी रही होगी, वरना यों सब कुछ बीच में छोड़कर चले जाना किसी भी विद्यार्थी के लिए उचित न था। ममता की माँ अलबत्ता परेशान थीं। उन्होंने कई बार ममता को रात में रोते देखा था। भीगे तकिया पर बिखरे बालों को उसके सो जाने के बाद सँवारा था। वह कुछ भी नहीं जानती थीं ऐसा कुछ, मगर उन्होंने महसूस कर लिया था कि ममता किसी पीड़ा से गुज़र रही है, पूछने पर बताएगी नहीं। वह उन पर पड़ी है। बहुत कुछ ख़ामोशी से पी जाना। सच का अपना सुख-दुःख होता है और झूठ का भ्रम अधिक कष्टदायक होता है। सो उन्हें विश्वास था कि सच ममता को शक्ति भी देगा और उसको सँभाल भी लेगा। इस विश्वास के चलते उन्होंने ममता को कभी कुछ पूछकर परेशान नहीं किया, जिससे ममता के अंदर फैला व्यथा-सागर अपने आप सिमटने लगा था। वह पहले से काफ़ी सँभल चुकी थी।

शाम को अकेले टहलते हुए वह सड़क या चाय के ढाबे की तरफ़ नहीं जाती थी। इमारत के पीछे फैली पगडंडियों में वह झरबेरी की झाड़ियों से बचती-बचाती दूर निकल जाती थी। उसका बचपना कहीं खो गया था। उसको किसी चीज़ की खोज थी, जो उसको सुकून दे सके। बादलों, पहाड़ियों, चिड़ियों और चलती हवा के बीच वह भी अपने को उनका ही हिस्सा समझने लगी थी। ऐसी ही एक शाम को प्रो० मेहता उसको इमारत के पीछे कार पार्किंग में मिल गए। प्रो० मेहता को जिस ममता की तलाश थी आज वह उनके सामने खड़ी थी, जिसको पढ़ना-समझना ज़रा भी मुश्किल नहीं था। उनको अब कहानी के अन्य पात्रों में ज़रा भी दिलचस्पी नहीं रह गई थी। उनका सारा ध्यान ममता पर था। आज वह जान गए थे कि सड़कों पर टहलती ममता को अपने अंदर यात्रा करने का सलीका आ गया है, सो वह अब भटकेगी नहीं बल्कि बहुत कुछ सुलझाकर ज़िंदगी जैसी है वैसी समझने की कोशिश करेगी।

अगस्त के अंत में क्लास शुरू होने के साथ इंदू और ममता की मुलाक़ातें रोज़ होने लगीं; मगर ख़ामोशी की रेखा को किसी ने नहीं तोड़ा। राकेश हिब्बर इस सत्र

में भी नहीं आया था, यह सबको पता चल गया था; क्योंकि रजिस्ट्रेशन ख़त्म हो गए थे। प्रो० मेहता भी उस दिन निराश हो उठे, जब उन्हें पता चला कि राकेश का कोई आदमी यूनिवर्सिटी का बक़ाया अदा करके उसके हॉस्टल का कमरा ख़ाली कर गया। प्रो० मेहता को लगा, उनकी यह कहानी उनकी सोच की ज़मीन पर अब आगे नहीं लिखी जा सकती है। बेकार पात्रों का पीछा करना अपने को और उलझन में डालना है; फिर भी वह राकेश की जगह स्वयं को रख स्थिति को कई-कई कोण से देखते। अपने को इतनी छूट भी दे लेते कि चलो, राकेश के मन में एक साथ दो लड़कियों का प्रेम उभरा, तो उसमें भागने जैसी क्या बात थी ? आख़िर वह जवान लड़का था। इस गुत्थी को सुलझाना ऐसा कौन-सा कठिन काम था ?

अक्तूबर की एक गुनगुनी सपहर को जब सूरज की किरणें तिरछी होकर अमलतास के पेड़ों से लिपट रही थीं, उस समय सड़क से गुज़रने वालों ने देखा कि ख़ाली तने पर ममता और इंदू साथ-साथ बैठी हैं। फिर राकेश भी यहीं कहीं होगा। शायद तीन चाय लेने काउंटर पर खड़ा होगा। यह संतोष राह चलने वालों को आश्वस्त कर गया, मगर ममता और इंदू को नहीं। वे दोनों चुप थीं—कहीं दूर खोई हुईं। शब्द अपनी सार्थकता जैसे खो बैठा था। भावना अपना रास्ता तलाश कर रही थी, सो वे एक-दूसरे के मन का दरवाज़ा खोल, वह सब समझने की कोशिश कर रही थीं, जो उनके साथ चंद माह पहले घटा था। आख़िर किसने किसके साथ छल किया था, जो अकस्मात् वह सब ढह गया जो मज़बूती से अपना आकार ले रहा था। उन्हें इसका ज़रा भी अंदाज़ा नहीं था कि संवेदनाएँ कभी ठहरा जल बन थम जाती हैं तो कभी बाँध तोड़ विस्तार पा जाती हैं।

तने पर बैठी वे दोनों अब रोज़ एक साथ चाय पीतीं। हर उस जगह जातीं, खातीं, पीतीं, घूमतीं जहाँ कभी राकेश उनके साथ होता था। उन्हें कैंपस में घूमता हर शख़्स देखता और अपनी तरह से सोचता था। वे दोनों भी एक सवाल ही लिए घूम रही थीं कि वह सब हुआ कैसे ? हिब्बर कभी न लौटने के लिए आख़िर क्यों चला गया ? उनका यह ख़ालीपन पुरानी यादों से कभी संपूर्णता से भर उठता और कभी किसी वीराने की तरह उन्हें यादों के मरुस्थल में भटकने के लिए छोड़ देता।

उजड़ा फ़कीर

रानी से इस शहर का कुछ भी नहीं छुपा था। कहने को वह उपलों के लिए गोबर बटोरती स्कूटर, मोटर, रिक्शे के बीच डोलती रहती थी, मगर इसका मतलब यह हरगिज़ नहीं था कि वह आँख की अंधी और कान की बहरी थी। इसी छोटे-से क़स्बे को उसने बचपन से जाँचा-परखा था, जो शहर का रूप धर फैक्टरी के धुएँ से भर उठा है। तब स्टेशन के पास पाँच-छह छप्पर वाले घरों में भैंसें बँधी रहती थीं। ग्वालों के इस डेरे पर शुद्ध दूध लेने वालों की भीड़ लगी रहती थी। माँ, भौजी, चाची, ताई गाती-हँसती, उपले पाथती होतीं और वह उनके बीच उछलती-कूदती होती। अब उस ज़मीन पर सरकारी ऑफ़िस बन गया और उसका परिवार बिखर गया।

"मरेगी क्या ? परे हट !" ड्राइवर ने जीप में तेज़ी से ब्रेक लगाते हुए कहा।

"मरना होता तो कब की मर जाती।" बड़बड़ाती हुई रानी गोबर से भरी टोकरी को सड़क के किनारे रख सुस्ताने बैठ गई।

सड़क पर सवारी से भरी बसें गुज़र रही थीं। सामान से भरे ट्रकों के बीच घोड़े की टाप उसे सुनाई पड़ गई। पुलिस वाले जाने कहाँ से आ रहे थे। उन्हीं के पीछे सूखी मरगिल्ली गायें खाने को ढूँढ़ती सड़क पार कर कूड़े के ढेर के सामने ठहर गईं। उसने उठना चाहा, ताकि गिरे गोबर को समेट ले, मगर फिर टोकरी को भरा देख वह सुस्ती से वहीं बैठी रही। अब बूढ़ी हड्डियों में पहले जैसा दम नहीं रह गया था। दुःखों ने उसे अधेड़ उम्र में ही गठिया का रोगी बना लाठी टेकने पर मजबूर कर दिया था।

"उठ जा, माई।" सड़क पर झाड़ू लगाता जमादार बोला।

"यहाँ साफ़-सफ़ाई कैसी आज ?" रानी उठकर खड़ी हो गई।

"मिनिस्टर साहिब आय रहे हैं कल सुबेरे।" कहता हुआ जमादार आगे बढ़ गया।

रानी ने टोकरी कमर पर टिकाई और लाठी के सहारे धीरे-धीरे अपने ठिकाने की तरफ़ बढ़ने लगी, जहाँ उसका अपाहिज़ पति टूटे खँडहर में उसकी बाट जोह रहा था। मौसम गरम था। धूप चटख गई थी। पास में नल देख वह ठहरी और घूँट-भर पानी पीने के लिए उसने टोंटी घुमाई; मगर पानी नहीं निकला। निराश हो उसने

इधर-उधर नज़रें घुमाईं, कहीं प्याऊ या पेड़ों के नीचे रखा पुण्य की ख़ातिर पानी का घड़ा न दिखा, सिवाय ठंडी-ठंडी बोतलों के शरबत और आइसक्रीम वाले ठेलों के। वह चुपचाप आँचल से पसीना पोंछती आगे बढ़ी।

'अभी दो सड़क और एक मैदान पार करना है, तब जाकर मक़बरे की टूटी गुंबद दिखेगी। पहले बदन में ताक़त थी तो गोबर बीनने इतनी दूर नहीं आना पड़ता था। अब तो दस जगह फिरो तब जाकर कहीं यह टोकरी भरती है···आठ-दस कंडों से जो मिलता है उसी से दो रोटी डाल लेती हूँ···घर-घर गैस आ गई है। भट्ठी जलाने वाले तो बस झुग्गी वाले बचे हैं, जिनकी बदौलत दो जून की रोटी मिल जाती है, वरना तो पानी से गुज़ारा करना पड़े।' बड़बड़ाती रानी धीरे-धीरे अपनी राह जा रही थी।

रानी की कहानी बहुतों की कहानी की तरह है। सरकार ने ज़मीन ली तो बदले में रुपया दिया। रुपया से डेरी शुरू की, मगर वह बरकत न रही। जगह-जगह सस्ते दूध की सरकारी, ग़ैर-सरकारी डेरियाँ खुल गई थीं। उसका निखालिस दूध, वह भी महँगा, ख़रीदने दूर तक चलकर कौन कितने दिन आता। गर्ज कि डेरी बिकी, आपस में पैसा बँटा और सब अपनी-अपनी तरफ़ निकल गए। रानी के माँ-बाप इसी शहर में रह गए और काम-धंधे की फ़िक्र करने लगे। दूध में पानी मिलाना उनको पसंद न था। घर-घर दूध बाँटने के लिए साइकिल की ज़रूरत थी। शहर नए-नए मकानों से भर रहा था। भैंस वालों का ठिकाना कहीं बन नहीं पा रहा था, सो तंग आकर रानी की माँ ने आसपास की कोठियों में झाड़ू-पोंछा शुरू कर दिया और पिता ने गुड़ाई-मड़ाई के काम को थोड़ा-बहुत जानने के चलते माली का काम। और अब वे ग्वाले नहीं रह गए थे। रानी भी बड़ी हो रही थी। उसमें भी शहर की तरह अनेक परिवर्तन हो रहे थे।

"बड़ी देर हो गई आने में आज।" थकी आवाज़ से रानी ने टोकरी टूटी दीवार के पास रखी और काँपती टाँगों को सँभालते हुए पटरे पर जा बैठी। दर्द की लहर ने उसकी टाँगों में जैसे मिर्चें भर दीं। पसीना पोंछकर उसने घड़े से पानी पीकर अपने सूखे गले को तर किया और फिर पति की तरफ़ देखा जो उदास आँखों से उसे ताक रहा था। उसके चेहरे पर नज़र पड़ते ही रानी की थकन दूर हो गई और वह उठकर उसके सिरहाने जा बैठी।

"क्या देख रहे हो ?" रानी के चेहरे पर मुसकान उभरी।

"तेरा संतोष।" उसके चेहरे पर प्यार के भाव उमड़े।

"ठहर ! मैं नमकीन रोटी सेंकती हूँ, दिन ढलने को आया।" रानी ने पति को प्यार से छुआ।

रानी का पति राजू पिछले दस वर्षों से बिस्तर पर है। अगर किसी को सच्चाई पता न हो कि ये दोनों पति-पत्नी हैं तो लोग राजू को रानी का बेटा समझेंगे। अपाहिज होने के बावजूद उसका चेहरा दुःखों की मार से बच गया है। उसकी उम्र वहीं ठहर गई जहाँ उसे अपने हिसाब से चलना था। मगर रानी पैंतालीस की उम्र में साठ की लगने लगी है। रूखी त्वचा, सफ़ेद होते बाल···दुःखों की मार उम्र को बढ़ा देती है। माँ-बाप ने खाते-पीते घर में ब्याहा था। शादी के दो-तीन साल तक जब रानी की गोद न भरी तो ससुराल में कलह शुरू हो गया। सारा दिन भैंसों का सानी-पानी करती, उपले पाथती, दूध-दही बिलोने के बावजूद रानी सास की आँखों में खार बन खटकने लगी थी। उसका बस चलता तो वह राजू के लिए दूसरी औरत ब्याह लाती। रानी भी अपने भाग्य के आगे मजबूर थी। राजू और रानी को बच्चे की इतनी ललक नहीं थी, मगर पोता खिलाने का अरमान संबंधों में दरार डालने लगा।

"रोटी सोंधी बनी है। तू भी साथ खा, रानी।" राजू ने प्यार से रानी को ताका, फिर छलछला आई आँखों को झुका लिया।

"खाती हूँ।" रानी ने नमकीन गरम रोटी का कौर मुँह में डाला। दोनों सारे दुःख भूल बड़े संतोष से कौर चबा रहे थे।

"अच्छा, अब तू आराम कर। मैं ज़रा उपले पाथ लूँ, वरना धूप चली जाएगी।" इतना कहकर उसने राजू को पानी पिलाया और जूठी थाली उठा टूटे मक़बरे से बाहर निकली और रसोई समेटने लगी। सूरज के रहते वह सारा काम निबटा लेती थी, ताकि बेकार में चिराग़ जला तेल में पैसा न फूँकना पड़े।

इस मक़बरे में आए हुए उनको चार-पाँच वर्ष बीत गए हैं। जाड़ा, गरमी, बरसात में इन दोनों की रक्षा इस तारीख़ी दीवारों की छत ने की थी, जिसके बनवाने वाले ने कभी सोचा न होगा कि एक दिन इस मक़बरे में कोई अपाहिज ग्वाला बसेरा लेगा और इसके चारों तरफ़ फैले बाग़ की सूखी ज़मीन पर फूलों की क्यारी और हरी-हरी घास की जगह गोबर के कंडों का बिछावन होगा।

"काकी, पाँच ठो कंडा चाही।" पीछे से आई आवाज़ सुन रानी मुड़ी तो देखा, रेलवे वाले की बहू खड़ी है।

"तोका कंडा चाही ?" रानी ने उसकी बोली में जवाब दिया।

"घर मच्छर से भर गवा है, बस अब यही एक उपाय हमरी समझ में आवा है।"

बहू साड़ी समेट बैठ गई।

"लेव।" कहती हुई रानी चार-पाँच सूखे कंडे उसे गिनकर देने लगी। बदले में पैसा गिन उसने आँचल में बाँधा, फिर बहू के आलता लगे पाँव में पड़ी पायल और बिछुए को ताकती बैठी रानी यादों में डूब गई।

घर का कलह बढ़ गया था। माँ-बाप भी दुखी थे। बच्चा पैदा करना जितना आसान काम उन्हें अभी तक लगता रहा था, अपनी लड़की के सिलसिले से बड़ा मुश्किल लगने लगा। इनसान और जानवर का फ़र्क़ उनकी समझ में आ गया। सो वह बेटी को हौसला बँधाते और चुपके-चुपके दो तरह की सीख दे आते थे कि अपना अधिकार न छोड़ना—और अपने साथी को खूँटे समेट उखाड़ लाना, अगर सास दूसरी औरत को छाती पर बिठाने का तय कर ले। रानी को कोई बात कड़वी न लगती। राजू का प्यार उसे भरपूर मिला हुआ था। बुरा तो उस दिन से शुरू हुआ जब माँ-बापू किसी ब्याह में गए और ज़हरीला भोजन खा उनकी मौत भी दर्जन-भर लोगों के संग अस्पताल में हो गई थी। रानी का मायका ख़त्म हो गया। वह रो-धोकर सब्र कर बैठी।

रानी पाँच-छह कक्षा पढ़ी हुई थी। कोठियों में उठने-बैठने के कारण मालिकों से वह अपनी भाषा में बात करते शरमाने लगी थी, सो साफ़-सुथरी हिंदी बोलते और अच्छे कपड़े पहने देख उसे कोई ग्वालन नहीं समझता था। उसके कारण राजू का दबदबा था कि उसकी लुगाई देखने-सुनने में ही नहीं अच्छी है बल्कि चार अक्षर का ज्ञान भी रखती है। दूसरी औरत, जो माँ लाना चाहती है, जाने वह कैसे बोले-बतियाए और कैसा कलह मचाए। ये सारी बातें सोच राजू का मन माँ की बातों से फिर गया था। मायका ख़त्म हुआ, सो बेबस जानकर सास ने रानी को नकेल कसनी शुरू कर दी और न चाहने के बावजूद रानी धीरे-धीरे उदासी के गर्त में गिरने लगी।

"रानी !" अंदर से राजू की आवाज़ सुन रानी चौंकी। अपने सूखे हाथ-पैर देख उसने ठंडी साँस भरी और पति के पास जाकर खड़ी हो गई ! उसे सहारा दे किसी तरह पीछे झाड़ के पास ले गई। खिसकता, घिसटता राजू अपने को बड़ा ही बेबस महसूस करता था।

"नहाने का मन है तो बोलो, आधी बालटी फालतू पानी है।" रानी ने हलके से कहा।

"मन तो कर रहा है, मगर फिर तू कष्ट उठाएगी पानी लाने में।" मरी-सी आवाज़ में राजू बोला।

"तू मेरी चिंता न कर, जब तक गोड़-हाथ चलते हैं, मेरा सुख तेरी सेवा में है।" कहती हुई रानी घुटने पकड़ उठी और दर्द को पीती हुई आधी बालटी पानी ला

पति को नहलाने के इंतज़ाम में लग गई।

अपनी इस दशा पर रानी को कभी-कभी बहुत रोना आता था; मगर फिर सोचती कि अपने हिस्से के दुःख का आरोप दूसरों पर लगाने से क्या कष्ट दूर हो जाएगा ? वहाँ भी तो भाग्य का खेल था। एक के बाद एक भैंसें मरने लगीं। कहाँ तो दूसरों को गिरे समय में ऋण ससुर जी देते थे, कहाँ ऋण लेने लगे और घर का जमा भी बदहाली में धीरे-धीरे चुकने लगा। यहाँ तक कि सास की कमर पर कसी चौड़ी करधनी भी बिक गई। तब न पोता याद रहा, न राजू का दूसरा ब्याह, तब तो केवल बहू-बेटे पर ही भविष्य टिक गया था। अपनी इज़्ज़त और साख को दोबारा लाने के हठ में ससुर जी ने अपना ठिकाना भी गिरवी रख दिया; मगर रूठी लक्ष्मी दोबारा चौखट लाँघकर जो गई तो लाख मिन्नत, समाजत पर भी लौटकर नहीं आई। ससुर को उस दिन हार्ट अटैक हुआ जब मकान और भैंस के थान की कुर्क़ी आई। चिता की राख ठंडी होने के साथ ही तीनों प्राणी टीन के बक्सों, भैंस की नाँद और दूध के डिब्बों, ड्रमों के साथ सड़क के किनारे बैठ गए थे।

नगर विकास की तरफ़ बढ़ रहा था। क़स्बा पूरी तरह फैलकर अब नई इमारतों, नवीन खोलों और पटरी पर टँगी नाइटी-फ्रॉकों में बदल रहा था। मच्छरों और बदबू से परेशान पड़ोसियों ने भले ही ऊपर से हमदर्दी दिखाई, मगर अंदर से राहत की साँस ली कि चलो, पाप कटा, वरना गाँव का दृश्य लिए इन ग्वालों से मोहल्ले की सुंदरता ख़राब होती थी। कुछ दिनों बाद ही वहाँ पर चार-पाँच कमरों का बाज़ार बन गया और वीडियो, टी०वी०, गल्ले की दुकान तथा चायख़ाना खुल गया। वर्ष-भर बाद राजू किसी काम से गुज़रा तो देखकर धक रह गया कि उसके पुश्तैनी खपरैलिया अधपक्के मकान का कहीं पता न था। इस सदमे से उसने उस रात खाना नहीं खाया था। हर रात वह मन को समझाता था कि वह खोया मकान एक दिन दुगुने दाम पर ख़रीद लेगा, मगर अब वह झूठा सपना भी उससे छिन गया था। माँ भी कष्ट न झेल पाई और एक दिन चल बसी। कुछ वर्षों में ही रानी-राजू बेटा-बहू से औरत-मर्द बन गए। बच्चे की तरह हँसना और खाना भूल गए। ज़िंदगी उन्हें अपने कोल्हू में जोत चुकी थी। सो एक छोटे-से किराए के मकान में वे रहने लगे। माँ के मरने के बाद उन्हें दो कमरे की जगह एक ही कमरा काफ़ी लगता था।

"कल तक उपले सूखेंगे नहीं।" आख़िरी उपला पाथ जाती धूप को देख रानी ने कहा और हाथ धोने लगी। फिर सूखे उपलों को गिन-चुनकर टूटी सीढ़ी से टिकाने लगी। सूरज ढलने से पहले ये सारे उपले बिक जाने वाले थे। उसने सड़क की तरफ़

देखा, जहाँ से एक बड़ा जुलूस नारा लगाता हुआ गुज़र रहा था।

'ग़रीब तो बरबाद है इस देश में।' कहती हुई रानी उठी और बालटी उठा पानी भरने के लिए चली। आधी-आधी बालटी लेकर वह कई चक्कर सड़क वाले नल से यहाँ तक लगाएगी, तब कहीं दो घड़े और एक छोटा ड्रम भरेगा। लाठी उठा वह धीरे-धीरे दर्द पीती आगे बढ़ने लगी। जुलूस सड़क पर से गुज़र चुका था और सड़क छाप कुत्ते जाने किस जोश-भरी उम्मीद में सड़क पर दौड़ने लगे थे। सूरज बरगद के बड़े पेड़ के पीछे जाकर छुप गया था। वातावरण में एकाएक हलकी राहत-भरी ठंड उतर आई थी। रानी के पैर बराबर से नहीं पड़ रहे थे, तो भी कोई चारा नहीं था। उसने मनोबल बढ़ाने के लिए वही गीत गुनगुनाया, जब वह दौड़-दौड़कर भैंसों को नहलाती, नाँद में सानी भिगोती, लाड़ में आकर बछड़ों की थूथनी से अपना गाल मिलाती और दूध से भरी झाग उगलती बालटी उठाकर धोई आगनियाँ के चबूतरे पर रखती थी।

"राम-राम, रानी काकी !" कोई फुर्र-से साइकिल पर सवार सामने से गुज़र गया।

"ठहरो, सड़क पार कराइत है।" बकरी के रेवड़ को हाँकता चुग्गी दाढ़ी वाला ठहरता है और बालटी उठा रानी की लाठी पकड़ उसे नल के पास छोड़ आता है।

"पानी गिरना शुरू हो गया।" रानी की आँखें चमकती हैं और वह बालटी नल के नीचे लगा देती है तथा वहीं नल के हौदे के चबूतरे पर बैठ डूबते सूरज की सुनहरी धूप में टूटे गुंबद का खँडहर देखती है, जो उसका घर है, जिसमें उसकी गृहस्थी सजी हुई है, जिस महल की वह रानी है, जिसमें उसका प्रेमी पति लेटा उसकी बाट जोह रहा है। वह हलके से मुसकराती है। उसे अपना गाना याद आता है। ज़ेवर से लदी अपनी देह और···

"रानी बुआ, बालटी भर गई है। तुमसे उठेगी ?" पास की रेल की पटरी के उस पार बनी झुग्गी की पारो कहती है।

"हाँ, भर गई।" अर्थपूर्ण स्वर में कहती हुई रानी उठती है।

"चलो, मैं सड़क डकाए देती हूँ, तब तक अपनी बालटी भर जावेगी।" कहती जवान पारो चूड़ी-भरे हाथों से भरी बालटी उठा चटपट सड़क पार रख आती है और फिर रानी को पकड़ सहारा देती है। रानी दुआएँ देती है।

जब तक वह चार क़दम चलती है, तब तक पारो दस डग भर उसकी बालटी ख़ाली कर लौटती है और हँसकर कहती है, "बुआ, ध्यान ही नहीं रहा और बेकारय तुमका सड़क डकाई !"

पारो अपनी बड़ी-सी बालटी लेकर चली जाती है। रानी अपनी बाल्टी भरने का इंतज़ार करती आती हुई मालगाड़ी को देखती है जिसके पीछे पारो छुप गई है। इसी तरह उसकी बढ़िया ज़िंदगी दुःखों के आँचल से ढक गई थी, जब एक दिन अपने बिछावन से राजू उठ नहीं पाया था। उसने मालिश की, गरम पानी से सूता, मगर कुछ फ़ायदा न हुआ। जब पड़ोसियों ने डॉक्टर को दिखाया तो पता चला कि ब्लड प्रेशर था, जिसके कारण पैरालेटिक अटैक हुआ और फिर शुरू हुआ दुःख का एक और अध्याय–किराया न देने, क़र्ज़ बढ़ने का। दुःख से टूटी रानी को साल-भर बाद वह कोठरी छोड़नी पड़ी और वह इस ख़ाली उजाड़ गुंबद में आकर ठहरी थी। जगजगाता चेहरा खँडहर में रहकर दो माह में मुरझा गया। भय, गंदगी, वीरानी और मौसम की खुली मार ने उसको बेदम कर दिया था; मगर उसी कष्ट ने फिर उसमें जीवन से लड़ने की शक्ति दी और दिन, महीने, साल गुज़रने लगे। अब उसे यह भी याद नहीं आता कि कभी वह दूध, दही, मक्खन, छाछ और मिठाई से भरे बरतनों को सहेजती थी। कौन-सा ग्रह था जिसने उसे ऊपर से नीचे गिराया था ? कभी इस शहर में उसके जानने वाले हुआ करते थे, जो उसको,उसके दादा-दादी और नाना-नानी को जानते थे, मगर अब वह अपने ही शहर में अजनबी है। शहर के अंदर बसा शहर अपने पुराने नाम-पते को भूल गया है। गली बंद हो गई है। सड़कें चौड़ी हो गई हैं। पेड़ कट गए हैं और तालाब पट गए हैं। अकसर उसकी आँखों में अपने क़स्बे के कई रूप उभरते हैं–बचपन का, जवानी का और अब अधेड़पन का··पहले ज़िंदगी में उजाला था, अब तो शहर भी अँधेरा-अँधेरा लगने लगा है जहाँ मैदान, पेड़, जगह, दुकान, मकान का एक न समाप्त होने वाला जंगल उग आया है।

'अरे बिटिया, यह स्टेशन हमरे बचपन में न रहा। यह तो गाँव रहा··यहाँ से वहाँ तक फैले खेत और···' दादी की बातें रानी को अकसर याद आतीं और वह गोबर उठाते हुए रिक्शे, मोटर, बस की रेलपेल में सोचती कि यहाँ इस सड़क पर जाने कौन-कौन-से पेड़, झाड़ उगे होंगे और उन पर जाने किन-किन परिंदों के घोंसले होंगे।

रात घिर आई थी। आसमान पर पूर्णिमा का चाँद उग आया था, जिसकी चाँदनी राजू और रानी की गुदड़ी पर पड़ रही थी। दोनों घोड़े बेचकर एक-दूसरे की बाँहों में सो रहे थे। उनकी गृहस्थी का रखवाला इकलौता सिपाही मोती बड़ी-सी ज़बान निकाले टूटी सीढ़ी के पास बैठा दूर सड़क से आते सायों को देख रहा था। सारे दिन के बाद रात को रानी उसको आधी रोटी देती थी, जिसका अहसान वह मानता था। सारे दिन घूम-फिरकर रात की ड्यूटी वह यहीं बजाता था।

दूर से आते साए नज़दीक आकर ठहर गए और जेब से बीड़ी-सिगरेट निकालकर सुलगाने लगे, फिर कुछ पल आपस में बातें करते हुए आगे बढ़े। मोती के कान खड़े हुए और वह गरदन तानकर खड़ा हो गया। अँधेरे में उनको कुत्ता नहीं दिखा। हाथ में पकड़ी छोटी-सी टॉर्च का दायरा भी बस पैरों से कुछ आगे तक पड़ रहा था। मोती ने एकाएक भौंकना शुरू किया, जिससे उनके क़दम ठिठक गए। मगर दूसरे पल ही वे उलटे दौड़े। उनके पीछे मोती कुछ दूर तक भागा, फिर लौट आया।

"अरे, बाप रे बाप ! सुई लगने से बाल-बाल बचे।" एक ने हाँफते हुए पेड़ के तने से टेक लगाई।

"रात को आना ही नहीं चाहिए था। कुत्ता था सो भौंक दिया, जो साँप होता तो डस ही लेता।" दूसरी भयभीत आवाज़ उभरी।

"यह काम दोपहर में भी हो सकता था। पता नहीं···" तीसरी झुँझलाई आवाज़ उभरी।

"बहस ख़त्म करो। जो हुआ सो हुआ। ख़ैर मनाओ कि किसी को चोट नहीं आई। काफ़ी ऊबड़-खाबड़ रास्ता था।"

चाँदनी की दूधिया रोशनी में चारों-पाँचों साए बात करते हुए दूसरी तरफ़ निकल गए, जहाँ पर उनकी सवारी और एक ठेला खड़ा था। ठेले को वहीं पेड़ के तने से बाँध वे लोग वापस चले गए। सन्नाटे को चीरती हुई रेलगाड़ी पटरी से धड़धड़ करती गुज़र गई।

सुबह ख़ाली टोकरी ले रानी गोबर बीनने चल पड़ी। अब धूप तेज़ हो जाती है, इसलिए उसने अपना समय बदल दिया है। उसे पता है, बड़े बाज़ार के पीछे वाली सड़क पर से सारी रात बैलगाड़ियाँ गुज़रती हैं, जो सब्ज़ीमंडी होती हुई लौटती हैं। इसलिए जमादार की सफ़ाई से पहले और बाद में उसको गोबर पड़ा मिल जाता है। कुछ झाड़ू वाले तो गोबर उसके लिए किनारे लगा देते हैं। हवा में हलकी-हलकी ठंडक है। सूरज का नारंगी गोला निकल आया, जो पूरे वातावरण को गुलाबी-नारंगी बना रहा है। यह दृश्य देख रानी का मन हलका होता है और पैर में दर्द की टीसें कम महसूस होती हैं। वह लाठी टेकती सड़क के किनारे-किनारे चलती हुई याद करती है कि उसने कब से जी भरकर नहाया नहीं है। बालटी भर-भरकर सिर पर उलटना और साबुन से सारा बदन मलना, फिर तेल लगा अच्छी धुली अँगिया और साड़ी पहनना उसको सपनों जैसा लगता है, जैसे उसने यह सुख कभी भोगा ही न हो।

"बचकर, माई ! गोबर के लिए जान देनी है क्या ?" टैंपो वाला प्यार से झिड़कता है।

"उठा ले, उठा ले जल्दी से। बस आ रही है।" कोई कहता है।

रानी बड़े संतोष और धैर्य से सधे हाथों से गोबर उठा-उठाकर टोकरी में रखती है, फिर सड़क के किनारे सुस्ताती है। धूप निकल आई है। गरदन का पसीना बहने लगता है। सामने की दुकान में हलवाई मीठा खोया भून रहा है। कुछ सोचकर रानी उठती है। दो रुपए का मीठा खोया ख़रीदकर आँचल में राजू के लिए बाँधती है और धीरे-धीरे लाठी टेकती टोकरी उठाए अपने रास्ते पर लौटती है। धूप चटख गई है। गरमी बढ़ गई। पसीना उसकी गरदन से बहने लगता है। माथे और चेहरे को आँचल से पोंछती है और कोई गीत गुनगुनाती अपनी भैंसों के डेरे को याद करती चलने लगती है। उसका घर धीरे-धीरे क़रीब आता जा रहा है, जो अब उसको सामने नज़र आने लगा है।

मैदान पार कर जब ख़ुशी से भरी रानी अंदर क़दम रखती है तो वह चौंक पड़ती है। बिस्तर और राजू दोनों ग़ायब हैं, बल्कि सारा सामान ग़ायब है। बस पानी से भरे मटके और उपले के अलावा उसकी सारी गृहस्थी ग़ायब है। चकराई-सी वह टूटी गुंबद के ऊबड़-खाबड़ फ़र्श पर बैठ जाती है। सिर में सनसनाहट है। सब कुछ गोल-गोल घूम रहा है। पेट में मरोड़ उठती है और सीने से रुलाई फूटती है। वहीं खुरदुरे फ़र्श पर सिर पटककर रो पड़ती है। दूर से मोती के भौंकने की आवाज़ सुन वह आँसुओं से डूबा सिर उठाती है। टूटे मेहराब की सीढ़ी पर हाँफता कुत्ता आन खड़ा हुआ है। रानी उठती है, जैसे पूछ रही हो, 'मोती, तुमने राजू को देखा है ?'

मोती भौंककर बहुत कुछ बताना चाहता है, मगर उसकी ज़बान रानी समझ नहीं पाती है और निढाल-सी बाहर आकर सीढ़ी पर बैठ इधर-उधर ताकती है। किससे पूछे ? कहाँ जाए ? यहाँ तो आसपास कोई आबादी नहीं। रेल की पटरी वाली झुग्गियों और रेलवे के क्वार्टर वालों को क्या पता होगा। वे तो पटरी के उस पार रहते हैं जहाँ से टूटा गुंबद भी जाने दिखता है या नहीं; कि वह भी सड़क के दोनों तरफ़ खड़े घने दरख़्तों से छुप जाता है ? रात गहरा गई। मोती उसके क़दमों पर बैठा रहा। रानी ने न चूल्हा जलाया, न रोटी सेंकी। न ख़ुद खाई, न मोती को दी। आँचल में बँधा खोया खोलना उसे याद न रहा।

समय सबसे बड़ा मरहम होता है। रानी भी राजू को ढूँढ़ती-पूछती, भटकते-भटकते थक गई। सवाल मन में ही रह गया और उसकी आँखों के आँसू सूख गए। वह गोबर

बीनने भी नहीं जाती। किसके लिए जाँगर धुने ? इधर कई दिनों से जाने क्यों उसको रह-रहकर अपना स्टेशन के पास वाला घर याद आता रहा जहाँ चाचा, काका, बाबू भैंस नहलाते और माँ, काकी, ताई, चाची, गाना गाती उपले पाथती होतीं और वह उछलती-कूदती बछड़ों पर सवारी कर उन्हें कभी छकाती, कभी दौड़ाती। पता नहीं किस भावना से प्रेरित हो वह लाठी लेकर उठी और धीरे-धीरे चलती हुई स्टेशन की तरफ़ बढ़ गई। रिक्शे, टैंपो, टैक्सी, कार की भीड़ और मुसाफ़िरों की रेलपेल में वह बचती-बचाती अपने घर की ज़मीन पर बने ऑफ़िस के अहाते के बाहर लगे अमलतास के वृक्ष के नीचे बैठ सुस्ताने लगी। थक गई थी। गला सूख रहा था। चक्कर आ रहा था। मैले-चिक्कट कपड़े जगह-जगह से फट गए थे। हफ़्ता-भर से नहाना तो दूर, उसने मन से मुँह भी नहीं धोया था। इस समय वह बहुत कुछ भूल गई थी। कुछ न होने के बावजूद उसे सुरक्षा की भावना अपने में समेट रही थी, जैसे वह बड़ी आफ़तों से बच घर पहुँची हो। उसको भूख का अहसास जागा। याद आया कि उसने जाने कब से कुछ खाया नहीं है। उसने अपने सूखे हाथ देखे, हथेली की रेखाओं को जैसे पढ़ने की कोशिश की, तभी···

'खट' की आवाज़ के साथ कोई सिक्का अहाते के पास लगे पेड़ के लोहे के जँगले से टकराया। इससे पहले कि वह कुछ समझती, एक-दो लोगों ने उसकी तरफ़ पैसा उछाला और आगे बढ़ गए। उसकी चेतना लौटी। अपने साथ हुए इस अत्याचार के विरोध में उसकी आँखें भर आईं। समय ने उसे कहाँ से कहाँ पहुँचा दिया था। अपने घर की ज़मीन पर वह···घबराकर उसने पैर समेटे और घुटनों पर सिर रखकर बैठ गई। वह पूरे वातावरण से आँखें चार करने का हौसला फ़िलहाल खो चुकी थी।

क़स्बे से नगर बने इस शहर के शानदार स्टेशन के दो निकासी द्वार हैं—एक पूरब की ओर पुराने शहर और दूसरा पश्चिम की ओर नए बने शहर की अट्टालिकाओं की ओर···ये बारीकियाँ बदलते शहर की, रानी नहीं जानती है, क्योंकि आज तक वह गाड़ी पर बैठी ही नहीं और बैठती तो जाती कहाँ ? उसका घर, मायका, ससुराल सबकुछ अज़दहे की तरह फैलते इस शहर में था, जहाँ उसका जीवन संकीर्ण हो धीरे-धीरे सिकुड़ता चला गया, वरना उसे पता चल जाता कि स्टेशन के उस पार, निकासी द्वार के बाहर, बरगद के पुराने पेड़ के नीचे राजू पड़ा है, जिसकी बाक़ी बची ज़िंदगी का फ़ैसला फ़कीरों का मुखिया कर चुका है। इस 'मार्केटिंग' के दौर में उसे पता है कि अपाहिज फ़कीर सारे दिन में कुछ न कुछ कमा लेते हैं सो बड़े दिनों से ताक में बैठे उस उस्ताद ने राजू का अपहरण करवा लिया, जब रानी गोबर बीनने

भागती सड़क पर रोटी का जुगाड़ करने गई हुई थी।

अपने घर के राजा-रानी को इस बदहवास उन्नति करते शहर ने बेकार समझ ज़िंदगी के कूड़ेदान में ला पटका। माना कि दुनिया गोल है, मगर उस चपटी दिखने वाली पृथ्वी के दोनों किनारों की आपसी दूरियाँ पार करना दिन-प्रतिदिन कितना कठिन होता जा रहा है और शहर के विकास का इतिहास इस मानवीय पीड़ा को दर्ज़ करना फ़ज़ूल समझेगा।

दुनिया

रात के अँधेरे में आसमान पर टँगा पीला चाँद उसको माँ के चेहरे की तरह लगा। उदास, अकेला और ख़ामोश। उसने हाथ में पकड़ा ख़त पढ़ा, जिसमें माँ ने लिखवाया था कि तेरे बाबा सख़्त बीमार हैं और तुझे देखना चाह रहे हैं। ख़त मिलते ही आ जा। साँस का कोई भरोसा नहीं है। उसने ख़त में लिखी तारीख़ देखी। कुछ दिन पहले भेजा यह पत्र आज दोपहर उसको मिला है।

'शायद बाबा···? नहीं, मुझे यूँ नहीं सोचना चाहिए। वह ज़िंदा होंगे। माँ तो ज़रा-ज़रा-सी बात पर परेशान हो जाती हैं। खाँसी-जुकाम हुआ होगा और माँ को घबराहट शुरू हो गई होगी। बचपन से उनकी सेवा देखती आ रही हूँ।' शोभना ने मुसकराते हुए ख़त को तह किया और इत्मीनान का साँस भरा।

कमरे में मद्धिम रोशनी फैली थी। सुरेश गहरी नींद में डूबा था। उसके सिरहाने से अधखुली किताब उठाकर उसने मेज़ पर रखी और पलंग से नीचे लटकता उसका हाथ आहिस्ता से उठाकर बिस्तर पर रखा। कुछ पल ख़ाली आँखों से सुरेश को खड़ी-खड़ी ताकती रही, फिर धीरे-धीरे चलती हुई कमरे से बाहर निकली। बच्चों के कमरे की बिजली जल रही थी। उसने दरवाज़ा खोला तो देखा, दोनों बेख़बर सो रहे हैं। सोते भी क्यों न, आख़िर रात के डेढ़ बजे थे। उसने कमरे की बत्ती बुझाई और स्टडीरूम में आकर बैठ गई। अपनी डायरी खोली और पूरे महीने के कार्यक्रम पर नज़र डाली। एक दिन भी ऐसा नहीं था जो महत्त्वपूर्ण न हो। हर जगह उसकी उपस्थिति ज़रूरी थी। उसकी ग़ैरहाज़िरी का मतलब था, विभाग में हो रही राजनीति में गड़बड़; और यह गड़बड़ उसको बहुत महँगी पड़ सकती है। इतनी दूर तक यह मामला उसके बुद्धि-कौशल से ही पहुँचा और जब आँखों से सुई निकालने का अवसर आया तो वह एकाएक सब कुछ छोड़कर भावुकता की राह पकड़ ले ? कल माँ को जवाबी तार भेज दूँगी या फिर···फ़ोन नंबर दिया तो था माँ ने एक बार···कहाँ लिखा था ? शोभना ने उँगलियों से कनपटी को दबाया, काग़ज़ों के बीच दबी डायरी निकाली, उसके पन्ने पलटे, फिर निराश होकर दूसरी पुरानी डायरी उठाई और पीछे के पन्नों को तेज़ी से पलटा। फिर हताश होकर, डायरी बंद कर कुरसी से उठी।

'मैं क्यों बेकार में परेशान हो रही हूँ ? बाबा ठीक होंगे, वरना माँ तार भेजतीं, फ़ोन करवातीं। आख़िर पी०सी०ओ० जगह-जगह खुल गए हैं, क्या गाँव, क्या क़स्बा।'

शोभना ने टेबल-लैंप बुझाया और आराम से सेटी पर आकर लेट गई। हाथ मोड़कर आँखों पर रखा और पैर हिलाने लगी। यह उसकी बचपन की आदत थी। दादी लेटे-लेटे पैर हिलाने को मनहूस समझती थीं। अकसर डाँटतीं और कभी-कभी उसका अँगूठा पकड़कर पैर पर से पैर हटा उसके तलवे पर चपत मारतीं; मगर शोभना लाख मना करने के बावजूद यह आदत छोड़ नहीं पाई थी और जब भी वह बेचैन होती तो इस मुद्रा में लेटती। इस समय भी वह बेचैन है। दुनिया के जंजाल में फँसी वह माँ की पुकार को अनसुना नहीं कर पा रही है। फ़ैसला लेने की हिम्मत बनती है तो ज़िम्मेदारियाँ याद आ जाती हैं। आख़िर वह एक प्रसिद्ध कॉलेज की प्रिंसिपल है। बार-बार भागकर वह इधर-उधर छुट्टियाँ मनाने नहीं जा सकती। वही अनुशासन का पालन नहीं करेगी तो अध्यापिकाएँ और विद्यार्थी क्या ख़ाक उसका आदेश मानेंगे !

सेटी से शोभना उठ बैठी और बेडरूम में जाकर बिस्तर पर लेट गई। उसने फ़ैसला कर लिया कि वह नहीं जाएगी। अगले मास ज़रूर वह दो दिन के लिए हो आएगी और माँ को अपनी मजबूरी बताएगी कि उस पर काम का कितना बोझ है। राजनीति हरदम उसके गले की फाँस बनी रहती है। नौकरी करना लोहे के चने चबाना ही नहीं बल्कि काँटों-भरे रास्ते पर चलने का नाम भी है। रुपए कमाना क्या होता है, यह माँ समझती हैं। मेरी मजबूरी भी समझेंगी। फिर वह और बाबा कोई अकेले थोड़ी हैं। छोटा भाई और बड़ी भाभी तो साथ रहती हैं। वह सँभाल लेती हैं सबकुछ। तभी भैया बड़े आराम से शहर-शहर घूमने वाली नौकरी कर लेते हैं। इस तरह की बातें सोचते-सोचते शोभना को नींद आ गई।

सुरेश को टहलने जाना होता है, सो वह मुँहअँधेरे उठता है। इस समय भी वह जाग गया था, मगर बिस्तर पर लेटे-लेटे कुछ सोच रहा था। इस अवस्था में जब होता है तो वह टहलने नहीं जाता है और बिस्तर पर लेटे-लेटे ही सारी दुनिया की सैर कर लेता है। इस समय उनके दिमाग़ में शोभना है। उसके पिता की तबीयत ख़राब है। ख़त आया है। उसको जाना चाहिए। शाम की चाय पर यह बात हुई थी, मगर शोभना ने कोई जवाब नहीं दिया था। अकसर सुरेश को शोभना अजनबी-सी लगने लगती है। महसूस होता है जैसे उसमें भावना के लिए कोई जगह नहीं बची है। हरदम काम और सधा हुआ व्यावहारिक दृष्टिकोण, जो उसको भयभीत करने लगता है कि यदि उसको कुछ हो गया तो शोभना का बरताव क्या इतना ही नपा-तुला होगा ?

नाश्ते की मेज़ पर चारों बैठे थे। सुरेश धीरे-धीरे चाय की चुस्कियाँ ले रहा था। उसकी पसंद की ग़ज़ल उसको विश्वास के असीमित समंदर की ओर ले गई थी, जहाँ लहरें ही लहरें थीं। संवेदनाओं की बेचैनी ज्वार-भाटा बनी उसको गहरी तरंग में डुबो रही थी। तभी फ़ोन की घंटी बजी। बेटे ने उठकर चोंगा उठाया और शोभना की तरफ़ इशारा किया कि 'आपका फोन'—और मेज़ पर आकर नाश्ता करने लगा।

"हलो ! हाँ, मैं शोभना बोल रही हूँ···हाँ-हाँ, अरे ! कब ? कल ? अच्छा-अच्छा ···भैया आ रहे हैं न ? मैं देखती हूँ···माँ को सँभालना।" इतना कहते-कहते शोभना की आवाज़ रुँध गई।

"क्या हुआ, माँ ?" लड़की तेज़ी से उठकर शोभना के पास जाकर खड़ी हो गई।

शोभना की आँखें बरस रही थीं। उसके मुँह से धीरे से निकला, "बाबा नहीं रहे।"

"मत रो, माँ !" लड़का माँ को इस तरह रोते पहली बार देख रहा था।

सुरेश को शोभना का चेहरा बहुत अजनबी लग रहा था। उस पर आँसुओं से डूबी नरमी उसको कहीं संतोष दे रही थी। वह नहीं चाहता था कि शोभना रोना बंद करे। पिघलती मोम को देखने के सुख में वह कुरसी पर जमा बैठा रहा। मन में बार-बार यह सवाल सिर उठा रहा था कि दो दिन पहले आए पत्र की गंभीरता को शोभना ने यदि लिया होता तो ये आँसू आज उसके पिता के सिरहाने गिर रहे होते। माँ को बेटी का कंधा मिलता आँसू बहाने के लिए। मगर यह सारा सुख, जो दुःख का निचोड़ होता, शोभना ने बेकार की भाग-दौड़ के बीच खो दिया। ठंडी साँस भरकर वह खड़ा हुआ।

"लो, पानी पी लो।" सुरेश ने गिलास बढ़ाया और शोभना का कंधा थपथपाया। शोभना की आँखें भर आईं।

"जाना है तो टिकट बुक करा दूँ !" सुरेश ने टटोलती नज़रों से शोभना को देखा।

"हाँ, आज ही।" पछतावा शोभना के चेहरे पर आ बैठा।

"अपने को सँभालो। देखो, बच्चे परेशान हैं।" सुरेश ने कहा और शोभना को पकड़े-पकड़े वह बेडरूम में ले आया। दो बच्चे भी साथ थे।

टिकट की बुकिंग नहीं हो पाई। पूजा की वजह से कलकत्ता जाने वाली सारी गाड़ियाँ और हवाई जहाज़ पहले ही खचाखच भरे थे, ऊपर से प्रदर्शनों के कारण भी शहर का मिज़ाज बिगड़ा हुआ था। सुरेश ने किसी तरह दौड़-भागकर एक टिकट हासिल कर ही लिया और शाम तक शोभना को लाकर दे दिया। शोभना ने अटैची ठीक कर ली थी और इंतज़ार में थी। मगर टिकट कल का हुआ था, सो बेचैन हो उठी। सुरेश ने उसका दिल बहलाने के लिए कुछ देर बाहर चलने को कहा, ताकि

वह अपना संताप कुछ कम कर सके। मगर शोभना जाने को राज़ी नहीं हुई और अलमारी से एलबम निकालकर पुरानी तसवीरें देखती रही। बाबा की जवानी और अपने बचपन की, यूनिवर्सिटी के दिनों और फिर विवाह मंडप की, जहाँ-जहाँ बाबा थे, उस चित्र पर उसकी नज़र अटक जाती थी।

सुबह शोभना जल्दी उठ गई और घर के बारे में नौकरानी को ज़रूरी हिदायतें देने लगी, ताकि उसके पीछे वह वक़्त से आकर काम कर जाए। कॉलेज भी समय से कुछ पहले पहुँच गई कि बिखरा काम जल्द समेटकर वह घर लौट जाएगी; मगर वहाँ जाकर उसको पता चला कि आज चेयरमैन ने महत्त्वपूर्ण मीटिंग पिछले वर्ष हुई ख़रीदारी की इंक्वायरी के बारे में रख दी है। केस उलझा हुआ था। उसने बताया कि वह बाहर जा रही है, मीटिंग में शामिल नहीं हो सकती। मगर दोपहर को मुख्यमंत्री कार्यालय से किसी महत्त्वपूर्ण व्यक्ति के आने के उपलक्ष्य में जलपान का दावतनामा था, जिसको नकारना मुश्किल था। शोभना दोचित्ते में पड़ गई। भारी मन से घर लौटी। बार-बार पार्टी का दृश्य उभरता कि सभी सम्मानित लोग वहाँ आएँगे। कई ऐसे लोगों से मुलाक़ात होगी, जिनसे मिलने की वह इच्छुक रही है। ऐसी जगहों पर जाने का अर्थ है--कई कामों का अपने आप बनना और नए संबंधों की शुरुआत का सिलसिला।

सुरेश ने ऑफ़िस जल्दी ही छोड़ दिया। जाना तो वह भी शोभना के साथ चाहता था, मगर शोभना के जाने के बाद दोनों बच्चों का अकेला हो जाना और बच्चों को शोभना उस छोटे-पिछड़े शहर में ले जाना कभी पसंद नहीं करती, सो उसको यहीं रहना था। शोभना के पिता बड़े सज्जन व्यक्ति थे। अपने इलाज के लिए वह दो बार आए थे। उनकी बातों में अलग तरह की ठंडक और ठहराव था, शायद उसी सहजता की प्रतिक्रिया शोभना में चंचलता के रूप में उभरी थी, जो समय के साथ पककर व्यावहारिक दृष्टिकोण में बदल गई थी। कहीं न ठहरना, किसी की न सुनना; जो लाभ में जाता है उसी को स्वीकार करना। अपनी सत्ता को सदा संचालित करते हुए विस्तार की तरफ़ बढ़ना। ये सारी प्रवृत्तियाँ एकाएक शोभना के अंदर से नहीं उभरी थीं बल्कि धीरे-धीरे शोभना ने स्वयं इनका पालन-पोषण करके अपने व्यक्तित्व को समय के अनुकूल बनाया था। शुरू में सुरेश ने कई बार शोभना को सचेत किया; मगर इन बहसों से कुछ सार्थक नहीं निकला, केवल इस सत्य के अलावा कि सुरेश मात्र एक दर्शक बना रहे। उसी में सबकी भलाई है और घर की शांति भी। सुरेश सोच में डूबा हुआ जब घर पहुँचा तो उसको शोभना का आँसुओं से धुला चेहरा बहुत निखरा-निखरा लगा। आँखें इससे पहले इतनी गहरी नहीं लगी थीं। होंठों का भाव

इतना मुलायम कभी नहीं दिखा था। सुरेश को ऐसा ही मुखड़ा लुभाता है, जिस पर दिल के भाव की सजावट हो, न कि बनावटी शृंगार की रंगोली। उसका दिल चाहा कि शोभना के हसीन चेहरे को चूमकर कहे, 'ऐ फ़रिश्ते ! तू सदा इसी रूप में ठहरा क्यों नहीं रहता ?'

सुरेश को देखकर शोभना की आँखें चमकीं। सुरेश हलके-से मुसकराया। बहुत दिनों बाद पहले की तरह वह अपने को महसूस कर रहा था—ख़ुश और ताज़ादम। उसने ब्रीफकेस सेटी पर रखा और सोफ़े पर बैठकर जूते के तस्मे खोलने लगा। शोभना पास आकर बैठ गई। सुरेश को साफ़ लगा कि वह अंदर से बहुत बेचैन है और यह बेचैनी ज़रूरी भी है, आख़िर बाप का साया सिर से उठना कोई हँसी-मज़ाक़ तो है नहीं। बूढ़े, अधेड़ किसी भी उम्र की औलाद का पूरा वजूद हिलाने के लिए अकेला यह हादसा काफ़ी होता है। सुरेश ने प्यार से उसका कंधा थपथपाया।

"अपना ख़याल रखना, ज़्यादा रुकने का मन हो तो रुक जाना। यहाँ मैं सब सँभाल लूँगा।"

"मम्मी, मैं भी चलूँगा। पापा, आप मम्मी को समझाइए न, नाना जी मुझे कितना प्यार करते थे ! उनको मैं देखना चाहता हूँ।"

"स्टुपिड ! मरे हुए आदमी को देखना, क्या मतलब ?" लड़की ने कंधे उचकाए।

शोभना ने हाथ उठाकर दोनों के बीच उठे वार्त्तालाप पर रोक लगा दी।

"सुनो ! मैं सोच रही हूँ कि जाऊँ या न जाऊँ !"

"क्या ?" सुरेश चौंक पड़ा।

"हाँ, अब जाने से क्या लाभ ! शायद उनको देख भी न पाऊँ और मेरे पहुँचने से पहले उनका दाह-संस्कार हो जाए !"

"कैसी निराशा-भरी बात कर रही हो ! वह तुम्हारा ही नहीं, बड़े भाई का भी इंतज़ार करेंगे। आख़िर कर्तव्य तो उन्हें ही पूरा करना है कि नहीं !"

"वह सब ठीक है; मगर मेरा मामला तो केवल भावनात्मक है, जो यहाँ रहकर भी व्यक्त कर लूँगी।" शोभना ने कहा और अपने होंठ ज़ोर से भींचे। फ़ोन की घंटी बज उठी।

"हलो ! मम्मी, आपका।" बेटी ने चोंगा रखा।

"हलो ! रामनरेश जी, कैसे हैं ? कल तो पार्टी में मेरा आना कठिन है। दरअसल मेरे पिता का देहांत हो गया है और मुझे आज निकलना है···उम्र होगी अस्सी वर्ष···जी क़स्बा है। पानी तो साथ ले जाऊँगी, वरना उबलवा लूँगी···ठीक कह रहे हैं, मगर···अच्छा, श्रीमती देव भी आ रही हैं···हाँ, उनसे मिलना भी चाह रही थी।

ख़ैर…रुकना तो मुश्किल है…देखती हूँ। नमस्ते !" फ़ोन का चोंगा रखते-रखते शोभना के चेहरे का रंग बदलने लगा। उस पर सख़्ती-सी उभर आई और वह कुछ सोचती हुई सोफ़े पर आ बैठी। दो पंखों वाला फ़रिश्ता कहीं खो गया।

"क्या हुआ ?" सवालिया नज़रों से सुरेश ने शोभना को ताका।

शोभना का व्यक्तित्व अपनी पहली कैफ़ियत में वापस लौटने लगा। आँखें सोच में डूब गईं। तेवरी पर बल पड़ गए। आँखों के सामने तराज़ू के दोनों पलड़ों को वह साध रही थी। देख रही थी कि कौन-सा पलड़ा भारी है।

एकाएक वह फ़ैसला लेकर उठी और सुरेश की तरफ़ मुड़कर बोली, "मैंने जाना रद्द कर दिया है। चलो, टिकट वापस करने चलते हैं। अभी काफ़ी समय है, केवल पच्चीस प्रतिशत ही कटेगा।"

"लेकिन क्यों ?"

"सुबह से मैं दो दिल हो रही थी। मुख्यमंत्री के यहाँ टी पार्टी है। उसमें मेरा जाना ज़रूरी है।"

"क़तई ज़रूरी नहीं है। तुमको अपने बाबा के अंतिम संस्कार में जाना है।" सुरेश की आवाज़ तीखी हो उठी।

"जब मैं जीते-जी नहीं गई तो अब जाकर क्या करूँगी ?" झुँझला पड़ी शोभना।

"कैसी हृदयहीन हो रही हो !" घृणा का ज्वार रोके न रुका।

"मुझे बेकार की भावुकता पसंद नहीं है। जैसे अब जाना वैसे हफ़्ते-भर बाद।"

"इतना व्यावहारिक बनकर क्यों जीती हो ? कभी इस दिमाग़ का इस्तेमाल बंद करके दिल का दरवाज़ा भी खोल दिया करो। उसका हुक्म भी माना करो।" आवेश में आ गया सुरेश।

"दिल का कहना मानने का मतलब है चोटें सहना, जो मुझे मंजूर नहीं। वह रास्ता मैं बहुत पहले छोड़ चुकी हूँ। उसमें दुःख ही दुःख है, मिलता-मिलाता कुछ नहीं है।" सहज-सा स्वर उभरा।

"शोभना ! क्या हर बात का निचोड़ कुछ मिलने पर टिका है। कभी-कभी नुकसान-फ़ायदे को आँके बिना भी कुछ करना चाहिए—सिर्फ़ यह महसूस करने के लिए कि हम इनसान हैं, बनिया नहीं। अपने दिमाग़ में टँगा यह तराज़ू उठाकर फेंक नहीं सकती हो क्या ?" सुरेश को तैश आ गया था। उसका चेहरा उस बच्चे जैसा हो रहा था जिसका प्यारा खिलौना एकाएक टूट गया हो।

"मुझे उपदेश मत दिया करो ! यह आदत मुझे झुँझलाहट से भर देती है।"

"और तुम्हारा यह अंदाज़ मुझे निराशा की हद तक भयभीत करता है…आख़िर

तुम ऐसा क्यों करती हो ? क्यों अपने ऊपर 'गिल्ट' का बोझ बढ़ा रही हो ?"

"गिल्ट ! कैसा गिल्ट ! मैंने तो बाबा को नहीं मारा, न उन्हें मारने का षड्यंत्र रचा। आख़िर वह बूढ़े थे, ऊपर से बीमार। उन्हें जाना ही था। एक दिन इसी तरह सबको जाना है। इसमें नई बात क्या है ? मौत सच्चाई है; मगर यह भी कड़वा यथार्थ है कि यह संसार किसी की मौत से रुकता-थमता नहीं है। सबकुछ पूर्ववत् चलता रहता है। ख़ुद को देखो, अपनी माँ के मरने पर तुम होश खो बैठे थे, मगर अब उन्हें याद भी नहीं करते।"

"बस ! अब आगे एक शब्द भी नहीं !" सुरेश ने कहा और तेज़ी से उठकर अंदर बेडरूम में चला गया।

सुरेश का दिमाग़ एकाएक पुरानी यादों से भर उठा। माँ का कमज़ोर, बीमार चेहरा उभरकर सामने आ खड़ा हुआ। वे दिन भी कितने घुटे और उदास थे। उसकी सेवा देखकर शोभना को कोफ़्त होती थी। अकसर वह माँ के लिए नर्स रखने की बात करती थी, जो सुरेश को पसंद नहीं थी। शोभना के लिए अपना कैरियर ज़्यादा महत्त्वपूर्ण था, सो वह अपना पूरा समय बाहर लगाकर आती थी। सुरेश की बहनें हफ़्ते-भर रहकर लौट जाती थीं। उनका रहना एक तरह से सुरेश के लिए भावनात्मक स्तर पर शांति देता था; मगर जो ध्यान वह शोभना से चाहता था वह माँ को नहीं दे पाया। माँ की मौत ने सुरेश को झिंझोड़कर रख दिया था।

इस समय शोभना के इस कटाक्ष का जवाब वह सख़्ती से यह कहकर दे सकता था कि अंदर बसी दुनिया को देखने की आज किसको फ़ुरसत है, वरना तो इनसानों के बीच परदा ही न होता और किसी तरह की ग़लतफ़हमी आड़े न आती। मगर वे लोग भी उन्हें ताड़ नहीं पाते हैं जिनसे उनका जन्म-जन्मांतर का संबंध होता है और साँसें एक-दूसरे से गुँथी होती हैं। सुरेश का सिर दर्द से फटने लगा था। बाहर शोभना किसी से फ़ोन पर बात कर रही थी।

"हाँ, मैंने जाना कैंसिल कर दिया है। श्रीमती देव से मिलना होगा तो मैं सारी बात बता दूँगी। यह मौक़ा बहुत अच्छा है, वरना तो फ़ैसला एकतरफ़ा बात को लेकर हो जाता। ठीक है, कल मुलाक़ात होती है।"

सुरेश ने कई बार शोभना को समझाया है कि वह अपने काम तक अपनी परिधि बना ले, ग़ैरज़रूरी बातों में अपना समय बरबाद न करे; मगर शोभना को हर जगह अपनी उपस्थिति दर्ज़ कराने का जुनून-सा है। कभी-कभी तो वे कई-कई दिन एक-दूसरे से मिल नहीं पाते। जब सुरेश उठता है तो शोभना सोई रहती है और जब वह देर रात पार्टी से लौटती है तो सुरेश सोयां मिलता है। अहसास का साझा आँगन

जाने कब से सूना हो गया है। इसकी तपकन सुरेश को महसूस होती है; मगर शोभना को एक दूसरी ही तड़प अपने चंगुल में ले चुकी है। उसके लिए जो है बस स्टेटस है। इस समय भी उसकी बातों का अंदाज़ किस ओर इशारा कर रहा है।

"हलो, मिसेज़ वर्मा, मैं शोभना बोल रही हूँ। कैसी हैं ? मैं ठीक हूँ...आप तो जानती हैं कि व्यस्तता किस तरह बाँधे रखती है। कल सोचा था कि बच्चों के साथ कहीं बाहर डिनर लूँगी, मगर मुख्यमंत्री का निमंत्रण मिला है, अब उसको टाला तो जा नहीं सकता है। आपकी बात मुझे याद है। मिस्टर नरेश से बात हुई...हम सबकुछ सँभाल लेंगे...फिर बात होगी...बाय !"

फ़ोन रखकर शोभना ने मेज़ पर रखे जग से गिलास भरा और तेज़ी से गला तर किया। फिर बच्चों की तरफ़ देखा, जो टी०वी० देखने में व्यस्त थे या फिर दिखा रहे थे कि उन्हें माँ-बाप के रोज़-रोज़ के झगड़ों से वास्ता नहीं है। शोभना ने एक नज़र देखा, फिर अंदर कमरे की तरफ़ बढ़ी। शोभना ने पति के उतरते चेहरे को एक पल ताका, फिर दूसरे पल बड़े झटके से उसने पर्स उठाया और अकेली ही बाहर की तरफ़ बढ़ी। दोनों बच्चे अवाक् थे। ऐसा नहीं था कि उन्होंने मम्मी-पापा की झड़पें पहले देखी-सुनी नहीं थीं; मगर आज मामला कुछ और था। उन दोनों के लिए यह बात पहेली बन गई थी कि मामूली-सी चाय पार्टी और नाना जी की मौत के बीच माँ इस तरह क्यों खड़ी हो गई हैं ? पार्टियाँ तो बार-बार होंगी, मगर नाना जी की अंतिम विदाई तो मम्मी को दोबारा नहीं मिलेगी।

अंदर पलंग पर बैठा सुरेश सोच रहा था कि आज के इनसान ने अपने आप में रहना क्यों छोड़ दिया है ? आख़िर क्यों वह अपने अंदर की दुनिया को छोड़कर बाहर की बदहवास दुनिया में भटक रहा है ? सुरेश ने गहरी लंबी साँस ली और टेबल पर रखी अपनी माँ की तसवीर को देखा। शोभना की बात को याद कर कड़वी मुसकान उसके चेहरे पर उभरी, जो दूसरे पल गंभीरता में घुल गई।

जलती सिगरेट हाथ की उँगलियों के बीच दबाए जब सुरेश खिड़की के पास पहुँचा तो कार का दरवाज़ा खोलती शोभना पर उसकी नज़र पड़ी। वह चेहरा बदल चुका था। उस पर सख़्ती थी, समझदारी थी, विवेक का तीखापन था। अंदाज़ में झटका था। कार स्टार्ट हुई और आगे जाकर, बाएँ मुड़कर आँखों से ओझल हो गई। सुरेश के हाथ की सिगरेट बिना पिए ही सुलगकर ख़त्म हो गई थी। सिगरेट के टुकड़े को ऐश-ट्रे में बुझाते हुए जाने क्यों उसके दिमाग़ में ख़याल गुज़रा कि वह मासूम फ़रिश्ता जाने कहाँ खो गया जो इनसानी वेश में सामने आया था।

वही पुराना झूठ

इतने बड़े स्टेशन पर उतरकर रज्जो बी का दिल बाँसों उछल रहा था। साथ में गठरी बनी ज़ाहिदा का हाथ उन्होंने कस के पकड़ा और अल्लाह का नाम ले वह इधर-उधर ताकती हुई आगे बढ़ने लगीं। ज़ाहिदा पसीने से तर थी। गरमी भी ग़ज़ब की थी, ऊपर से रेशमी जोड़ा और पीतल के चमकीले ज़ेवरों की चुभन उसे परेशान किए हुए थी।

"चल री लड़की !" रज्जो बी ने झिड़का।

"हमें तो चक्कर आ रहा है।" ज़ाहिदा ने धीरे से डगमगाते हुए कहा।

"चल, बैठते हैं।" कहती हुई रज्जो बी ने ज़ाहिदा का हाथ पकड़ उसको कम भीड़ वाली जगह की तरफ़ खींचा और गोदाम के पास दीवार से टेक लगाकर बैठ गईं; फिर कुछ सोचकर मुड़ीं और ज़ाहिदा का घूँघट पीछे खींचा।

"निगोड़ा जाने कहाँ रह गया ! कहा था कि बोगी में ठहरियो, वहीं पहुँच जाऊँगा; मगर ख़ाली गाड़ी में कोई कब तक बैठता !" रज्जो बी ने कुरते की जेब से बटुआ निकाला और कत्थे का चूरा छालिया के साथ फाँक चुनौटी खोली।

"बड़ी ज़ोर की प्यास लगी है, ख़ाला।" ज़ाहिदा ने मेहँदी लगे हाथ से चेहरे पर चुहचुहाते पसीने को पोंछा।

"तसवीर देखी है, पहचान तो लूँगी।" कहती हुई रज्जो बी ने थैले से गिलास निकाला और नलके की तरफ़ बढ़ीं। दो क़दम चल पीछे की तरफ़ मुड़ीं और ज़ाहिदा से बोलीं, "सुन री, तू भी तो अपने होने वाले दूल्हा की तसवीर देख रखी है···इस बीच दिखे तो शर्म न करना, मुझे पुकार लेना।" इशारे और ज़बान से कहती हुई रज्जो बी ख़ाली होते प्लेटफ़ॉर्म पर आगे बढ़ीं।

दोपहर होने को आई, मगर न दूल्हा, न दूल्हे के घर वाले आए। साथ लाया खाना रात ही खा लिया था। नाश्ता किया न था। अब दोनों के पेट में चूहे कूद रहे थे। वापसी के टिकट के अलावा रज्जो बी की झोली में सिर्फ़ सौ का नोट था। इंतज़ार की ऊब ज़ाहिदा के चेहरे पर फैल चुकी थी। वह बार-बार जम्हाई लेकर कभी सिर,

कभी टाँगें खुजा रही थी। माँग की अफशाँ पूरे सिर में फैल चुकी थी। बाल पसीने के कारण माथे पर चिपक गए थे। गालों और होंठों की लाली फैलकर पाउडर के संग पूरे मुख को धब्बेदार बना चुकी थी। रज्जो बी ने उदास नज़रों से ज़ाहिदा को ताका और ठंडी आह भरी। कल वाली रौनक़ दुलहन के चेहरे से ग़ायब थी। बड़े चाव से लड़कियों ने उसको सजाया था।

एकाएक रज्जो बी पर झुंझलाहट का दौरा पड़ा, "कलमुँहा ! जाने कहाँ अटक गया ! लड़की अलग खटाई हो रही है और वह जाने कहाँ छुहारा बन गुम हो गया है !"

शाम का झुटपुटा जब स्टेशन पर फैलने लगा तो ज़ाहिदा ने एकाएक रोना शुरू कर दिया। रज्जो बी के हाथ-पैर फूलने लगे। सन्नाटी रात में, वह भी जवान दुलहन के साथ, नए शहर के ख़ाली स्टेशन पर गुज़ारने के ख़याल से उन्हें कँपकँपी महसूस होने लगी थी। दिल में ज़ाहिदा के लिए प्यार उमड़ा। लावारिस लौंडिया ! जाने कौन-सी क़िस्मत लिखवाकर लाई है ! लाख अच्छा करो, मगर होता इसके साथ बुरा है, 'अब देखो, मुआ रमज़ान भी जैसे अल्लाह को प्यारा हो गया हो।' दिल पर पत्थर रखकर वह सौ का नोट तुड़ाने पर राज़ी हुईं। आख़िर सुबह से शाम ढलने को आई, आँतों को कब तक तसल्ली देतीं।

पूड़ी वाले ठेले के पास जाकर खड़ी हुईं तो लाल मसाले में उबले आलू की सब्ज़ी को देखते ही उनके मुँह में पानी भर आया। कढ़ाव में फूलती-उतराती पूड़ियाँ उनको भूख से व्याकुल बनाने पर तुल गईं। दोनों हाथों में जब गरम दोने उठाए ज़ाहिदा की तरफ़ लौटीं तो उसको ऊँघते पाया।

"उठ चंदा ! यह कोई सोने का वक़्त है !" रज्जो बी की प्यार की झिड़की सुन ज़ाहिदा चेहरे का पसीना पोंछ अपने सिर पर घूँघट जमाने लगी।

"बहरी बिलाई ! यह कौन खाएगा जो तू ख़सम के इंतज़ार में यूँ शरमाकर बैठेगी !" इतना कह रज्जो बी हँस दीं। बाएँ हाथ का दोना टीन के बक्स पर रख उन्होंने दाहिना हाथ ज़ाहिदा की तरफ़ बढ़ाया।

"ले पकड़, मैं ठंडा पानी भरकर लाती हूँ।"

ज़ाहिदा में ताब कहाँ थी, जो वह रज्जो बी के लौटने की बाट जोहती। गरम पूड़ी के फूले पेट में उँगली धँसाई और बड़े-बड़े कौर निगलने लगी। जब तक रज्जो बी नलके से लौटीं तब तक ज़ाहिदा पेट-पूजा से निबट चुकी थी। डकार लेकर अब वह संतोष से पैर फैलाकर बैठी स्टेशन पर घूमती भीड़ को ताक रही थी। पूरी तरह

भूल चुकी थी कि वह दुलहन है, आज शाम साढ़े सात बजे उसका निकाह सलीम नाम के व्यक्ति से होने वाला था, जिसका फ़ोटो-भर उसने देखा था। रमज़ान अली सदा की भाँति बात दिल्ली से लाए थे। सारी बातें रज्जो बी ने कलकत्ता में तय कर ली थीं। इस पैग़ाम के बदले में मोहल्ले वालों ने एक सौ इक्यावन रुपया और एक लुंगी देने का वायदा रमज़ान से किया था। मोहल्ले वालों की ख़ुशी का अंत नहीं था कि ज़ाहिदा के हाथ पीले होने जा रहे हैं। लड़का देखने-सुनने में अच्छा ही नहीं बल्कि दिल्ली में अच्छा कमाता-खाता है। इसीलिए चलते समय सभी ने कोठियों से मिले पुराने मगर देखने में अच्छे कपड़े और मोतियों की रंगीन मालाएँ और बुंदे देकर दहेज के नाम पर एक टीन का बक्स सजाया था, जिसको पाकर ज़ाहिदा ख़ुश थी; मगर ...एकाएक ज़ाहिदा पैर हिलाना भूल गई। सामने दो मुस्टंडे सिगरेट पीते खड़े उसको घूर रहे थे। उनकी आँखों में तैरती हँसी से वह सहम-सी गई। पैर समेटकर उसने माथे पर साड़ी का पल्लू नीचे घसीटा और पीठ मोड़कर बैठ गई।

"मसाला बढ़िया डाला है आलू में !" चटखारे लेती हुई रज्जो बी ने कहा और पानी का घूँट भरा। ज़ाहिदा को यूँ सिमटकर बैठा देख पहले तो उन्हें हँसी आई, फिर झुँझलाहट, "कभी मुँह ढाँपती है तो कभी खोलती है ! आख़िर कौन-सा नाटक दिखा रही है री ?"

"ख़ाला ! मुझे तो इन लोगों से डर लग रहा है।" ज़ाहिदा ने रज्जो बी के टहोके लगाने पर कहा।

"किससे ?" पलटीं रज्जो बी।

"सामने देखो न, घड़ी के नीचे।" ज़ाहिदा फुसफुसाई।

"सुअर के जने !" दाँत किटकिटाकर बोलीं रज्जो बी।

"तुम यहाँ से जाना नहीं, ख़ाला।" रज्जो बी को हाथ धोने के लिए उठता देख ज़ाहिदा ने उनकी कलाई पकड़ी।

"ठहर तो कबूतरी ! यूँ दिल छोटा नहीं करते।" इतना कह, हाथ छुड़ा रज्जो बी कुछ दूर आगे बढ़ीं।

तभी वे दोनों टहलते, सिगरेट का धुआँ उड़ाते ज़ाहिदा की तरफ़ बढ़े। यह देखकर रज्जो बी बाज की तरह झपट्टा मार सीधे ज़ाहिदा के पहलू में आन बैठीं और ख़ून उगलती आँखों से उन शोहदों को घूरने लगीं। रज्जो बी के बदलते तेवर देख वे दोनों ताड़ गए कि यहाँ दाल गलने वाली नहीं है। दूसरे, यह माहौल ज़ोर-ज़बरदस्ती का भी नहीं है। उनके आगे बढ़ जाने के बाद रज्जो बी ने राहत की साँस ली और सिर पकड़ चिंता में डूब गईं। 'किस मुसीबत में फँस गई यहाँ आकर ! पास में इतना

पैसा नहीं है। जो लौटना पड़ गया तो ज़ाहिदा का टिकट कहाँ से ख़रीदेगी ? ऊपर से शादी का यह सारा तामझाम अपने टेंट से देना पड़ गया तो वह कहीं की नहीं रह जाएगी। बुरा हो रमज़ान अली का, जो मैं उसकी बातों में फँस गई। सभी मना कर रहे थे कि दिल्ली दूर है। लड़का कहीं आसपास का मिले तो ठीक है, वरना ···मेरी मत मारी गई थी जो सलीम की तसवीर देखते ही 'हाँ' कर दी। अब जो यूँ···'

"ऐ ख़ाला ! क्या सोच रही हो ?"

"अरे, सोचूँगी क्या ! भोर से साँझ होने को आई, मगर न सलीम दिखा, न रमज़ान। अब तो पेट में हौल हो रही है।"

"कोई जो न आया लेने तो हम रात को सोएँगे कहाँ ?"

"अब कहाँ बताएँ !"

"लौट चलते हैं, ख़ाला ! मुझे तो बड़ी घबराहट लग रही है।"

"घबराहट ! दिल को मज़बूत रख। डरने की कोई बात नहीं है। अभी कल का दिन हमारे पास है। शायद कल सुबह यहाँ कोई लेने आ जाए···तारीख़-दिन में तो बड़ों-बड़ों से भूल हो जाती है।" पता नहीं रज्जो बी ज़ाहिदा को दिलासा दे रही थीं या फिर खुद को।

रज्जो बी ने मिचमिचाई आँखों से बटुआ खोला और सुपारी का चूरा तंबाकू के साथ फाँका। मुँह चलाते हुए वह यादों में भटककर कोई जान-पहचान निकालना चाह रही थीं, जहाँ रात गुज़ार सकें और कल गाड़ी छूटने से पहले ज़ाहिदा को किसी मुनासिब आदमी के हवाले कर सकें। आख़िर औरत जात है, घर तो बसाएगी। सलीम न सही तो बरकत और बरकत न सही तो कोई लूला-लँगड़ा। आख़िर मर्द का बच्चा औरत के लिए बड़ा मायने रखता है। एक सहारा होना चाहिए। टूटे किवाड़ जैसा ही सही। उसी के भरोसे पूरी उम्र औरत गरदन अकड़ाकर गुज़ार लेती है, वरना तो···

"ख़ाला ! प्लेटफ़ॉर्म तो साँय-साँय करने लगा है।" ज़ाहिदा ने भयभीत आवाज़ में कहा। उसकी आँखों में डर की चमगादड़ें रज्जो बी को झूलती नज़र आईं और वह भी थोड़ी देर के लिए बेहौसला हो उठीं।

प्लेटफ़ॉर्म की दूधिया रोशनी में हर चीज़ चमक रही थी। पटरियाँ ख़ाली पड़ी थीं। उनके पीछे अँधेरा पसरा पड़ा था। वे चीख़ीं भी तो उनकी पुकार पर यहाँ उन दोनों को बचाने कौन आएगा ? सारे दिन की चहल-पहल जैसे सूरज अपने संग ले गया। किसी रेलगाड़ी के आने की कोई उम्मीद बची नहीं थी। गरमी के तपते महीने में रज्जो बी.को ठंडी सिहरन कँपा गई। जाने कितने क़िस्से महानगरों के सुन

चुकी थीं। दिल्ली-कलकत्ता के फ़र्क़ को ये बूढ़ी आँखें ख़ूब समझती थीं। इसीलिए रमज़ान अली से कहकर वापसी का टिकट कटवा लिया था। सुगरा के अब्बा मना कर रहे थे कि ज़ाहिदा को दिल्ली ले जाने की जगह अच्छा है, लड़का कलकत्ता आकर लड़की को ब्याह ले जाए। मगर बकौल रमज़ान के–'सलीम के घर वाले इतना ख़र्च करने पर राज़ी नहीं हैं। वे तो सलीम की ज़िद से हार गए हैं जो ज़ाहिदा के खुले लंबे बाल और बड़ी-बड़ी आँखों को देखकर हठ कर बैठा कि शादी करूँगा तो इसी लड़की से, वरना नहीं।' इनाम की शक्ल में उसने पूरे पाँच सौ रुपए देने का वायदा किया था, जिसमें से दो सौ एडवांस और रज्जो बी के आने-जाने का भाड़ा वह रमज़ान अली को दे चुका था। मगर इसके बाद वह आया क्यों नहीं ?

"ख़ाला, चलो उधर बैठते हैं।" बेचैन-सी ज़ाहिदा ने ख़ामोश पड़े प्लेटफ़ॉर्म को देखते हुए कहा।

रज्जो बी ने ग़ौर से ज़ाहिदा का चेहरा ताका, जिसमें बचपन की उस ज़ाहिदा का चेहरा उन्हें बिसूरता नज़र आया, जब वह केवल दो साल की थी। अपनी पागल माँ की लाश के पास बैठी बेतहाशा रो रही थी। माँ कौन थी ? उसका धर्म क्या था ? ये सारे सवाल उस दृश्य ने अर्थहीन कर दिए थे, जब भागते ट्रैफ़िक के बीच मौत और ज़िंदगी ख़ून का एक ही रिश्ता जी रहे थे। मटियाबुर्ज के उस मोहल्ले की सब्ज़ी वाली ने लपककर बच्ची को उठाया था और बड़ी देर तक तेज़ दौड़ती-भागती कारों के बीच खड़ी काँपती रही थी। माँ को म्यूनिसिपैलिटी वाले ले गए थे। वह बच्ची ज़ाहिदा के नाम से पूरे मोहल्ले की औलाद बनकर पलने लगी थी। उस बच्ची को मोहल्ले के रिश्ते से रज्जो बी कैसे भूल सकती थीं। आख़िर मोहल्ले की सबसे बड़ी वही थीं। उनका दिल ज़ाहिदा के इस हाल पर रो उठा। उन्होंने उसे गले लगाकर प्यार से थपथपाना शुरू कर दिया।

सुनसान पड़े प्लेटफ़ॉर्म पर जाने कहाँ से एक के बाद एक कई गाड़ियाँ धड़धड़ाती पहुँच गईं। उसी के साथ कुलियों का जत्था और फेरी वाले जाग उठे। भीड़ के बीच घिरी रज्जो बी ने मन ही मन तय कर लिया था कि अब यहाँ नहीं ठहरेंगी बल्कि किसी मज़ार, मसजिद या गुनजान बस्ती में जाकर रात गुज़ारेंगी और वहीं से ज़ाहिदा के लिए कोई मुनासिब ठिकाना ढूँढ़ने में समय बिताएँगी। आख़िर आज से कल शाम तक का वक़्त है, खुदा ने चाहा तो एक क्या हज़ार रास्ते खुल जाएँगे। इस तरह हाथ पर हाथ धरकर बैठने से काम नहीं चलेगा। ज़ाहिदा का हाथ पकड़ वह उठी। झोला कंधे पर लटकाया। ज़ाहिदा ने टीन का बक्स पकड़ा और दोनों भीड़ को चीरती आगे बढ़ने लगीं। बाहर दूसरा मंज़र था। टैक्सी-ऑटो वालों ने आने वाले

मुसाफ़िरों को इस तरह घेरना शुरू कर दिया था कि दोनों यह आवभगत देख डरी-सहमी एक कोने में जाकर खड़ी हो गईं और भीड़ छँटने का इंतज़ार करने लगीं। रज्जो बी के कान अलबत्ता खड़े थे। वहाँ हो रहे हो-हल्ले को वह अपनी तरह से छाँट रही थीं। कई नाम उनके ज़ेहन में क़ैद हो गए। जब भीड़ छँट गई तो दोनों सड़क तक पैदल गईं। उन्हें देख रिक्शे वालों ने घेर लिया। किराए से वह दूरी का अंदाज़ा लगा सकती थीं, सो वह पूछने लगीं, "कै पैसा लोगे कच्ची ड्योढ़ी तक का ?"

फिर दूसरे से पूछतीं, "चितली क़ब्र का कितना लोगे ?"

"जाना कहाँ है तुमको, अम्माँ ?" एक ने झुँझलाकर पूछ लिया।

"अच्छा-भला-सा नाम था, दिमाग़ से निकल गया।" रज्जो बी ने गिरती बात सँभाली।

"ख़ाला ! ए ख़ाला ! रमज़ान चाचा किसी मसजिद का नाम बता रहे थे न…जहाँ उनको ठहरना होता है…कुछ याद आया !" एकाएक ज़ाहिदा चहकी।

"अरे हाँ, जामा मसजिद के पास दिलशाद होटल। याद आ गया, अच्छी तरह याद आ गया। चलो, कौन चल रहा है ?"

"बीस रुपया लगेगा।" एक ने कहा।

"उई।" सुनकर रज्जो बी ने नाक पर उँगली रखी।

"जो मरज़ी हो दे देना, अम्माँ, हमको उधर ही जाना है।" कहता हुआ एक जवान रिक्शे वाला अपना रिक्शा खींचकर आगे लाया।

दोनों रिक्शे पर बैठ गईं। बाज़ार की चहल-पहल शबाब पर थी। ज़ाहिदा ने पल्लू माथे पर से गिरा लिया था और गरदन घुमा-घुमाकर दाएँ-बाएँ की रौनक़ ताक रही थी। दिल ही दिल में बातें करतीं रज्जो बी रिक्शे पर सवार रास्ते-भर मनसूबे बाँधती रहीं।

'यह भी ज़ाहिदा के लिए क्या बुरा है ! दो बोल ही निकाह के पढ़वाने हैं, सो सुबह पढ़वा दूँगी।'

रिक्शा झटके से रुका तो जैसे वह होश में आईं। दिलशाद होटल के सामने फ़कीरों की पंक्ति बैठी थी। खाना बँट रहा था। सामने जामा मसजिद रोशनी के बल्बों से चमचमा रही थी। बटुए से रेज़गारी निकालकर वह पल-भर रिक्शेवाले को ताकती रहीं, फिर एकाएक पूछ बैठीं, "तेरा नाम क्या है ?"

"दीपक।"

"ब्याह हुआ ?"

"आपके आशीर्वाद से दो बच्चे हैं, माताजी।"

'यह तो दोनों आँखों का अंधा निकला। दीपक नाम था तो चलो, काने को आधा सह लेती, मगर ऊपर से दो बच्चे···तौबा-तौबा ! बीवी पर सौत बिठाना तो जहन्नुम के दरवाज़े खोलना है।' बुदबुदाती-सी रज्जो बी बंद दुकान के सामने खड़ी हो गईं।

बाज़ार की रौनक़ धीरे-धीरे कम होने लगी थी। एक रकाबी में गोश्त और दो नान लेकर वह भी फुटपाथ के किनारे बैठ कुत्तों को दुत्कारती ज़ाहिदा के संग कौर तोड़ने बैठ गईं। फ़कीरों की टोलियाँ होटलों के सामने से छँट गई थीं। सड़क अब दिखने लगी थी। दुकानों के शटर गिरने लगे थे। रज्जो बी पहले बड़ी देर तक खड़ी सड़क की सुनगुन लेती रहीं, फिर नानबाई के पास खड़ी हो बोलीं, "तुम रमज़ान अली को जानते हो ?"

"कई ठो हैं, तुमको किससे काम है ?" तंदूर से तवा हटाते हुए वह बोला।

"बड़ी मुसीबत है, भैया। मेरा रमज़ान तो ढलती उम्र का, काले मुँह और सफ़ेद दाढ़ी वाला है। हमेशा चारख़ाने का तहमद और जाली की टोपी पहनता है।"

"ऐसे मुँह वाले किसी आदमी को मैं नहीं जानता।" नानबाई ने थाल उठाया और दुकान के अंदर चला गया।

रज्जो बी निराश हो उठीं। फिर एकाएक उनकी नज़र पनवाड़ी की दुकान पर अटक गई, जहाँ पर हरे चारख़ाने का तहमद पहने कोई खड़ा था। रज्जो बी लपककर पहुँचीं और लहककर पुकार बैठीं, "रमज़ान ! रमज़ान अली ! सुनते काहे नहीं हो ?"

"कौन है, भाई ?" कहता हुआ वह आदमी मुड़ा।

"माफ़ करना, मियाँ···पीछे से लगा, अपना रमज़ान खड़ा है।" उस आदमी की शक्ल देख रुआँसी हो उठीं रज्जो बी।

"बात क्या है, बड़ी बी ?" उस आदमी ने मुड़कर उन्हें बग़ौर देखा, फिर पान का बीड़ा मुँह में दबाकर बोला।

"कुछ ख़ास नहीं।" दोचित्ते में पड़ गईं रज्जो बी कि असली बात बताएँ या चुप साधकर लौट जाएँ। दिल का दर्द दीये की लौ बन चेहरे पर दमक उठा था, जिसको उस आदमी ने ताड़ लिया था।

"इस मोहल्ले में कोई परेशानी में पड़ा हो और हम चैन से सोएँ, ऐसा तो कभी हुआ नहीं। क्यों, ठीक कह रिया हूँ न, गरदालू ?"

"जी ! अपनी रीत तो यही रही है।" पनवाड़ी ने गरदन हिलाई।

"मैं अभी यहीं हूँ। भरोसा बने तो मुँह खोलना, वरना वालेकुम सलाम।" सिगरेट का कश लेता वह अधेड़-सा मर्द थोड़ा हटकर खड़ा हो गया और ख़ाली सड़क

को दाएँ-बाएँ नज़रें घुमाकर देखने लगा।

"बड़ी बी ! कई घंटों से मैं तुम्हें परेशान देख रहा हूँ। बात तो कुछ ख़ास होगी, तभी नई-नवेली को लिए दर-दर भटक रही हो। चाहो तो मियाँ के घर निकल जाओ। इनसे न कह सको अपनी बात तो घर की जनानियों से कह देना। आख़िर हर मुश्किल का हल निकालना ही पड़ता है···जाओ, हमारी मानो तो देर मत करो। सिगरेट ख़त्म हुई कि यह घर लौटे। दूसरे, घंटा-भर बाद सड़क सन्नाटी हो जाएगी और पुलिस का पहरा सख़्त हो जाएगा—और फिर शुरू होगी ख़ामोशी में डंडे की फटकार के साथ पूछताछ···लाल कपड़े को देख साँड़ों को सँभालना तुम्हारे वश की बात नहीं है···आगे तुम जानो, तुम्हारा काम।" इतना कहकर पनवाड़ी दुकान बढ़ाने लगा।

उसको सामान समेटते देख रज्जो बी ने सोचा कि आख़िर ख़तरे की इस घड़ी में किसी न किसी पर एतबार तो करना पड़ेगा, वरना···

"कितनी दूर पर है, मियाँ, तुम्हारा डेरा ?" हड़बड़ाकर रज्जो बी पूछ बैठीं।

"बस अगली गली मीर कासिम जान।" चारख़ाने ने पीक थूकी।

"हम भी वहीं रहते हैं, बड़ी बी, रोज़ साथ-साथ लौटते हैं। पनवाड़ी ने इतना कह दुकान में ताला लगाया।

"तुम्हारा नाम क्या है ? घर में कौन-कौन हैं तुम्हारे ?"

"मेरा नाम ग़फ़ूर है। तुम्हारी दुआ से, बड़ी बी, हमारा घर बड़ा भरा-पूरा है। माँ है, दादी है, दो फूफियाँ हैं; एक बीवी और चार लड़कियाँ और तीन लड़के हैं। लड़के अभी छोटे हैं। दस से पाँच तक के सिन के हैं। मैं अकेला मर्द हूँ अपने घर का, अब तुम मुझे जो समझो।"

"समझूँगी क्या ! शरीफ़ हो सो भलामानुस कहूँगी। अल्लाह ने तुम्हें मेरी मदद को भेजा है, क्या इतनी-सी बात समझूँगी नहीं ! ज़ाहिदा तुम्हारी छोटी बहन लगी, मैं उसको लेकर अभी आई।" रज्जो बी तेज़ी से सड़क पार कर बंद दुकान की सीढ़ी पर बैठी ज़ाहिदा के पास पहुँचीं।

"रमज़ान चचा का पता चल गया क्या, जो इतनी खुश लौटी हो ?" खिले मुँह से ज़ाहिदा ने पूछा।

"रमज़ान अली का भाई समझो। रात बसर करने के लिए छत मिल गई, क्या यह कम है इस मुए शहर में !" झोला कंधे पर रख, ज़ाहिदा की कलाई पकड़ वह दुकान की तरफ़ लौटीं।

अँधेरी पड़ी गली में माचिस की जलती तीली से उभरी रोशनी में रज्जो बी और

ज़ाहिदा सँभल-सँभलकर क़दम रखती आगे बढ़ रही थीं। ज़ाहिदा की पाजेब की आवाज़ से सोए कुत्ते जाग गए थे और अब जी भरकर भौंक रहे थे। उन्हें डाँटता, पुचकारता ग़फ़ूर सधे क़दमों से आगे बढ़ रहा था। साथ ही साथ बड़बड़ा भी रहा था, "यह बिजली का खंभा नाम-भर का है। कभी बल्ब नहीं तो कभी तार कटा। अब तो हमको आदत हो गई है; बल्कि रोशनी में गली पहचानी नहीं जाती है।"

"चलो, मेरा घर आ गया। अच्छा ग़फ़ूर भाई, सुबह मुलाक़ात होती है। बड़ी बी, तुम चैन से सोना।" इतना कह पनवाड़ी उस अँधेरी गली में पता नहीं किस कोने में जा छुपा।

"और कितनी दूर है तुम्हारा घर ?" कुछ परेशान-सी रज्जो बी बोलीं। उन्हें एक-दो जगह ठोकर लगी थी, जिसके कारण उनका अँगूठा तपक रहा था।

"बस, वह रहा हमारा घर।" चारख़ाने की चहकार गूँजी।

बंद गली के अंत में बना मकान, जिसकी ड्योढ़ी पर लालटेन लटक रही थी, जिसकी मलगिजी-सी पीली रोशनी धब्बेदार चाँद की तरह हाला बना रही थी। तीनों घर में दाख़िल हुए। ड्योढ़ी पार करते ही रज्जो बी को झटका लगा। उनकी आँखें एकाएक तेज़ रोशनी से चौंधिया गईं। आँगन के बीच में बिजली का बड़ा-सा बल्ब जगमगा रहा था, जिसकी रोशनी दालान तक पहुँच रही थी, जहाँ हर उम्र और हर साइज की औरतें बैठी छालियाँ कतर रही थीं। कई अँगूठे सफ़ेद पट्टियों से बँधे थे। उन सबके चेहरों पर एक-सी इबारत लिखी थी।

"अम्माँ ! देखो, कौन आया है !"

"बरकत के सिवा इस घर में और कौन आएगा !" धीमी हँसी उभरी और बैठी औरतों के ग़ोल से एक भारी-भरकम मगर शानदार चेहरे वाली औरत उठी तथा दालान की सीढ़ियाँ उतर, आँगन में आकर, माथे पर हाथ रख सलाम किया और फिर ग़ौर से रज्जो बी एवं ज़ाहिदा को ताका।

"मुसाफ़िर हो ? कौन-से देश से आई हो ?" ग़फ़ूर की माँ ने पाँस पहुँचकर पूछा।

"कलकत्ता…" रज्जो बी जवाब में मुसकराईं।

"तौबा ! भला कौन-सी समझदारी है इतने लंबे सफ़र में !"

"मजबूरी समझो !" रज्जो बी के चेहरे पर उगा चाँद थकन के बादलों में डूब गया।

"यह तो हम औरतों की ज़िंदगी का साथ है। इसलिए मजबूरी को अपने पैर की जूती समझो, गले का सतलड़ा नहीं। जूती बहुत काटने लगे या घिसकर चुभने

लगे तो उसको उतार फेंको। यह नई नवेली कौन है साथ, बेटी या बहू ?"

"दुखियारी !"

"शम्मो ! ज़रा लोटे में मुँह धोने का पानी रखना, फिर दस्तरख़्वान लगाना।" ग़फूर की माँ ने ज़ाहिदा का चेहरा ऊपर उठाया और हलके से मुसकराई, "दुखियारी क्यों, यह तो खुद अपने में ज़िंदगी है।"

"खाना तो खाकर आए हैं, बहन।"

"तो फिर चाय बनवाती हूँ। शरबत का यह वक़्त नहीं है।" ग़फूर की माँ ने घड़ी पर नज़र डाली, जिसमें पौने ग्यारह बज रहे थे। वह बावर्चीख़ाने की तरफ़ बढ़ी।

बारह-तेरह साल की शम्मो ने भरे लोटे की तरफ़ इशारा किया। कंधे का झोला बक्स पर रख रज्जो बी ने ठंडे पानी की छींटें जो मुँह पर डालीं तो दिल चाहा, नल की टोंटी खोल कपड़े समेट उसके नीचे खड़ी हो जाएँ। ज़ाहिदा ने बक्स खोल सूती जोड़ा निकाला और दालान में बैठी लड़कियों को ताका।

मुँह पोंछती रज्जो बी उसके नज़दीक आन खड़ी हुईं और धीरे से बोलीं, "क्या बात है ?"

"ख़ाला ! मैं तो नहाऊँगी, बहुत गरमी लग रही है।"

"यह भी बदशगुनी है कि निकाह का जोड़ा बिना रस्म अदा किए उतारा जाए।" रज्जो बी सटपटाई-सी बोलीं।

"यह ज़ेवर सँभालो।" पीतल के बुंदे, गुलूबंद उतारती हुई ज़ाहिदा बोली।

"अच्छा···अच्छा, नहाना सुबह। अभी सिर्फ़ मुँह-हाथ धोकर कपड़े बदल ले।"

"आओ, चाय तैयार है।" शम्मो ने तख़्त पर चाय की ट्रे रखकर कहा और पास में दस्तरख़्वान बिछाया।

जब तक ज़ाहिदा कपड़े बदलकर आती तब तक खाना चुन दिया गया था। सभी औरतें सरौते की कटी छालियों को टोकरी में रख उठ पड़ीं और हाथ धोकर एक के बाद एक दस्तरख़्वान के किनारे आन बैठीं। खाना और चाय साथ-साथ चलता रहा; मगर बड़ी ख़ामोशी से, न किसी ने ज़बान हिलाई, न किसी ने दिल खोला।

आँगन में दीवार के पास खड़ी चारपाइयाँ एक-एक करके बिछने लगीं। दरी-तकिया के साथ सबने अपनी जगहें ले लीं तो बल्ब बुझा दिया गया। ग़फूर का बिस्तर ऊपर छत पर था। घर का रक्षक था। भेड़ों के बाड़े की हिफ़ाज़त करना उसका काम था। टूटा बदन जो सारे दिन के तनाव के बाद सीधा हुआ तो दोनों को जोड़-जोड़ से मीठे दर्द का अहसास जागा। लड़कियाँ भी सारे दिन सरौता चलाते-चलाते थक गई थीं, अब एक हाथ से दूसरे हाथ की उँगलियाँ सहला रही थीं। उन्होंने अब

तक ज़ाहिदा से बात नहीं की थी। उनके मन में कोई ख़ास कौतूहल नहीं था। यहाँ तो यह सब रोज़ का क़िस्सा जैसा था। कभी-कभार कोई सवाल पूछा तो माँ और दादी की फटकार सुन नानी याद आ गई। इसलिए वह सबकुछ देखकर भी अनदेखा कर देती थीं। आख़िर माँ की एक ही सीख थी कि दिमाग़ को अटारी पर रखने में ही भलाई है लड़कियों की, वरना ज़िंदगी सँपोलों से भरा पिटारा बन जाती है।

थोड़ी देर आँगन में सन्नाटा छाया रहा, फिर ग़फ़ूर की अम्माँ ने "अल्लाह ! तेरा शुक्र है, आज का दिन इज़्ज़त से कट गया। कल का दिन भी इसी तरह काटना।" ऊँची आवाज़ में ऊपर आसमान को संबोधित करते हुए कहा और बाक़ी औरतों ने 'आमीन' कहकर हामी भरी।

रज्जो बी की आँखें, जो ज़रा झपकी थीं, पूरी की पूरी खुल गईं। कल की फ़िक्र उनके दिमाग़ में जले पैर की बिल्ली की तरह ऊधम मचाने लगी। उनका दिल तड़पा, कोई झूठे ही सही, उनका हाल पूछे और वह ज़ाहिदा की विपदा कह सुनाएँ। मगर किसी ने कोई खोज-ख़बर नहीं ली और नींद में सारी की सारी डूब गईं। ज़ाहिदा भी घोड़े बेचकर ऐसे सो रही है जैसे पीहर लौटी लड़कियाँ थककर सोती हैं। एक वह ही हैं जो तड़प रही हैं कि कल क्या होगा ? क्या वह ज़ाहिदा का घर बसा पाएँगी ?

अज़ान के वक़्त रज्जो बी की आँख खुली तो उन्होंने देखा कि सारा घर नमाज़ के लिए सफ़ बाँधे खड़ा है। ग़फ़ूर अलबत्ता दर पर खड़ा मिसवाक कर रहा था। बंद मुट्ठी अभी तक बँधी थी। बिस्तर से उठने से पहले रज्जो बी ने तय कर लिया कि कोई पूछे या न पूछे, वह स्वयं मुट्ठी खोलकर सबकुछ बता मदद माँगेंगी; वरना तो लौटना दूभर हो जाएगा। चलो, किसी तरह लौट भी गईं हम दोनों तो मटियाबुर्ज वाले क्या सोचेंगे ? उनके सपनों का महल गिरकर चकनाचूर हो जाएगा। जाने आगे फिर ज़ाहिदा का ब्याह हो भी या नहीं। अभी ही कौन-से फले पेड़ को देखकर ढेले आ रहे थे। तभी तो काले कोस लौंडिया को लेकर आना पड़ा। अब तो इसका घर न बसा तो समझो, बरसों का एतबार रमज़ान अली के ऊपर से जाएगा सो अलग और लड़कियों को बाहर निकलकर ज़िंदगी बसाने का जो अवसर मिलता था वह भी खोएँगी सो अलग। इसी उधेड़बुन में फँसी रज्जो बी ने मंजन किया, साबुन से रगड़-रगड़कर हाथ-मुँह धोए और झोले से निकालकर दूसरा कुरता व पाजामा पहना। जब चाय पीने बैठीं तो ज़ाहिदा को आँखों ने ढूँढ़ा। शम्मो की आँखों के इशारे पर उनकी नज़र कोने में बने गुसलख़ाने पर टिक गई, जिसकी दीवार पर ज़ाहिदा के कपड़े लटके थे। रज्जो बी ने चाय का गरम-गरम घूँट भरा तो उनकी हिम्मत बँध गई कि सीधे-साफ़ शब्दों में पूछ सके कि ग़फ़ूर, रात का वायदा क्या हुआ ? आख़िर

इस अंधे कुएँ से निकालने की कौन तदबीर की है तुमने ?

इससे पहले कि रज्जो बी मुँह खोलतीं, ग़फ़ूर ने उन्हें बाहर की तरफ़ चलने का इशारा किया। जब वह ड्योढ़ी की तरफ़ आईं तो उन्हें दो कुरसी और एक मेज़ दिखी, जिस पर ग़फ़ूर ने कुछ काग़ज़ रख छोड़े थे। यह सब रज्जो बी को रात को नज़र नहीं आया था। ग़फ़ूर ने उन्हें दूसरी कुरसी पर बैठने का इशारा किया और उनकी तरफ़ हमदर्दी से देखने के बाद पूछा, "अब कहो, बड़ी बी, क्या बात है ?"

"बात तो बेटे, बड़ी मामूली-सी है। रमज़ान बराबर लड़कियों के रिश्ते कलकत्ते लेकर आता-जाता है। उसी ने सलीम पेंटर की बात ज़ाहिदा से तय कराई थी। निकाह कल शाम सात बजे तय पाया था। यह रही लड़के की फ़ोटो और यह रहा मेरा वापसी टिकट। रमज़ान को लड़के वालों ने जो भी लेने-देने का वायदा किया हो, मगर हम मोहल्ले वालों ने उसको लड़की का ब्याह हो जाने के बाद अपनी हैसियत के मुताबिक़ एक मामूली रकम देने का वायदा किया था। लावारिस लड़की थी, शादी का कपड़ा-लत्ता भी हमने जोड़-जोड़कर अपने से किया था। बस निकाह का एक दुपट्टा अलबत्ता शगुन के नाम से देकर गया था कि नथ और अँगूठी दिल्ली पहुँचकर मिलेगी। मगर हम सारा दिन इंतज़ार करते रहे, न रमज़ान आया, न सलीम। अब तुमसे क्या छुपाऊँ अपनी हालत ! बात मुख़्तसर यूँ कि ज़ेवर चाहे पीतल के हों या पींड़ी देशी घी और मेवों से भरी न भी बनें तो भी मेहँदी, चोटी, मिस्सी में हमारी ही जेब ख़ाली हुई है।" रज्जो बी अंत तक आते-आते भावुक हो उठीं।

"अब तुम चाहती क्या हो ?"

"कोई शरीफ़ लड़का तुम्हारी नज़र में हो तो⋯दो बोल पढ़वा देते, ताकि मैं भी ख़ुशी-ख़ुशी घर वापस जाऊँ।"

"इतनी जल्दी ?"

"न मैं ज़्यादा रुक सकती हूँ, न ही इसको अब वापस ले जा सकती हूँ। बस मेरी मजबूरी समझो⋯मैं तुम्हारे पाँव पड़ती हूँ।"

"अरे-अरे ! कमाल करती हो ! यह सब करने की ज़रूरत नहीं है। चैन से बैठो, मैं कुछ करता हूँ।" इतना कहकर ग़फ़ूर बाहर निकला। रज्जो बी आँखों में आए आँसुओं को दुपट्टे से पोंछती घर में दाख़िल हुईं। उनके दिल में उम्मीद जाग चुकी थी कि ग़फ़ूर ज़रूर उनकी मुश्किल हल कर देगा।

जो मंज़र रात को घर का उन्होंने देखा था, वह हू-ब-हू इस वक़्त मौजूद था। गोलाकार बैठी छोटी-बड़ी औरतें उसी तरह ख़ामोशी से बैठी छालियाँ कतर रही थीं। ग़फ़ूर की माँ घर के इंतज़ाम में लगी हुई थी। ग़फ़ूर की दादी अपने टूटे-फूटे वजूद

के साथ दालान के कोने में पड़े खटोले पर तस्बीह के दाने फेर रही थी। कल की कतरी छालियों का बड़ा-सा थैला उठाकर ग़फ़ूर का लड़का दालान की सीढ़ियाँ उतर रहा था।

"सँभलकर जाइयो और रुपए अंदर की जेब में रखियो···होशियारी से।" ग़फ़ूर की माँ उठकर ड्योढ़ी तक बेटे के संग गई।

रज्जो बी ने एक उचटती नज़र घर की औरतों पर डाली और ताज्जुब से सोचने लगीं कि आख़िर ये औरतें किस मिट्टी की बनी हुई हैं जो न कुछ पूछती हैं, न कुछ बताती हैं।

"चलो लड़कियो, आकर कुछ खा लो। बहन, तुम आओ न !" ग़फ़ूर की माँ ने नाश्ते के लिए सबको बुलाया।

धूप चढ़ गई थी। ज़ाहिदा के चेहरे पर अजीब निखार था; पहली बारिश में जैसे चमेली की बेल धुल-धुलाकर चमकीले पत्तों के साथ बल खाती है। यह नूर तो उस पर दुलहन बनाते हुए भी नहीं उतरा था। इसको शुभ संकेत मान रज्जो बी नाश्ता करने लगीं। नाश्ते के बीच ग़फ़ूर की माँ हलके से मुसकराई और धीमे-से बोली, "अब कुछ अपनी कहो और हमारी सुनो। तुम कल से आई हो। सोच रही होगी कि ये कैसे लोग हैं जो दूसरों का हालचाल नहीं पूछते। मगर सच जानो, जब ख़ुद के दिल पर बोझ रहता है तो दूसरों की बात आसानी से सुनी-समझी नहीं जाती है। कल रात से आज सुबह तक अपना जी कड़ा किया, ख़ुद को आमादा किया, तब कहीं जाकर हिम्मत जुटाई। बोलो, जो दिल में भरा है उसको ख़ाली कर दो।"

नाश्ता ख़त्म हो चुका था। एक-एक करके लड़कियाँ उठने लगीं। तख़्त पर सिर्फ़ ग़फ़ूर की माँ और रज्जो बी बैठी थीं। ज़ाहिदा की तरफ़ सवालिया नज़रों से ग़फ़ूर की माँ ने ताका तो रज्जो बी ने इशारे से समझाया कि वह कुछ ऊँचा सुनती है। फिर गला साफ़ करके बोलीं, "बात छोटी-सी है, मगर उलझ गई है।"

रज्जो बी ने ज़ाहिदा की कहानी कह सुनाई। सुनकर ग़फ़ूर की माँ ने लंबी साँस ली और सिर झुकाकर गरदन हिलाई, जैसे किसी गहरी सोच में डूब गई हो। फिर कुछ पल बाद सिर ऊपर उठाया और ग़मगीन स्वर में बोली, "हर लड़की की कहानी एक जैसी क्यों होती है ?"

काफ़ी देर तक दोनों के बीच सन्नाटा छाया रहा। सरौते की खट-खट चलती रही। फिर एकाएक ग़फ़ूर की माँ उठी और ताक पर रखी तसवीर उठा लाई। दुपट्टे के आँचल से उसकी धूल पोंछी और रज्जो बी को दिखाते हुए बोली, "यह मेरी सबसे बड़ी ननद है। नाम था अफशाँ। अब इस दुनिया में नहीं है। और मुरदों के बारे में

कोई भी बतकही मुनासिब नहीं समझी जाती, सो उस दिन से सबकी ज़बान पर ताले पड़ गए। बोलकर कुछ बदला नहीं जा सकता था, क्योंकि उससे अफशाँ लौटकर न आती। मगर एक बात हमने गाँठ बाँध ली कि आँख बंद करके लड़कियों को ब्याहने वालों की हमें तरफ़दारी नहीं करनी है। अगर शादी बेहतर जगह नहीं होती है तो न हो, कम से कम एक बार मिली ज़िंदगी को वह जी तो सकती है। ग़फूर बहुत छोटा था तब, होगा यही अठारह-उन्नीस साल का, फूफी के जनाज़े पर उसने क़सम खाई थी कि वह हर औरत की मदद करेगा। क़सम तो अपनी जगह है, उसका निबाह भी करना है; मगर हक़ीक़त कुछ और है । इसलिए यह जानते हुए कि हम किसी की ज़िंदगी तो दूर, क़िस्मत भी नहीं बदल सकते हैं, सो थोड़ी दूर का साथ और दुखियारे को राह दिखाना अपनी अक्ल के मुताबिक़ यही हमारी ख़िदमत है, बाक़ी जाने ऊपरवाला और उसका बंदा।"

ग़फूर के लौट आने से बातों का सिलसिला टूटा गया। उत्सुकता से भर रज्जो बी ने ग़फूर को ताका। ग़फूर ने निराशा से सिर हिलाया, "इतनी जल्दी कोई इंतज़ाम होना नामुमकिन लग रहा है। रुकना चाहो तो रुको, वरना फ़ैसला और मरज़ी तुम्हारी है।"

"कोई तो होगा, दुहाजू या फिर…"

"चितली क़ब्र पर एक अंधे बुज़ुर्ग रहते हैं, फ़िलहाल वही कुँवारे बचे हैं।" कटाक्ष-भरे आक्रोश में ग़फूर बोला।

"मुझे एक बार दिखा देते !"

"अपने लिए पसंद करना है क्या ?" ग़फूर की माँ रज्जो बी की बेहिसी देख ताव में आ गई।

"मेरा बूढ़ा तो घर में बैठा है। बात तो ज़ाहिदा की है। शादी से ज़्यादा बड़ी बात तो रोटी की है। जवान लड़की मेहनत-मज़दूरी पर निकलती है तो उसमे कष्ट ही कष्ट हैं। कहाँ-कहाँ, किस-किससे बचो। मैं तो बस इतना जानती हूँ कि इसके हाथ पीले हो जाते, हमारा फ़र्ज़ पूरा हो जाता। आगे इसकी क़िस्मत।"

"बेवकूफ़ तो तुम किसी और को बनाना, बीबी। जब उसको सहना ही सहना है तो फिर अपनी मरज़ी से जीने की राह में तकलीफ़ उठाए, न कि उसी पुराने मक़तलगाह पर ज़बह हो !" ग़फूर की माँ के तेवर तने हुए थे।

"जो दुनिया की रीति है उसको पूरा करना भी ज़रूरी है।"

"रीति-रिवाज के चलते उसको जीते-जी मार डालोगी ?"

"कोई नहीं मरता, बहन ! सबको मैं ज़िंदा ही देख रही हूँ।" इतना कह

तनतनाती-सी रज्जो बी खड़ी हो गईं। उन्हें ग़फ़ूर की नीयत में खोट लगा। इतनी देर में तो वह खुद ढूँढ़ लेतीं। अरे, सारा बाज़ार भरा पड़ा है मर्दों से।

"कहाँ जा रही हो ?" ग़फ़ूर की माँ ने चेतावनी-भरे स्वर में पूछा।

"उसी अंधे बूढ़े के पास। मेरा वापसी का टिकट ख़राब हो गया तो मैं कहीं की नहीं रहूँगी ! हम क्या खाएँगे ? कहाँ रहेंगे ? हमारा बोझ यहाँ कौन उठाने को बैठा है ? ज़रूरत के वक़्त दुनिया को बदलते इन बूढ़ी आँखों ने देखा है। नसीहत तो मैं भी कर सकती हूँ, मगर कोई छाती ठोककर हमारी तरह ज़िंदगी से झोटा-झोटी तो करे, तब जानूँ !" रज्जो बी भर्राई आवाज़ में बोलीं। उनके चेहरे पर गुस्सा और ग़म एक साथ लिप-पुत गए थे।

"मति मारी गई है निगोड़ी बुढ़िया की, जो जानबूझकर मक्खी निगलने के लिए बेचैन हो रही है !" ग़फ़ूर की माँ ने झुँझलाहट में भर सिर पर दोहत्थड़ मारा।

"हमारे पास कोई और चारा नहीं है। चल उठ, ज़ाहिदा।" कंधे पर झोला डाल ज़ाहिदा का हाथ खींचती हुई रज्जो बी बोलीं।

"अरे बदबख़्त ! कहाँ-कहाँ से दलिद्दरों को उठा लाता है तू ! इन्हें कुछ समझ में नहीं आ रहा है कि यह छलाँग कहाँ लगाने जा रही हैं !" आहत-सी ग़फ़ूर की माँ ज़ाहिदा के चेहरे को देखकर बरसी।

"बातें मत सुनाओ ! तुम्हारा लड़का मदद का वायदा करके लाया था, मैं खुद-ब-खुद तुम्हारे दरवाज़े भीख माँगने नहीं आई थी। नाश्ते-चाय का पैसा रखना है तो यह लो रखो। रज्जो दुखियारी ज़रूर है, मगर बेचारी नहीं जो बेवजह किसी की बातें सुने। औरत होकर इनको जैसे पता ही नहीं कि हर लड़की के दिल में दुलहन बनने की तमन्ना होती है। हर लड़की दरी पर बैठ सरौता नहीं सँभाल सकती।" तैश में आकर बहुत कुछ कहती चली गईं रज्जो बी।

"यह वह औरत है जो अपनी बात मनवा नहीं सकती, समझा नहीं सकती। इसमें सब्र नहीं है। यह इंतज़ार नहीं कर सकती। यह अपनी ख़ामोशी से मर्दों की जड़ें हिला नहीं सकती। जाने दो मुरदार को।" ग़फ़ूर की माँ सिर से पैर तक काँपती हुई चीख़ी। वह युद्ध का बिगुल बजा मर्द को ख़बरदार करने का लंगर समंदर में डाल चुकी थी। इस व्यथा के सागर को पार करने के लिए उन्हें औरतों की ज़रूरत थी, मगर बुज़दिलों की नहीं, जो मर्दों के बिना जी न सकें।

रज्जो बी तमतमाते चेहरे के साथ, ज़ाहिदा का हाथ पकड़ गली में आन खड़ी हुईं। उनका दिल अब रोने-रोने को हो रहा था। दिल चाह रहा था कि अपना सिर पीटें या फिर ज़ाहिदा की पीठ पर तड़ातड़ दोहत्थड़ मारें। रमज़ान को कोसने दें, जो

उन्हें बेवक़ूफ़ बना नेकी के नाम पर मुसीबत के जाल में फँसा गया। अब इस मुसीबत से कैसे निकलें ? वह जानती नहीं है क्या कि जवान लड़की बूढ़े मर्द के साथ खुश नहीं रह सकती; मगर वे जवान शोहदे जो औरत का जीना दूभर कर देते हैं, उनसे औरत कैसे बचे ? काम पर जाओ तो घर के मालिक की ज़्यादती सहो, मालिक ठीक हुआ तो उसकी बीवी का ज़ुल्म सहो। दुकान रखो तो ग्राहक नाक में दम करते हैं। घर बैठकर सिलाई-कढ़ाई करो तो हाथ में बाज़ार वाला हुनर नहीं। आख़िर वह औरत कहाँ जाए जिसके पास बस गृहस्थी सँभालने-भर का गुन हो ? जो सिर्फ़ बच्चे पैदा करना चाहती हो, सजना-सँवरना चाहती हो ? आख़िर उस औरत की मजबूरी और ख़ुशी को एक घर चाहिए, सहारा चाहिए, छत चाहिए। नाम का मर्द हो तो सारी लड़ाई जीत में बदल जाती है।

"ख़ाला ! खड़ी-खड़ी क्या सोच रही हो ?" ज़ाहिदा ने तंग आकर रज्जो बी का कंधा झिंझोड़ा।

"अपना मुक़द्दर और तेरा माथा पढ़ रही हूँ।" बिना कुछ कहे, रज्जो बी ने ज़ाहिदा को घूरा, फिर आगे चलने लगीं। दिमाग़ गरम था।

'अरे, मुझे देखो, ज़िंदगी-भर कौन-सा मर्द का सुख भोगा ! नाम आठ बच्चों का है, मगर मर्द का सुख क्या होता है, मैंने जाना क्या ? मेरा हिस्सा जो था वही मिला, जो ज़ाहिदा का होगा वही उसको मिलेगा। हम कितनी दूर भागकर जा सकते हैं ?' अपनी धुन में बही रज्जो बी चलती चली जा रही थीं।

"रज्जो बी ! रज्जो बी !" लगातार पीछे से आती आवाज़ उनको सुनाई नहीं पड़ रही थी। ज़ाहिदा के अधबहरे कान कुछ देर बाद खनके।

"ख़ाला ! ऐ ख़ाला ! ज़रा ठहरो तो, कोई आवाज़ दे रहा है।" पीछे से ज़ाहिदा ने रिक्शे की घंटी, फेरी वाले की पुकार और मोटर की पीं-पाँ के बीच रज्जो बी का दुपट्टा खींचा।

"खुदा की मार ! यह तो रमज़ान है !" एकाएक अपने सामने रमज़ान को खड़ा पा फफककर रो पड़ीं रज्जो बी। क्रोध पानी बनकर बह निकला।

"आओ, उधर चलते हैं।" रमज़ान दोनों औरतों को भीड़ के बीच से निकाल सेंवई की दुकान के पास ले आया।

"कहाँ रह गए थे, रमज़ान ?"

"सारा खेल पहले रेलगाड़ी ने बिगाड़ा, वह पूरे बीस घंटे लेट आई। फिर तुम लोगों को स्टेशन पर ढूँढ़ा, मगर तुम लोगों का पता न चला। परेशान होकर सलीम के घर पहुँचा तो वहाँ कोहराम मचा था। उन्होंने मुझे देखते ही आड़े हाथों लिया।

सारी बिरादरी जमा थी। सभी समझ रहे थे कि मैंने धोखा दिया है। जो टका उनसे मिलना था वह गाली की शक्ल में मिला।"

"तो अब चलो न, देर काहे कर रहे हो ?"

"अपने मोहल्ले की किसी कुँवारी से···जो सलीम से उम्र में बड़ी थी···उसके माँ-बाप ने मौक़े का फ़ायदा उठाया, आख़िर खाना आधा पक चुका था। ख़र्च पूरा हो गया था। ब्याह को फिर से रचाने का मतलब था, दो हज़ार पर पानी फिरना; फिर ज़ाहिदा पहुँची नहीं थी। मैं भी किस भरोसे वह शादी रुकवाता ?" रमज़ान परेशान भी था और गुस्सा भी, "जो एडवांस लिया था दो सौ, वह भी सलीम के चचा ने मेरी घड़ी छीनकर अपनी भरपाई कर ली। मैं भी कहीं का नहीं रहा। जेब में फूटी कौड़ी नहीं थी। बड़ी मुश्किल से पचास का जुगाड़ हुआ तो सुबह एक पावरोटी और चाय ले पाया।"

"जब तुम जैसों का यह हाल है तो मैं अपनी क्या कहूँ !"

"पैसा तो हाथ का मैल है, इधर आया उधर गया। हर बार पार्टी भी खुशहाल कहाँ मिलती है जो जेबें भर दे। बस ज़िंदगी खिंच रही है।"

"मेरे पास वापसी का टिकट है और पचहत्तर रुपए; मगर ज़ाहिदा का टिकट कहाँ से ख़रीदा जाएगा ?"

"मेरी साख भी कलकत्ता में गिर जाएगी। खुदा गवाह है, अभी तक मैंने सौ-सवा सौ शादियाँ कराई हैं, मगर ऐसा तजुरबा कभी नहीं हुआ। मैं तो क़र्ज़दार हो गया।"

दोनों चुपचाप चंद लमहे खड़े रहे। रज्जो बी का चेहरा निराशा से लटक गया था। परेशान-सी ज़ाहिदा टुकुर-टुकुर दोनों का मुँह ताक रही थी। उसके कुछ पल्ले नहीं पड़ रहा था। दोनों फुसफुसाकर बात कर रहे थे। होंठों के हिलने से भी वह पूरी बात समझ नहीं पा रही थी।

"मेरे दिमाग़ में एक तरकीब आई है, जिससे बिगड़ी बात सँभल सकती है। अभी गाड़ी जाने में कई घंटे हैं। हम आसानी से कोई लड़का ढूँढ़ सकते हैं। तुम्हारी तो इस इलाक़े में बड़ी जान-पहचान होगी ?" रज्जो बी का चेहरा उम्मीद से भर उठा।

"जान-पहचान है तो, मगर आदमी शादी के लिए भी रज़ामंद हो तब न ! सभी अपने ख़ानदान में शादी करना पसंद करते हैं। दूसरी-तीसरी शादी के झंझट में कभी मैं पड़ता नहीं। कमाई ज़रूर करता हूँ, मगर हराम की नहीं।"

"वह तो सब ठीक है। कौन मुरदे का गोश्त खाएगा ! मगर इस मुश्किल का हल तो निकालो।"

"बड़ी परेशानी में पड़ गए हम तो।"

"सुना है, चितली क़ब्र पर कोई आँख का अंधा व जेब का भरा मौजूद है। उसकी सुनगुन लो और किसी तरह यह बोझ सिर से उतारो। यहाँ तो मालूम नहीं पड़ रहा है, मगर लौटकर···मेरे तो रोंगटे खड़े हो रहे हैं। सुबह-शाम सलवातें होंगी, बातें होंगी और इसका तो जनाज़ा निकल जाएगा। पहले ही मोहल्ले के लड़कों से परेशान थी, अब तो जिसका जो दिल में आएगा वह करना चाहेगा।"

"तुम तो बात का बतंगड़ बना रही हो। कहीं कुछ नहीं होगा। ज़माना बदल गया है। खुद कमाने-खाने का यह दौर है।"

"तो फिर सीधे कहो, मियाँ, कि छोकरी को कोठे पर बिठा दो।" तुनककर बोलीं रज्जो बी।

"तौबा है ! कैसी ज़हरीली, नामाकूल बातें मुँह से निकाल रही हो तुम !"

ज़ाहिदा पलक झपकाकर दोनों के चेहरे पढ़ने की कोशिश कर रही थी। उसका भोला चेहरा उतरा हुआ था। आँखों में हैरत-भरा इंतज़ार था। दोनों ने पीछे मुड़कर ज़ाहिदा को देखा, फिर प्यार से उसके कंधे पर हाथ रख आगे बढ़े। ज़ाहिदा ने कुछ पूछने के लिए मुँह खोला, फिर शरमाकर सिर झुका लिया। कई गलियाँ पार कर वे जब चितली क़ब्र पर पहुँचे तो बाज़ार की भीड़ बढ़ चुकी थी। रमज़ान ने हलवाई से अंधे बूढ़े का पता पूछा तो उसने इनकार में सिर हिलाया। वैसे भी यह अँधेरे में रास्ता टटोलने वाली बात थी। रमज़ान की झिझक रज्जो बी के जोश के आगे खुल जाती। आख़िर अख़बार की दुकान वाले ने बताया कि नीम वाली गली में जो पक्का मकान है, वह उन्हीं का है। मियाँ अकेले रहते हैं। रज्जो बी कुछ और मालूमात करना चाहती थीं, मगर रमज़ान ने आँखें दिखाईं और बुदबुदाया, "पहले खुद चलकर देखते हैं, फिर पूछमपाछी होगी।"

मकान शानदार तो नहीं, मगर बड़े मज़बूत गारे-ईंट से बना हुआ था। दरवाज़ा खटखटाने की ज़रूरत नहीं पड़ी, क्योंकि खुले कमरे के बीचोबीच पड़ी कुरसी पर कोई पचपन-साठ का एक ख़ूबसूरत आदमी बैठा कुछ टटोलकर पढ़ रहा था। उसका रोबदार चेहरा देख रमज़ान की आगे बढ़ने की हिम्मत नहीं पड़ी। रज्जो बी के भी पैर उखड़ गए थे।

"कौन ?"

दोनों चुपचाप खड़े रहे।

"कौन है दरवाज़े पर ?"

"मैं रमज़ान।"

"रमज़ान कौन ? क्या काम है ? और कौन है तुम्हारे साथ ?"

दोनों के हाथों के तोते उड़ गए। एक-दूसरे का मुँह देखने लगे। ज़ाहिदा के कान भी खड़े हो गए थे। रज्जो बी को जैसे तेज़ झटका लगा। खड़े-खड़े वहीं से बोलीं, "आपके बुलावे पर आए हैं।"

"मेरे बुलावे पर ?"

"जी, आपने निकाह की बात कहलाई थी रमज़ान की ज़बानी, सो मैं लड़की को लेकर कलकत्ता से आ गई हूँ। अब आप जैसा कहें।"

"होश में हो तुम लोग ? किस ग़लतफ़हमी में हो ! ठीक से अता-पता मालूम करो।"

"पता तो यही है…जाओ, रमज़ान ! मौलवी को पकड़ लाओ, जब तक मैं लड़की को तैयार करती हूँ। निकाह का वक़्त बेकार में तंग हो रहा है।"

"लाहौल बिला…क्या बकती हो, मोहतरमा ! इस उम्र में यह ग़ैरमुनासिब ख़्वाहिश ! निकलो यहाँ से…निकलो !"

"मियाँ, निकलेगी मेरी जूती ! कलकत्ता से लड़की ब्याहने आए हैं, घूमने-फिरने नहीं।"

"दफ़ा हो यहाँ से !"

"जनाब, लावारिस लड़की है। आपने इनकार किया तो यह कहीं की नहीं रहेगी…आख़िर कौन इससे निकाह करेगा ? बदनाम लड़की की तो दीन-दुनिया दोनों ख़राब हुई !" रमज़ान उनके पैर पकड़ गिड़गिड़ाने लगा।

"लगता है, पुलिस की मदद मुझे लेनी पड़ेगी।"

"बुलाओ, ज़रूर बुलाओ। हम भी अपनी बिपता कहेंगे। जब तुम्हें इस उम्र में अपनी इज़्ज़त का ख़याल नहीं तो फिर हम काहे डरें। चलो रमज़ान अली, कोतवाली में धोखाधड़ी की रिपोर्ट लिखवाते हैं।"

"आख़िर आप लोग चाहते क्या हैं ?"

"जो आप चाहते थे, मियाँ, वही हमने किया।"

"मुझे किस गुनाह की सज़ा दे रहे हैं ? मैंने आपका क्या बिगाड़ा है ?"

"गुनाह की सज़ा नहीं बल्कि सवाब का मज़ा चखाने आए हैं। लड़की जवान है, नेक है, घर का सारा काम जानती है। आपकी ख़िदमत करेगी। बदले में भरपेट खाएगी और सुकून से रहेगी।"

"तो रहे न बेटी बनकर।"

"नहीं, साहब ! जो काम बाद में बदनामी से अंजाम पाए उससे अच्छा है कि

समय रहते क़ायदे से पूरा हो। इसलिए निकाह के दो बोल ज़रूरी हैं।"

"यह मुमकिन नहीं।"

"तो फिर शोर मचाती हूँ कि आपने जवान लड़की को···"

"बकवास बंद करो !" माथे पर छलक आए पसीने को उन्होंने पोंछा और धीरे से कहा, "लड़की कहाँ है ?"

"पास ही खड़ी है, यह रही।"

"नाम क्या है तुम्हारा ?"

"ऊँचा सुनती है थोड़ा। नाम है ज़ाहिदा।"

"अच्छा···सुनो बी ज़ाहिदा। इधर आओ। क्या तुमको मुझसे शादी करना मंजूर है ?" ऊँची आवाज़ में पूछा गया।

"जी !" हड़बड़ा गई ज़ाहिदा।

"कह दो, हाँ।" चिकोटी काटी रज्जो बी ने ज़ाहिदा के बाज़ू पर।

"कहो, जी हाँ, मंजूर है।" प्यार से रमज़ान ने पुचकारा।

"नहीं, नहीं !" फटी आँखों से कभी रज्जो बी तो कभी रमज़ान को देख ज़ाहिदा रुआँसी हो उठी। इनकार में गरदन हिलाती वह धीरे-धीरे पीछे हटी और मुड़ी। रमज़ान और रज्जो बी ने उसको जाते हुए कस के दबोचा। पहले उसने अपने की छुड़ाने की कोशिश की, फिर निढाल-सी पड़ गई।

"होश में आओ, ज़ाहिदा।" कान में किचकिचाई रज्जो बी।

"नहीं, नहीं, नहीं !" चीख़कर उठ खड़ी हुई ज़ाहिदा और झपट्टा मारकर खुले दरवाज़े की तरफ़ लपकी। उसकी आँखों में डर-भरी हैरत नहीं बल्कि नफ़रत का समंदर बल खा रहा था।

रमज़ान ने उसकी कलाई पकड़ी। लाल चूड़ियाँ टूटीं। उसने भरपूर तरीक़े से अपने दाँत रमज़ान के हाथ पर गड़ा दिए। दर्द से तड़पकर उसकी पकड़ जैसे ही ढीली हुई, रज्जो बी ने ज़ाहिदा की लंबी चुटिया पकड़कर खींची।

"ख़ाला, छोड़ो तो।"

"भागकर कहाँ जाएगी ?"

"जहाँ मेरा दिल चाहेगा।" कहती हुई ज़ाहिदा ने रज्जो बी का हाथ मरोड़ा और चोटी छुड़ाकर तेज़ी से भीड़ में गुम हो गई।

रज्जो बी और रमज़ान ने एक-दूसरे को देखा और बूढ़े अंधे के पूछने पर 'क्या हुआ' का जवाब दिए बिना टीन का बक्स उठा ज़ाहिदा के पीछे लपके। उसको ढूँढ़ना अब आसान काम नहीं था। बाज़ार में भीड़ पहले से दुगुनी हो गई थी। कंधे से कंधा

छिल रहा था। परेशान रज्जो बी जब चलते-चलते थक गईं तो उन्होंने एक झूठ गढ़ लिया कि ज़ाहिदा की शादी तो उन्होंने कर दी है। परदेश की बात को कौन जाने। रुककर दुपट्टे से पसीना पोंछती हुई बोलीं, "मरने दो ! मेरी गाड़ी का वक़्त हो रहा है, मुझे स्टेशन छोड़ आओ।"

"स्टेशन ! वहाँ जाकर क्या जवाब दोगी ?" अकबकाकर रमज़ान अली बोला।

"जवाब क्या देना है ! जिस लिए गई थी वह करके आ गई।" रज्जो बी बड़े इत्मीनान-भरे स्वर में बोलीं।

"इस तरह झूठ बोलना क्या ठीक रहेगा ?" ताज्जुब-भरे स्वर में रमज़ान अली ने पूछा। उसका सारा बदन पसीने से तर था। बदन में घबराहट भरी थी कि एक जवान लड़की के साथ यह बेदर्द शहर कैसा सुलूक कर सकता है।

"कभी-कभी अपने हाथ में कुछ नहीं रहता, रमज़ान।" कलमे वाली उँगली आसमान की तरफ़ उठाकर रज्जो बी ने गहरी आवाज़ में कहा।

"खुद के जीने के लिए झूठ का सहारा लेना पड़ेगा।" थके स्वर में रमज़ान अली ने अपने को समझाते हुए कहा।

दोनों खिसियाए, थके-हारे स्टेशन जाने के लिए रिक्शे पर बैठ गए। सारे रास्ते उनकी नज़रें भीड़ में किसी चेहरे को तलाश कर रही थीं। गाड़ी पर जब रज्जो बी बैठीं तो जाने क्यों उनकी आँखें भर आईं। दुपट्टे के कोने से आँखें पोंछती हुई वह बोलने वाली थीं कि जो वह भगोड़ी कहीं मिल जाए तो··तभी गाड़ी हिली और रमज़ान ने बड़ी आजिज़ी से कहा, "रज्जो बी, दस-बीस उधार दे देतीं तो···"

'क़र्ज़ समझना।' अधूरी बात दिल में रख रज्जो बी ने घुमड़ आए आँसुओं को गले में घोंट, बीस का नोट रूमाल से निकाल रमज़ान की हथेली पर रखा।

गाड़ी सरक चुकी थी। स्टेशन गुज़र गया। अब घर और इमारतें थीं, फिर मैदान, पेड़-पौधे। रज्जो बी को ग़ज़ब की थकान महसूस हो रही थी। बदन का रोम-रोम दुख रहा था। मुँह पर पानी के छींटे डाल वह खिड़की से सिर टिकाकर बैठ गईं। इत्मीनान की साँस भर वह भीगा चेहरा पोंछने लगीं।

तभी टिकट चेकर सबका टिकट देखता हुआ उनके पास रुका, "टिकट !"

जेब में रखे रूमाल को निकाल वह वापसी का टिकट दिखाती हैं। फिर उसको वापस जेब में रख हलके से मुसकराती हुई बटुआ निकाल छालिया एवं कत्थे का बुरादा-सा फाँकती हैं और चुनौटी खोलते हुए मन ही मन बतियाती हैं—अल्लाह ! तेरा हज़ार शुक्र जो टिकट ख़राब न हुआ, वरना इस शैतान की आँत जैसे शहर में

रज्जो सफ़ेद चोडा लेकर कहाँ भटकती ?

अज़दहे की तरह बल खाती ट्रेन किसी जंगल से गुज़र रही थी। रज्जो बी झोले को सिर के नीचे रख घोड़े बेचकर सो रही थीं। पिछले कई दिनों से ज़ाहिदा उनके साथ थी। इस समय सपने में वह वही गुज़रा दोहरा रही थीं। ग़फूर के आँगन में वह बैठी है। सामने दालान में बिछे फ़र्श पर एक ग़ोल में छोटी-बड़ी उम्र की औरतें और लड़कियाँ बैठी सरौता चला रही हैं, जैसे सारे ज़माने की छालियाँ उन्हें ही कतरनी हैं। तभी उनकी नज़र आख़िर में बैठी लड़की पर पड़ती है, जिसका मुँह बिखरे बालों में छुपा है। पास जाकर देखती हैं तो दिल धक-से रह जाता है। 'अरे ! यह तो ज़ाहिदा है।' कहती हुई उसके चेहरे से बाल हटाती हैं और काँपकर रह जाती हैं। लाल ख़ूनी आँखों से ज़ाहिदा उन्हें घूर रही थी। घबराकर रज्जो बी की आँख खुल गईं। खिड़की के बाहर पौ फट रही थी। मुँह से निकला, 'सुबह का देखा ख़्वाब सच्चा होता है।' कहकर वह अपने दिल को समझाने लगीं कि ज़ाहिदा वहीं जाएगी। उसको जाना भी चाहिए। मुझे परेशान नहीं होना चाहिए। गाड़ी झटके से हावड़ा स्टेशन पर रुकी। झोला उठा, सबकुछ भूलकर रज्जो बी भीड़ का हिस्सा बन गईं।

मटियाबुर्ज के उस मोहल्ले में सदियों से कही जाने वाली कहानी का एक नया अध्याय पुराने झूठ पर रज्जो बी चटखारे लेकर सुना रही थीं कि ज़ाहिदा की शादी हो गई। घरबार सब ठीक-ठाक है और…उनकी आँखें भर आईं। बेटी की विदाई पर कौन आँसू नहीं बहाता, सो सामूहिक विलाप के बीच हर लड़की की तरह ज़ाहिदा को भटकते देखकर रज्जो बी सबसे गले मिल-मिलकर ख़ूब रोईं।

इनसानी नस्ल

खिड़की से घुसती गरम हवा अपने साथ पत्तियाँ-तिनके और सूखी, बेकार की चीज़ें उड़ाकर ला रही थी। ट्रेन लू के थपेड़ों को चीरती आगे बढ़ रही थी। गरमी इस ग़ज़ब की थी कि खिड़की बंद करना मुश्किल था। प्यास से गला और होंठ खुश्क हो रहे थे। गरम पानी का घूँट भर नवाब ने अपना गला तर किया और रूमाल से अपने चेहरे पर जमी धूल की परत को पोंछा। उसका ज़ेहन भटक रहा था। माँ की बीमारी का तार उसे कल मिला था। तब से अब तक उसके गले से खाने का एक कौर भी नीचे नहीं उतरा था।

"भूख तो मुझे भी नहीं है; मगर सोचती हूँ, ज़बरदस्ती ही सही, हमें कुछ खा लेना चाहिए वरना खुद की तबीयत ख़राब हो गई तो माँ की सेवा भी भली प्रकार नहीं कर पाऊँगी।" सविता ने मुँह पोंछ माथे की बिंदिया ठीक करते हुए कहा।

"मुझे कुछ नहीं होगा…तुम ज़रूर कुछ खा लो।" कहकर नवाब ने टिफ़िन की बास्केट उठाई और पत्नी की तरफ़ प्यार से देखा।

"आपके बिना मैंने कभी कुछ खाया है !" सविता हँस पड़ी।

उसके इस भोलेपन से नवाब हमेशा हथियार डाल देता, सो इस समय भी वही हुआ। वह मुसकराकर हाथ धोने लगा और सविता ने चारख़ाने की नैपकिन पर खाना लगा दिया। कुछ देर के लिए दोनों एक-दूसरे में गुम हो गए। हँसी, प्यार और खाने के स्वाद ने माँ की बीमारी की चिंता भुला दी।

ज़ैनब को बुख़ार में तपते हुए आज पंद्रहवाँ दिन था। छोटी बहू के आसरे एक कोने में पड़ी ज़रा-ज़रा-सी बात को तरसती थीं। वह कोई मजबूर औरत नहीं थीं; मगर इस बीमारी ने उन्हें तोड़कर रख दिया था, वरना वह तो सुबह होते ही पूरे मोहल्ले में टहलतीं सबकी ख़ैर-ख़बर लेती रहती थीं। उनके इसी दोस्ताना बरताव के कारण उनकी दवा, फल और ज़रूरत की चीज़ें उन तक पहुँच जाती थीं; मगर हर समय तो कोई खड़ा नहीं रह सकता था। सबके घर-द्वार थे; फिर घर में बहू और बेटे के रहते सबको इस बात का गुमान भी न होता कि ज़ैनब का दवा का टाइम गुज़र जाता

है और वह पानी माँगती पड़ी रहती हैं। बहू नसरीन अपने कमरे में या फिर बच्चों में बुरी तरह उलझी होती। वह कभी शिकायत न करतीं। घर की बातें लोगों के मुँह पर चढ़ें, यह उन्हें पसंद न था।

दरवाज़े की घंटी बजी; एक बार, दो बार, मगर दरवाज़ा नहीं खुला। नसरीन बच्चों और मियाँ को भेज अभी-अभी नहाने गई थी। ज़ैनब कराहती हुई उठीं और दरवाज़े तक पहुँच बेदम हो उठीं। बिना पूछे उन्होंने दरवाज़ा खोल दिया। दोनों हक्के-बक्के रह गए—माँ बेटी-बहू को देख और नवाब व सविता माँ को सामने खड़ा देख। नवाब ने आगे बढ़कर माँ को सहारा दिया और सविता ने उनके पैर छू, सामान अंदर ला दरवाज़ा बंद किया। माँ बदहवास-सी बिस्तर पर लेट गईं। नवाब ने पानी दिया। सविता पलंग के पायताने आकर बैठ गई। उसके चेहरे पर भय की हलकी परत थी।

माँ की आँखों में सवाल-सा झाँकता देख नवाब ने धीरे से कहा, "पन्ना चाचा का तार मिला था।"

सुनकर माँ ने आँखें बंद कर लीं। सविता ने बढ़ते भय के बावजूद धीरे-धीरे सास के पैर दबाना शुरू कर दिया। तभी नसरीन भीगे बाल झटकती आँगन में आई। कमरे में किसी को बैठा देख वह चौंकी। दिमाग़ में शक उभरा कि दरवाज़ा किसने खोला ? कहीं मैं ही दरवाज़ा बंद करना भूल गई थी क्या ? आगे बढ़कर बोली, "कौन ?"

"मैं हूँ...नवाब।"

"भाई साहब ! आदाब। कब आए ?"

"बस अभी पहुँचा हूँ।" नवाब ने धीरे से कहा।

नसरीन ने सविता को देखा और हलके से मुसकराई, जिससे सविता को हौसला मिला। वह भी मुसकराती हुई बावर्चीख़ाने में नसरीन के पीछे-पीछे गई। सामान बिखरा पड़ा था। सविता का मन चाहा कि बिखरी रसोई समेट दे, मगर अंदर की झिझक तोड़ नहीं पाई। नसरीन ने चाय बनाकर बिस्कुट की प्लेट रखी और उसी तरह मुसकराती सविता को देखती बाहर निकली। सविता फिर उसके पीछे चल पड़ी।

"बुख़ार कब से आ रहा है, अम्माँ ?"

"हो गए होंगे कोई आठ-दस दिन।"

"डॉक्टर ने क्या बताया ?"

"यहाँ का डॉक्टर मुआ क्या बताता है, बस दवा थमा देता है। मैं तो हकीम

की दवा से हमेशा ठीक हुई हूँ; मगर नसरीन और जावेद की ज़िद थी कि डॉक्टर अच्छा है।"

"मिश्रा जी के बेटे की शादी में क्यों नहीं आए ? लिखकर भी ख़ूब इंतज़ार कराया !" नसरीन ने प्याली थमाई। चेहरे पर कटाक्ष उभरा।

"बस।" इतना कह बेटे ने माँ को ताका। ज़ैनब के चेहरे पर कई साए आकर गुज़र गए।

"शादी बहुत शानदार हुई। सब आपको पूछ रहे थे।" नसरीन इतना कहकर कमरे से निकल गई।

"मैं डर रही थी कि कहीं···" ज़ैनब ने सफ़ाई दी।

"कैसी बात कर रही हैं, अम्मा, जो गुज़र गया सो गुज़र गया।"

कमरे में ख़ामोशी छा गई। नवाब किसी गहरी सोच में डूब गया। माँ ने कमज़ोरी के कारण आँखें बंद कर लीं। ख़ाली प्याली रखते हुए नवाब ने सविता से नहाने को कहा और खुद ऊपर छत पर चला गया। मिश्रा जी का आँगन उसी तरह लिपा-पुता था और नीम के पेड़ के नीचे भैंस की नाँद रखी थी। चबूतरे पर दो-चार खटोले पड़े थे। जावेद, नवाब और दिलशाद तीन भाई हैं, जिसमें से दिलशाद को मिश्रा जी ने गोद लिया। उसका रहना-सहना सब वहीं था। उसी की शादी थी। नवाब चाहता था, मगर माँ ने मना कर दिया कि सारी बिरादरी जमा होगी। इस मौक़े पर आना ठीक नहीं है। सुनकर नवाब ने गुस्से में क़सम खाई कि वह कभी घर नहीं जाएगा। आख़िर यह भी कोई बात हुई कि अपनी दोस्ती में मझला लड़का मिश्रा जी को गोद दें और वह जब सविता से शादी कर ले तो उसे बिरादरी का डर दिखाया जाए ! माँ की बीमारी ने ग़ुस्सा काफ़ूर बनाकर उड़ा दिया और वह सविता को लेकर गाँव चला आया। वह अकेले भी आ सकता था, मगर वह जानबूझकर सविता को लाया है, ताकि माँ सारी बिरादरी के सामने उसे स्वीकार करे या फिर दिलशाद को बहू समेत अपने घर वापस बुलाए।

सविता ने नहाते-नहाते जो नल बंद किया तो नसरीन की ग़ुस्से से भरी आवाज़ उसके कानों से टकराई। सहमकर उसने जल्दी-जल्दी कपड़े पहने और बाहर निकली। ज़ैनब और नसरीन की बातचीत उसके कानों से साफ़-साफ़ टकराई।

"मुझसे जिसकी क़सम चाहे ले लो, जो मैंने इन दोनों को बुलाया हो।"

"बस-बस, रहने दीजिए। मैं तो कुछ करती-धरती नहीं हूँ। दिलशाद की बेगम साहिबा रज़िया सुल्तान जो ठहरीं। वह तो सारा वक़्त मिश्रा जी के घर काटती हैं।"

"धीरे बोलो बहू, पड़ोस का मामला है।"

"असली मामला तो मेरे बच्चों का है ! कहाँ होगी इनकी शादी ?" सविता को अलगनी पर साड़ी फैलाते देख नसरीन ने आवाज़ तेज़ कर दी।

"थके-हारे सफ़र से आए हैं, उनको नाश्ता-पानी दो। मैं बीमार हूँ, वरना···"

"वरना क्या ? जैसे मैं कुछ करती नहीं हूँ। रज़िया जो नहला जाती है तो समझती हैं कि उसका बड़ा अहसान है।" नसरीन बावर्चीख़ाने की तरफ़ बढ़ी।

"तुम्हारे भरोसे बैठती, बहू, तो जाने कब मुझ पर घास उग आती, यह तो बस मेरा दिल जानता है।" ज़ैनब की आँखें भर आईं।

सविता ने आँगन से और नवाब ने सीढ़ी उतरते हुए सारी बातें सुन लीं। तख़्त पर नाश्ता लग चुका था। आलू की सब्ज़ी में शायद नसरीन ने मुट्ठी-भर नमक डाल दिया था। सविता सिर झुकाए उसे निगलती गई। इससे बुरा स्वागत उसके घर में नवाब का हुआ था। कोई भी बुरा शब्द बचा नहीं था जो नवाब को कहा न गया हो। मगर दोनों ने तय कर रखा था कि वे पलटकर किसी का अपमान नहीं करेंगे। नवाब शादी से पहले ज़ैनब के पास आया था; मगर वह गाँव के घर से ब्याह करने पर राज़ी न हुई। मजबूर हो दोनों ने कोर्ट में शादी कर ली।

'ज़माना बदल गया है। प्यार-मुहब्बत सब कुछ जायज़ है, तो भी··दिल्ली हो सका तो मैं ख़ुद आ जाऊँगी।'

ज़ैनब तो नहीं जा सकी थी, मगर मिश्रा जी बड़े ताया बन कन्यादान जैसा कुछ कर आए थे। नवाब माँ से ख़ूब लड़ा था। सब कुछ सुनकर माँ ने सिर्फ़ इतना कहा था कि 'भैया, दूसरे मज़हब वालों से दोस्ती हो सकती है, मगर नस्ल नहीं चल सकती।···अपनी कोख से अपना बच्चा पैदा किया जा सकता है, पराया नहीं।'

'पराया बच्चा इनसान की नस्ल का नहीं होता है क्या ?'

'होता है, मगर दीन-मज़हब, क़ानून, रीति-रिवाज का भी तो कुछ ख़याल करो।'

'ये सब क़ानून, अम्माँ, इनसान के बनाए हुए हैं। इनसान ही इन्हें बदल सकता है।'

'बदलो, जो बूता है तो बदलो, मगर पराई लड़की को दर-बदर मत करना।'

'बदलूँगा, ज़रूर बदलूँगा। बदलकर दिखा दूँगा।'

सविता और नवाब के विवाह को कई साल गुज़र गए, मगर आज फिर वही तनाव चँदोवा तानकर खड़ा है। अम्माँ की शक्ल में न सही तो नसरीन की आवाज़ में।

सविता के मन का डर कहीं भाग गया। उसने बड़े विश्वास से जूठे बरतन उठाए और रसोई में जाकर रखे, फिर नवाब से कुछ कहा। नवाब डॉक्टर को बुलाने

चला गया। सविता ने सास का कमरा साफ़ किया, चादर बदली, भीगे तौलिया से उनका बदन पोंछा। नसरीन यह सब देखकर मन ही मन झुलस रही थी। डॉक्टर को आया देख उसके गुस्से का बाँध टूट गया। तेज़ी से चलती हुई कमरे में गई और आवाज़ दबाकर बोली, "बड़ा बेटा आ गया तो छोटे की क्या फ़िक्र ! सारी कमाई बीमारी पर लुटा दी, मगर···"

"खुदा करे, मेरा बेटा इतना कमाए कि अपनी माँ का नाम भूल जाए; फिर तुमसे कभी पूछे—कुछ याद है, हमारी अम्माँ का नाम क्या था ?"

"क्या हुआ, ज़ैनब बहन ?" डॉ० वर्मा कमरे में दाख़िल होते हुए बोले।

"बुख़ार है, जो टूटता ही नहीं। आज कोई पंद्रह दिन हो गए हैं।"

"इलाज किसका चल रहा है ? नुस्खा दें।"

"हाल बताकर यह दवा हस्पताल से ले आते थे।" इतना कहकर नसरीन कमरे से बाहर निकल गई।

"सरकारी हस्पतालों का हाल बहुत बुरा है। क्या कहा जाए !" डॉ० वर्मा ने नब्ज़ देखी, आँख, ज़बांन और सीने पर आला लगाकर देखा; फिर कुछ दवाएँ लिख दीं।

मिश्रा जी और अय्यूब दोनों पड़ोसी थे। मिश्रा के घर औलाद न थी और अय्यूब के घर तीन लड़के तथा तीन लड़कियों की खेती तैयार थी। दिलशाद अपने सभी भाइयों से अलग था। मारपीट करना, पढ़ाई में दिल न लगाना और सारी दोपहर लंगूर की तरह इस पेड़ से उस पेड़ पर उचकना। अय्यूब को जिस दिन गुस्सा चढ़ जाता उस दिन दिलशाद की कमर और पीठ बेंत की मार से ज़ख़्मी हो जाते। घर से निकालते तो वह मिश्रा जी के घर के सामने पीपल के चबूतरे पर जाकर बैठ जाता और रात को मिश्रा उसे प्यार से घर में ले जाते, हलदी-चूना लगवाते, खाना खिलाते, फिर घर पहुँचा आते। धीरे-धीरे संबंध बदलने लगा। दिलशाद लंबा-चौड़ा जवान बन गया। अय्यूब का क़द छोटा पड़ गया। दूसरे, मिश्राइन ने पिछवाड़े की अमराई की तरफ़ वाला कमरा दिलशाद को दे दिया। दिलशाद के घर से चले जाने से दोनों भाइयों ने राहत की साँस ली और ज़ैनब ने ऊपरवाले का शुक्र अदा किया कि रोज़-रोज़ की मारधाड़ से बच्चे की जान छूटी। उधर, देशी घी में चुपड़ी रोटी और सब्ज़ी जिस प्यार से मिश्राइन खिलाती थीं उससे एक सहज वात्सल्य उभरा और कुछ वर्षों बाद लोग अय्यूब के दो लड़कों की गिनती करते थे और दिलशाद को मिश्रा का बेटा कहते। नए लोग जब यह सब सुनते तो उलझकर रह जाते थे। उनको रिश्तों का कोई

सिर-पैर समझ में नहीं आता था।

रात को जब तीनों भाई मिले तो उनकी आँखें बचपन की यादों से चमक उठीं। दिलशाद ने शादी में न आने का शिकवा करते हुए रज़िया को मिलवाया। नई बहू सविता पहली बार ससुराल आई थी। ज़ैनब बिस्तर से लगी थी, सो मिश्राइन ने रात के भोजन पर बुला साड़ी, ज़ेवर और सिंदूर की डिबिया दी। गई रात तक हँसी-मज़ाक़ चलता रहा। सविता दिल्ली की लड़की थी, शहर में पली-बढ़ी थी। उसके लिए तो यह गाँव अजूबा था। ऊपर से रखरखाव अजीब था।

"अपने माँ-बाबा को ले के आना अगली आम की फ़सल पर।" मिश्राइन ने सविता के गाल पर हाथ फेरा।

"हमारे अम्माँ-अब्बा को इस प्यार से कभी न बुलाया।" नसरीन ने आँखें मटकाईं।

"उनके घर अम्माँ प्यार से आम के टोकरे जो भेजती हैं।" रज़िया ने हँसते हुए कहा।

दो हफ़्ते पलक झपकते गुज़र गए। ज़ैनब भी सही इलाज पाते ही पनप गईं और उनका चलना-फिरना पहले की तरह होने लगा। सविता को अपनी ससुराल और मिश्रा ताया का घर बड़ा भाया। हर बात में अपनापन था। किसी भी तरह का तनाव न था। ऐसी कोई कठिनाई नहीं थी जो हल न हो पाती। ऐसी कोई उलझन न थी जो सुलझ न पाती।

रात को सविता जब छत पर सोने को गई तो नवाब से बोली, "मैं तुम्हें पहले से कहीं ज़्यादा प्यार करने लगी हूँ।"

"एकाएक यह बारिश कैसी ?"

"तुम्हारे घरवाले बहुत अच्छे हैं।"

"तुम्हारा मतलब नसरीन से है ?"

"मज़ाक़ छोड़ो ! सच कह रही हूँ, अब तो मैं हर लंबी छुट्टी यहीं गुज़ारने आऊँगी।"

"और बच्चे, वे राज़ी हो जाएँगे ?"

"बिलकुल ! देखना, उन्हें कितना मज़ा आएगा !"

दोनों की मद्धिम हँसी हवा में तैर गई। उनके सपने में इनसानी नस्ल का एक बच्चा रोज़ रात को खिलखिलाता है; मगर महीनों गुज़र जाने के बाद उनका सपना सिर्फ़ सपना रह गया। इस समय भी वे अपनी साझी संस्कृति की दहलीज़ पर सपना

सँजोए खड़े थे। तभी उन्हें दूर से शोर जैसा सुनाई पड़ा।

"नवाब ! नीचे उतरो।" नीचे से किसी ने पुकारा।

"क्या बात है ?" दोनों चकित-से नीचे उतरे।

"सामान बाँधो, जीप खड़ी है और···" दिलशाद, जावेद मोहल्ले के दूसरे लड़कों के साथ खड़े थे।

"मगर क्यों ? आख़िर हुआ क्या है ?" नवाब ने परेशान होकर पूछा।

"सवाल-जवाब बाद में···रास्ता लंबा है।"

रज़िया और नसरीन ने उनका सामान बाँध दिया था, जिसको जावेद जीप पर रख रहा था। ज़ैनब ने सविता की बलाएँ लीं, बेटे का माथा चूमा और फुसफुसाकर कहा, "मैं दिल्ली मिलने आऊँगी।"

"मगर अम्माँ, इस तरह से···कोई बताता क्यों नहीं है ?" तंग आकर नवाब ऊँची आवाज़ में बोला।

"पास के गाँव में बेहने की लड़की को कोई चिकवे का लड़का उठा ले गया था। शादी करके कई माह बाद आज दुलहन के साथ वह घर लौटा था। लड़की की माँ को पता चला तो वह बेटी को घसीट ले गई और अब लड़के की हत्या के लिए उसे ढूँढ़ा जा रहा है···हालात तनाव-भरे हैं।" दिलशाद का दोस्त बोला।

"यार ! मेरा उनसे क्या लेना-देना ! फिर मैं कोई···स्पेशल मैरेज एक्ट में हमारी शादी हुई है। अजीब बदतमीज़ी है !" नवाब अपमान से भर उठा।

"ये लोग कुछ भी कर सकते हैं। तुम्हारी रक्षा हमारा धर्म है, भाई।"

"सबको पता है, तुम सविता भाभी के साथ आए हुए हो और···हमें कुछ आशंका-सी है··· ।"

"घर में सब ठीक है, किसकी हिम्मत पड़ेगी भला इधर आने की !" नवाब आक्रोश से बोला।

"मगर घर से बाहर के हालात ठीक नहीं। तुम नहीं जानते, ये भोलेभाले गाँव पहले जैसे नहीं रह गए हैं।"

टूटा-सा नवाब सविता के संग जीप पर बैठ गया। रात की चादर को चीरते हुए जीप आगे बढ़ रही थी और नवाब सोच रहा था कि ऐसे हालात में नई इनसानी नस्ल के बच्चे को पैदा करना क्या ज़रूरी है ? हो गया तो उसे हम क्या देंगे—साझी संस्कृति या बँटा हुआ हिंदुस्तान ?

एक न समाप्त होने वाली प्रेमकथा

कुत्ते के रोने की आवाज़ मद्धिम सुरों में आ रही थी, जैसे वह घर की मालकिन से विनती कर रहा हो कि मुझे थोड़ी देर के लिए ही सही, बाहर जाने दो—सड़क पर कुतियाओं को छेड़ने और साथी कुत्तों के संग दौड़ लगाने, जूठे पत्तल चाटने। कितने दिन हो गए, गला फाड़कर भौंका नहीं हूँ, किसी मोटर के पीछे भागा नहीं हूँ। मैं तो किसी ऊँची जात का पेडिग्री नहीं हूँ, बल्कि पालतू पट्टे लगे कुत्तों को हमेशा डाँटा-फटकारा है, उनके मालिकों को छेड़ने के लिए काटने का नाटक भी रचा है; फिर मुझे यूँ बाँधकर क्यों रखा है ? मुझे आज़ाद कर दो।

"क्या सोच रहे हो ?" रमा ने पूछा।

"कुछ नहीं।" सिद्धार्थ ने चौंककर रमा को देखा और पैकेट से सिगरेट निकाल होंठों से दबाई।

"लिखने का मूड नहीं बन रहा है क्या ? कॉफ़ी बनाऊँ ?" रमा ने लाइटर से पति की सिगरेट जलाई।

"यह कुत्ता मेरे नर्वस को हिलाकर रख देता है। लगता है, तेज़-महीन छुरी से यह मेरे दिल व दिमाग़ के स्लाइस उतार रहा हो।"

"रुई दूँ कान में लगाने के लिए ?" रमा हँसी।

"मैं मज़ाक़ के मूड में नहीं हूँ। वक़्त कम है, कल से शूटिंग शुरू होने वाली है। मुझे यह स्क्रिप्ट आज रात तक पूरी करनी है।" सिद्धार्थ ने रमा की बाँहें गरदन से हटाईं और कुरसी से खड़ा हुआ।

"मेरी मानो तो एक-आध फ़ोन कर ऊटपटाँग बातें कर लो, या फिर कोई बोर सीरियल देख लो, कुत्ता ज़ेहन से निकल जाएगा।"

"अच्छा !" कहकर सिद्धार्थ क़हक़हा मारकर हँस पड़ा।

रमा के जाने के बाद सिद्धार्थ ने मेज़ पर से किताब उठाई और चित्रकारों की कृतियाँ एवं उनकी बनाई तसवीरें देखने लगा। सिद्धार्थ को रंग-बिरंगी तसवीरें देखने में बहुत मज़ा आता है। उसमें वह कई बार कोई कहानी तलाश करने लगता है, जो उनकी स्टिल भाव-भंगिमा के पीछे छुपी होती है। सिद्धार्थ का दावा है कि वह लोगों

के खड़े होने, बैठने और देखने के अंदाज़ से बहुत कुछ उनके मन की बात जान जाता है।

"कॉफ़ी !" रमा ने प्याली मेज़ पर रखी।

"कहीं चलते हैं।" एकाएक सिद्धार्थ बोला।

"नीचे वालों के घर चलते हैं।"

"नीचे भला क्यों ?"

"मुझे कुछ अजीब-सी लगती है वह औरत···मुझे देखती है, मुसकराती है, मगर बहुत ठंडी-सी छुअन के साथ। और तो और, कभी घर नहीं बुलाती है; कुछ पूछती है, न कहती है।"

"फिर क्यों जाना चाहती हो ?"

"इस कुत्ते के विरह-आलाप का कारण जानने के लिए।"

"मुझे क्यों साथ ले जाना चाहती हो ?"

"ताकि तुम इस कुत्ते के पीछे की कहानी जान सको।"

सिद्धार्थ ने हँसती नज़रों से रमा को देखा। रमा आर्ट क्रिटिक है। उसे वह सब कुछ दिख जाता है जो दूसरों को नज़र नहीं आता। तभी रमा ख़ास तौर से उस औरत का ज़िक्र कर रही है, जो इस पूरे माहौल में उसे अलग-सी लगी होगी और वह इस किरदार की पर्त दर पर्त प्याज़ के छिलके की तरह उतारना चाहती है।

कुछ सोचकर सिद्धार्थ ने कहा, "ठीक है, कभी भी चल सकते हैं।"

"वह नौकरी पर चली जाए तब।"

"क्यों ?"

"ताकि घर का वातावरण उसकी ठंडी ढालनुमा मुसकान और नपे-तुले हाव-भाव से छुप न सके।"

"ओके !" सिद्धार्थ का ध्यान बँट गया था। उसने सीटी पर अपनी पुरानी धुन निकालनी शुरू कर दी थी। इसका मतलब था कि उसने काम का मूड बना लिया है।

रमा का काम हो गया था। उसने हँसती नज़रों से सिद्धार्थ को देखा और ख़ाली प्याले उठा वह लॉबी में आई। गंदे कपड़ों का ढेर वाशिंग मशीन में डाल उसने स्विच ऑन किया। रसोई में जाकर उसने दाल, चावल, सब्ज़ी प्रेशर कुकर के कटोरदान में रख गैस जलाई और बालकनी में आकर पेड़ पर बने चिड़ियों के घोंसलों को ताका। शाखाओं का पूरा एक संसार उसे ज़मीन और आसमान के बीच जाल फैलाए नज़र आया। एक टहनी दूसरे को बुलाती हुई, एक शाख दूसरी शाख के गले में बाँहें डाले

हुए हवा के झूले पर सवार है। प्रेशर कुकर की सीटी न बजती तो वह उसी दृश्य में तैरती-उतराती रहती।

सिद्धार्थ और रमा को इस नए मकान में आए हुए अभी माह-भर हुआ है। शुरू के दिन सामान लगाने, नए पते के कार्ड पोस्ट करने और थकान उतारने में गुज़र गए। फिर जब सहज जीवन जीना शुरू किया तो आसपास की आवाज़ों ने अपना परिचय ख़ुद कराया। इन सारी आवाज़ों में बस एक ही आवाज़ उन्हें रहस्यमय लगी थी, वह बच्चों के शोर में कुत्ते का धीमे-धीमे रोना; जैसे वह इनसान हो, जो अपनी पीड़ा को निचोड़ रहा हो।

रमा पर एकाएक काम का भार आन पड़ा। कला की एक पत्रिका अपना विशेषांक निकालने वाली थी। उस अंक के लिए रमा से एक बड़ा लेख माँगा था। समय कम था। ऊपर से सिद्धार्थ की शूटिंग शुरू हो गई थी। उसका घर आना-जाना तय नहीं था। कई-कई दिनों तक वह घर नहीं लौटता था; फिर बढ़ी शेव, गंदे कपड़ों एवं फूली आँखों के संग लौटता और कई दिनों तक सोता चला जाता। रमा को आदत पड़ गई है। ऐसे बदहवास दिन उसके लिए वरदान होते। वह ख़ूब जमकर प्रदर्शनियाँ देखती, लेख लिखती और मित्रों के घर जा गप्पें मारती। अफ़सोस कि इस बार ऐसा नहीं हुआ। उसका ज़ेहन सारी झंझटों से उबरकर ख़ामोश फ़िज़ा में जब सोचना शुरू करता और वह क़लम उठा कुछ लिखना चाहती, उस वक़्त कुत्ते की दर्दनाक फुसफुसाहट उसे अचेत करने लगती। एक दिमाग़ी रस्साक़शी शुरू हो जाती। विचार कुलबुलाते। शब्दों को जैसे ही उठाती, वह रोना उसे बिखेर देता। लुका-छिपी के खेल की तरह वह शब्द और विचार को पकड़ती, ढूँढ़ती एक असहनीय वेदना से छटपटाती रह जाती।

रमा ने कमरे में आकर खिड़की का पट खोला। सामने वाली श्रीमती अरोड़ा ग़ुस्से में बैठी पुराना स्वेटर उधेड़ रही थीं। आवाज़ सुनकर आँखें उठाईं तो रमा के मुँह से निकला, "हलो आंटी !"

"नमस्ते ! कैसी हो ! कभी आतीं नहीं ! शाम को आओ, अपने उनको भी साथ लाओ। अरोड़ा साहब तो साढ़े पाँच तक घर लौट आते हैं।"

"आऊँगी, ज़रूर आऊँगी; मगर अकेली, आज ही शाम को।" पूरे विश्वास से रमा ने कहा और मन ही मन तय कर लिया कि वह कुत्ते की यातना का पता लगाकर रहेगी। उसके लिए होमवर्क ज़रूरी है, वरना इस घर को ग्यारह महीने से पहले ही छोड़ना पड़ सकता है। तभी कुत्ते का रुदन एक पीड़ा-भरा निवेदन बन अगरबत्ती के

धुएँ की तरह बल खाता रमा के कानों में आ समाया। उसका दिल चाहा कि वह आँगन में कूदे और कुत्ते को गोद में उठा दूर जंगल में जाकर छोड़ आए, जहाँ उसे कोई इनसान की शक्ल नज़र न आए, जो घर की हिफ़ाज़त के लिए उस बेज़बान को क़ैद कर सके।

रमा ने अपनी उग्रता पर क़ाबू पाने के लिए गिलास में ठंडा पेय डाला और एक साँस में आधा पी गई। सृजनात्मक उत्तेजना उसके ख़ून में आतिशबाज़ी की तरह नाचने लगी थी। सप्ताह-भर ही बचा है और उसने अभी सिर्फ़ चंद पंक्तियाँ ही लिखी हैं। उसका भी कोई सिर-पैर समझ में नहीं आ रहा है। रमा ने झुँझलाकर काग़ज़ मेज़ पर पटके और उन पर पेपरवेट रख उसने कनपटी की फड़कती रग को दोनों हाथों की उँगलियों से दबाया।

कुत्ते का आलाप अब लड़कियों के बस्ता पटकने, जूता उछालने और लड़ने के बीच बरतन की खड़खड़ाहट में डूब गया। रमा को लगा, 'ब्रेन हैमरेज' के अटैक से वह बच गई। उसने अपनी पसंद का कैसेट डाल स्विच ऑन किया। संगीत उसकी फूली मांसपेशियों को सहलाने लगा। धीरे-धीरे ठंडे पेय का घूँट भरने लगी। उसके दिमाग़ में विचार कौंधा, क्यों न 'ह्यूमन राइट्स' को एक तनतनाता-सा ख़त लिख दिया जाए कि एक परिवार के सारे सदस्य एक बीमार कुत्ते को घर में अकेला छोड़ बाहर काम पर चले जाते हैं। फिर दूसरे पल वह मुसकरा पड़ी अपनी कल्पना की उड़ान पर। ख़ाली गिलास रख उसने शेल्फ़ से बड़ा लिफ़ाफ़ा उतारा और पेंटिंग्स के रिप्रिंट्स देखने लगी। पंद्रह मिनट बाद उसे वह रिप्रिंट मिल गया जिसकी उसे तलाश थी।

"अब मुझे उस विलाप से छुट्टी मिल जाएगी !" उसने चहककर कहा और शेल्फ़ में लिफ़ाफ़ा वापस रख तसवीर ग़ौर से देखी। पाँच-छह पिल्ले अपनी माँ के बदन पर लोट रहे थे। ख़ामोश कुतिया उन्हें चाट रही थी। उसने तसवीर टेबिल पर टिका दी। लॉबी में जाकर उसने कैसेट लगा दरवाज़ा बंद किया और ठंडे दिमाग़ से काग़ज़ सँभाले।

शाम घिर आई थी। श्रीमती अरोड़ा की पुकार पर उसने क़लम रोक बाहर देखा। श्रीमती अरोड़ा पूरी तरह सजधज के साथ खड़ी मुसकरा रही थीं। रमा ने अँगड़ाई ली।

"आओ जी, पकौड़े उतारने जा रही हूँ।" कहते हुए श्रीमती अरोड़ा कमरे में वापस चली गईं।

"बस दस मिनट में आई।" कहकर रमा ने कमरे की खिड़की बंद की और कपड़े निकालने लगी।

रमा जब श्रीमती अरोड़ा के घर पहुँची तो वहाँ कॉलोनी की एक-दो औरतें पहले से मौजूद थीं। परिचय के बाद चाय-नाश्ता शुरू हुआ।

बातों के बीच रमा के मुँह से निकल गया, "आंटी जी, आपने मेरे नीचे वालों को नहीं बुलाया। उनसे भी परिचय हो जाता।"

"हमारा उनके घर आना-जाना नहीं है। आकाश की जब माँ ज़िंदा थीं तब जाती थी।" श्रीमती अरोड़ा ने अजीब अंदाज़ से कहा। बाक़ी महिलाओं के चेहरों पर ऐसा कष्ट-भरा भाव उभरा जैसे चलते-चलते पैर के नीचे गिलास का टूटन आ जाए।

"मैंने तो बस···दरअसल, उनका कुत्ता शायद बीमार है। सारे वक़्त रोता रहता है।"

"कुत्ता ! घर जाकर आकाश से मिलकर आइए। क्या ख़ूबसूरत जवान था ! मगर अब···उसकी हालत देख कुत्ते को भूल जाइएगा।"

"कमाल है, भाई ! पूरे पाँच वर्ष हो गए हैं, किसी ने उसकी शक्त नहीं देखी है; न दोस्तों के लिए दरवाज़ा खोलती है और न रिश्तेदारों के लिए।" श्रीमती किशोर ने मुँह बिचकाया।

"खुलता तो है दरवाज़ा।" श्रीमती कुमार हँसीं।

"वह तो उसका ब्वॉय-फ्रैंड है। कहती है, आकाश से मिलने आता है; मगर···ख़ैर, छोड़ो, हमें क्या !" श्रीमती अरोड़ा कुढ़े स्वर में बोलीं।

"ग़लत शादी इनसान को क्या से क्या बना देती है ! कहाँ आकाश का परिवार और कहाँ यह चंद्रा यादव ! मगर प्रेम-विवाह जो होना था।" श्रीमती कुमार बोलीं।

"यह जाने कहाँ से आई और बस एक रट, मकान मेरे नाम कर दो, मेरे भविष्य को लेकर मेरे भाई चिंता में हैं। आकाश की माँ ने मकान नहीं दिया। बस, फिर उनकी क्या गत बनाई !"

"छोड़ो ! मन ख़राब होता है ऐसी बातों से।"

रमा को लगा जैसे काले-काले बादल बिना बरसे गुज़र गए। उमस बढ़ गई। उसको अब कुत्ते के रोने के पीछे भी कोई ख़ास कारण छुपा महसूस होने लगा। इधर-उधर की बातें कर रमा घर लौट आई। उसका मन बड़ा अनमना-सा हो रहा था। कई बार दिल चाहा कि एकाएक आकाश श्रीवास्तव के घर में दाख़िल हो जाए और उस कुत्ते को खोल अस्पताल ले जाए। मन कुछ देर भटकता रहा, फिर वह मेज़ पर बैठ लेख के आरंभ को सरसरी नज़र से पढ़ने लगी।

आधी रात के लगभग नीचे वालों की घंटी बजी। रमा जाग रही थी। उसे साफ़ सुनाई पड़ रहा था कि नीचे माँ-बेटी की आपसी बहस शुरू हो गई है। रमा ने उठकर

गली की तरफ़ खुलने वाली खिड़की खोल दी, ताकि बातें साफ़ सुनाई पड़ें।

"मम्मी, आप फिर उन्हें लेकर आई हैं ?"

"हाँ, कुछ ज़रूरी बातें करनी हैं।"

"आपको पता है कि डैडी को वह पसंद नहीं, फिर इतनी रात गए आप !"

"चुपचाप ज़बान बंद रखो ! अगर तुम अपने को बदलोगी नहीं तो तुम्हारी पढ़ाई बंद करवा दूँगी। सारे दिन घर में रहना।"

"सॉरी मम्मी !" लड़की की आवाज़ डूब गई।

रमा शतरंज के मोहरों की तरह इस परिवार के सारे सदस्यों को आगे-पीछे करती हुई आख़िर सो गई। सपने में भी उसे ऊटपटाँग दृश्य आते रहे। जब वह सुबह उठी तो उसका सिर भारी था। चाय के घूँट भरते हुए वह सिद्धार्थ की बात याद कर रही थी, जो उसको हमेशा मना करता था कि तुम कला-समीक्षक से समाज-आलोचक तक की यात्रा तय कर सकती हो; मगर उसको व्यक्तिगत व्यथा बना उसे रात-दिन ओढ़ा मत करो। रमा ने सिर झटका।

"मुझसे कहता है सिद्धार्थ, मगर ख़ुद कहाँ मुक्त हो पाता है !"

तीन दिन की मेहनत के बाद लेख का पहला ड्राफ़्ट बन गया। शाम को वह उसे फ़ाइनल कर टाइपिस्ट को दे आएगी, सोचकर रमा बड़े मन से नहाई। नाश्ता किया और एक-दो फ़ोन कर वह लेख को दोहराने बैठ गई। रात नींद पूरी नहीं हो पाई थी, सो सुस्त-सी बिस्तर पर लेट गई और गहरी नींद सो गई।

कुत्ते की पुकार से वह तेज़ सिरदर्द के साथ जागी। उसका दिमाग़ भन्ना गया था। झुँझलाई-सी उठी और कपड़े बदल बाज़ार तक जाने के इरादे से निकली। टाइपिस्ट भी दो-तीन दिन लगाएगा। जब नीचे पहुँची तो जाने किस भावना से प्रेरित हो उसने आकाश श्रीवास्तव के दरवाज़े पर लगी घंटी दबा दी।

"मम्मी घर पर नहीं हैं।" आठ-नौ वर्ष की बालिका ने दरवाज़ा खोला।

"मुझे तुम्हारे डैडी आकाश श्रीवास्तव से मिलना है।" रमा ने झट कहा।

"वह बीमार हैं। किसी से नहीं मिलते।" लड़की ने दरवाज़ा बंद करना चाहा।

"कौन है, गुड़िया ?" पीछे से कहती हुई बारह-तेरह वर्ष की लड़की सामने आई।

"मैं रमा हूँ। महीने-भर पहले यहाँ शिफ़्ट हुई हूँ। क्या मुझे अंदर आने को नहीं कहोगी ?" रमा अंत तक आते-आते मुसकरा पड़ी।

"आइए-आइए, आंटी !" बड़ी वाली ने सकपकाकर कहा।

"डैडी इधर हैं।" छोटी वाली ने इशारा किया।

बड़ा-सा आँगन पार कर रमा बरामदे में पहुँची। बड़ी ने आगे बढ़कर तीन दरवाज़ों वाले कमरे का बीच का भिड़ा दरवाज़ा खोला। एक जवान मर्द पटरीदार जाँघिया और बनियान पहने बैठा था। दरवाज़ा खुलते और सामने रमा को खड़ा देख उसके चेहरे पर एक भौचक-सा भाव आया। रमा ने हाथ जोड़ दिए। कमरे में दाख़िल हो वह पास पड़ी कुरसी पर बैठ गई।

"कैसे हैं आप ? मैं पास वाले मकान के ऊपरी हिस्से में किराएदार हूँ।" ठिठकती-सी रमा ने बात शुरू की।

"डैडी, आपसे मिलने आई हैं।" टकटकी बाँधे आकाश को कंधे से हिलाया बड़ी लड़की ने।

"अभी ज़िंदा हूँ...मगर देखिए, मेरा...सबकुछ कबाड़ी वाले को बेच रही है चंद्रा..."

"जी !" रमा ने पूरा वाक्य साफ़ सुना, इसके बावजूद कि पैरालेसिस के असर से मुँह टेढ़ा था, आवाज़ साफ़ नहीं थी, मगर संदर्भ समझ नहीं पाई।

"यह सब कभी मैंने लिखा था। आप चंद्रा को मना करें।" आकाश ने बाईं तरफ़ की लार को रूमाल से पोंछा। तभी कुत्ते की 'कू-कू' की आवाज़ से रमा को करंट-सा लगा।

रमा ने जो नज़रें उठाईं तो धक-से रह गई। कमरे के ठीक सामने, आँगन के उस पार, एक कोठरी की चौखट से काले-सफ़ेद रंग का एक कुत्ता बँधा था। उसकी ज़जीर सिर्फ़ इतनी थी कि वह गरदन इधर-उधर घुमा सकता था, या फिर नीचे के पैरों को मोड़ पीछे की टाँगों पर खड़ा हो सकता था।

रमा व्याकुल-सी उठी और दालान तक आकर ठिठक गई। उसने मुड़कर आकाश की तरफ़ देखा, जो चुपचाप विनती करते कुत्ते को बड़ी बेबस आँखों से देख रहे थे। दोनों लड़कियाँ दालान के कोने में बैठी होमवर्क कर रही थीं।

"इसे थोड़ी देर के लिए खोल दो।" रमा ने कहते हुए आँगन पार किया।

"मम्मी खोलने नहीं देतीं। डैडी बीमार हैं। यह उनके बिस्तर पर चढ़ जाता है। मम्मी का काम बढ़ जाता है।" कुछ टूटे स्वर में छोटी ने कहा, जैसे वह खुद इस दृश्य से आतंकित हो और रमा की बेचैनी को समझ रही हो।

रमा कुत्ते के पास पहुँच गई थी। उसकी दोहरी ज़ंजीर में ताला पड़ा था। देखकर रमा सन्न रह गई।

"डैडी के ऑफ़िस के सामने कुतिया ने बच्चे दिए थे। कार के नीचे आकर वह मर गई। डैडी एक पप्पी उठा लाए थे।" बड़ी ने थूक निगला।

"हमारे साथ खेलता था, आंटी, मगर···" छोटी की आँखों में क्या था जो रमा झेल नहीं पाई।

पल-भर भी वहाँ ठहरना रमा के लिए मुश्किल हो गया। वह उलटे पैर दरवाज़े की तरफ़ बढ़ी और उसे खोल तेज़ी से बाहर निकली। पीछे से दोनों लड़कियों ने धीरे-से कहा, "बाय आंटी !"

रमा जवाब न दे पाई। वह तो अपनी ही धुन में थी। कैसे वह सीढ़ियाँ चढ़ी, ताला खोला, कमरे में पहुँची, उसे याद नहीं। बस एक सवाल उसे मथ रहा था कि जीवन के इस क्रूर यथार्थ को साहित्य और कला किस हद तक अभिव्यक्त कर पाते हैं ? इनसान के एहसास को दरशाने वाला हर माध्यम अधूरा है। सब कुछ गूँगा। एक बेबसी, एक ख़ालीपन, एक व्यर्थता का बोध रमा को अपने चंगुल में कस रहा था। उसे सिद्धार्थ की कमी खल रही थी।

रमा ने तंग आकर सिद्धार्थ के स्टूडियो का नंबर लगाया। पता चला, वह एडिटिंग पर बैठा है, फ़िलहाल आ नहीं सकता। रमा ने फ़ोन रख दिया। कुत्ते का विलाप जारी था। इसका मतलब था कि आकाश की पत्नी अभी लौटी नहीं थी। रमा उदासियों के तहख़ाने में डूबने-सी लगी। उसे उन सारे कलाकारों के चेहरे याद आने लगे, जो अजीबोग़रीब घटनाओं में घिरे थे, फिर भी उन्होंने आशा का दामन नहीं छोड़ा था। किसी न किसी सुराख को कमंद बनाकर ज़िंदगी के अंधे कुएँ से बाहर निकले थे, फिर आकाश···आकाश श्रीवास्तव ने इस तरह हथियार क्यों डाल दिए ? आख़िर क्यों ?

दरवाज़े की घंटी बज उठी। रमा ने घड़ी देखी। रात के दो बज रहे थे। उसने जाकर दरवाज़ा खोला। सिद्धार्थ पूरी तरह से टूटा-थका, बैग कंधे पर लटकाए खड़ा था। उसकी लाल डोरे वाली आँखों में चमक थी। इसका मतलब था कि फ़िल्म अच्छे नोट पर ख़त्म हुई है। उसने सिद्धार्थ का बैग एक किनारे रख दरवाज़ा बंद किया और किचन की तरफ़ बढ़ी, ताकि जब तक सिद्धार्थ नहाकर निकले तब तक वह खाने के लिए कुछ बनाकर मेज़ पर रख सके।

उसे भी तेज़ भूख लग रही थी।

"हाऊ आर यू ?" सिद्धार्थ नहाकर ताज़ादम लग रहा था।

"बड़ी देर में ख़याल आया।" रमा ने हँसकर कहा और अपने गले में पड़े सिद्धार्थ के हाथों को पकड़ उसके चेहरे की तरफ़ घूमी।

"आर्टिकल पूरा हो गया ?" सिद्धार्थ ने प्यार से उसके गाल थपथपाए।

"हाँ, तुम अपनी कहो।"

"फ़िल्म पर नो कमेंट। उस ज़िक्र की भी जगह नहीं है दिमाग़ में।" सिद्धार्थ ने कॉफ़ी का घूँट भरा।

"नीचे वालों के···"

"जिस जगह मैं तुम्हें छोड़ गया था, उसी टॉपिक पर फिर से ! कुछ नया कहो।" सिद्धार्थ हँसा।

"मतलब ?"

"वह आकाश श्रीवास्तव है, 'न्यूज़लाइन' का रिपोर्टर। मेरी पहली फ़िल्म की बढ़िया रिपोर्ट छापी थी। पिछले पाँच वर्षों से पैरालेटिक का मरीज़ है। जब स्ट्रोक हुआ तो इलाज में लापरवाही हुई और उसके दिमाग़ का सोशल, इंटलैक्चुअल और फंक्शनल हिस्सा सूख गया है। ही इज़ जस्ट लाइक ए कैबेज !"

"इतना कुछ तुम्हें पता था ?"

"नहीं···ऑफ़िस में नए घर की बात चली तो रमेश ने बताया। यह सबकुछ सुनकर अच्छा नहीं लगा।"

'मुझे देखकर।' मन ही मन रमा बोली।

"थैंक्स फॉर लवली ब्रेकफास्ट !" सिद्धार्थ मेज़ से उठा। उसी के साथ रमा भी। अब वह भी सोना चाहती थी। बहुत थक गई थी।

सिद्धार्थ बिस्तर पर लेटते ही सो गया। रमा ने जैसे ही आँखें बंद कीं, आकाश का चेहरा नज़रों में तैर गया। एक अपाहिज कमरे के पलंग पर चुपचाप बैठा है और दूसरी तरफ़ एक ज़ंजीर में बँधा कुत्ता बेज़बान होने के बावजूद विद्रोह में चीख़ रहा है। इस समय कुत्ता गिड़गिड़ा नहीं रहा है, तो यह ख़ामोश चलचित्र चल पड़ा है। उसने कई करवटें बदलीं, ध्यान इधर-उधर लगाना चाहा; मगर न नींद आई, न उस भौचक आँखों वाले चेहरे से फुरसत मिली। तंग आकर उसने सिद्धार्थ की कमर पर हाथ रखा और उसके क़रीब सिमट गई। सिद्धार्थ बेसुध पड़ा रहा। उसके हाथों को सहलाती रमा ने सिद्धार्थ के चेहरे का चुंबन लिया। सिद्धार्थ सोते में कुनमुनाया, फिर रमा को अपनी तरफ़ भींचा। रमा ने अपने होंठ सिद्धार्थ के होंठों पर रख दिए। चकमक पत्थर आपस में टकरा गए थे। अभी दोनों थके बदन स्फूर्ति की पेंगें लेने ही वाले थे कि कुत्ते का दर्दनाक क्रंदन उनको दो फाँक कर गया।

सड़क पर चहल-पहल शुरू हो गई थी। सूरज ने अपने नारंगी चेहरे पर धूप की पीली छतरी तान ली थी। रमा ने दरवाज़ा खोल अख़बार उठाया और पलंग पर आकर बैठ गई। सिद्धार्थ भी सोती-जागती अवस्था में पड़ा था। एकाएक उठकर किचन में गया

और थोड़ी देर बाद चाय बनाकर लाया।

"मानो या न मानो, मगर यह कुत्ता हमारी ज़िंदगी में बड़ी अहम भूमिका निभा रहा है।"

"वह कैसे ?"

"हम जो करना चाहते हैं वह कर नहीं पाते हैं और जो करते भी हैं, उसकी आवाज़ की छत्रछाया में अंजाम देते हैं।"

"सिद्धार्थ, मेरी मानो तो यह घर बदल लेते हैं। मैं तो लाख सहज रहना चाहूँ, मगर रह नहीं पाती हूँ।"

"चाय पियो, इसके बारे में सोचते हैं। अभी तो आए हुए डेढ़ माह गुज़रा है।"

कई सप्ताह गुज़र गए। रमा का संताप कुछ कम हुआ। उसका कारण भी था कि वे दोनों पंद्रह दिन के लिए मसूरी होकर लौटे थे। पूरे देश के चित्रकार वहाँ जमा थे। सिद्धार्थ की एक डाक्युमेंटरी फ़िल्म बन गई। रमा को कुछ इंटरव्यू के द्वारा कई चित्रकारों के रंग, स्टाइल और स्कूल ऑफ़ ऑर्ट्स को नए सिरे से समझने का मौक़ा मिला। दोनों इतना खुश लौटे थे कि उन्हें पुरानी कोई बात फ़िलहाल याद नहीं थी। सुबह उनकी आँख डोरबेल के बजने से खुली।

"इस वक़्त कौन आ सकता है ?" रमा कहती हुई उठी और दरवाज़ा खोला तो सामने अनजाना चेहरा दिखा।

"नमस्कार जी ! मैं चंद्रभान हूँ। इस मोहल्ले की संस्था का सेक्रेटरी। दरअसल एक ख़बर देनी है। ख़बर तो आपको मिल जाती, मगर निवेदन तो मुझे ही विशेष रूप से आप लोगों से करना था।"

"जी, कहिए।" दरवाज़े से हटती हुई रमा बोली और उन्हें अंदर आने का इशारा किया।

"कल रात आकाश श्रीवास्तव को ब्रेन हैमरेज हुआ और उनकी मौत हो गई। अरथी में आप लोग ज़रूर शामिल हों। चंद्रा जी ने तो उसे क़ैद-सा घर में कर रखा था। कल रात भी वह घर पर नहीं थी, जब आकाश को डॉक्टर की सख़्त ज़रूरत थी। बहरहाल, हम सबका प्यारा दोस्त था, बहुत अच्छा इनसान। उसने तन्हाई में पाँच वर्ष कैसे काटे, नहीं जानता; मगर उसकी विदाई इतनी अकेली न हो, इसलिए···" चंद्रभान ने हाथ जोड़कर कहा और वहीं दरवाज़े से मुड़ गए।

अंदर कमरे से सिद्धार्थ सब कुछ सुन चुका था। रमा की समझ में नहीं आया कि वह इस ख़बर को कैसे ले। बस एक ही सवाल उठ रहा था कि कुत्ता कल रात

से एक बार भी नहीं रोया था। दोनों जाने की तैयारी में लग गए। वैसे भी देर से उठे थे।

सिद्धार्थ और रमा जब आकाश श्रीवास्तव के घर पहुँचे तो आँगन में भीड़ जमा थी। बरामदे में चंद्रा ज़मीन पर बिछी दरी पर बैठी थी। कुछ दूर बैठी दोनों लड़कियाँ सुबक रही थीं। आँगन में अरथी सज रही थी। रमा को लगा, आज भी चंद्रा उसी ठंडेपन के साथ ख़ामोश बैठी है। दोनों पास जाकर बैठने ही वाले थे कि एक सख़्त चेहरे वाले आदमी ने बड़ी ऊँची आवाज़ में कहा, "प्लीज़ वहाँ भीड़ न लगाएँ। चंद्रा ने इतना दुःख सहा है कि उसमें दुःख सहने की शक्ति नहीं रह गई है। बीमार पति की सेवा में रात-दिन डूबी थी। और तुम दोनों भी रोओ मत।" लड़कियों को उसने डाँटा।

"वह तो हम देखते थे।" किसी की आवाज़ उभरी।

चंद्रा ने अपना सिर घुटनों पर रख लिया और आसपास बैठी औरतें कुछ झुँझलाई-सी उठ खड़ी हुईं। सिद्धार्थ और रमा उलटे पैर दालान से उतर आँगन में आ खड़े हुए, जहाँ औरतों-मर्दों की खुसुरफुसुर जारी थी।

"यह और सेवा !"

"चंद्रा के नाम मकान हो गया है।"

"कैसे ? आकाश ने हस्ताक्षर आख़िर मजबूर होकर दिए होंगे।"

"नहीं···इसी बात पर तो उसका खाना बंद कर दिया गया था। यह सब जाली दस्तख़त से हुआ है। दुबे है न कचहरी में, वह बता रहा था कि वही किसी को बीमार बनाकर ले गया था।"

"यह है कौन ?" रमा ने धीरे से पूछा।

उसके इस सवाल पर सिद्धार्थ चौंक पड़ा। उसने आँखें तरेरकर रमा को घूरा।

"बचपन का दोस्त।"

"हमदर्द की शक्ल में भेड़िया बन सारे घर को निगल गया। सुना है, इन दोनों की प्लानिंग पहले से इस घर को हथियाने की थी। ये लड़कियाँ भी···"

"बस, आगे कुछ नहीं। जिसका पाप वही जाने।"

अरथी सज गई थी। उसके उठते ही लोगों की भीड़ साथ हो ली। चंद्रभान ने टी०वी० वालों को बुला रखा था। 'न्यूज़लाइन' के स्टाफ़ के अलावा शहर की बहुत-सी जानी-मानी हस्तियाँ थीं। सबके चेहरे पर दुःख-भरा तीखापन था। खोई-खोई-सी रमा भी औरतों के संग बाहर निकली और अरथी को सड़क से जाता देखने लगी।

जब मुड़ी तो चौंक उठी। एकाएक उसे अपनी आँखों पर विश्वास नहीं हुआ।

वह काला-सफ़ेद कुत्ता झुका-झुका-सा रेंगता हुआ सड़क के किनारे घसिट रहा था। इधर-उधर से जमा हो रहे कुत्ते उस पर ज़ोर-ज़ोर से भौंक रहे थे। बदहवास-सी रमा ने अपने आसपास नज़र डाली। सिद्धार्थ तो श्मशानघाट गया हुआ था। उसके सिर में दर्द की गहरी टीस उठी।

'जो काम चंद्रा इस कुत्ते के ज़रिए लेना चाहती थी, वह कल रात उसने अंजाम दे दिया। तभी उसके गले का ताला खोल दिया गया था।' रमा के दिमाग़ में एक ही बात चक्कर लगा रही थी।

सिद्धार्थ आधी दूरी चलकर घर वापस आ गया। उसका मन घबरा रहा था। उसका अंदाज़ा ठीक निकला। रमा सिर पकड़े पलंग पर बैठी थी। उसको देखकर एकाएक खड़ी हुई और धीरे-से बोली, "हत्या हुई है। हमें कम से कम इनसानियत के नाते इसकी इत्तला पुलिस में दे देनी चाहिए।"

"ठीक है, दे दूँगा···तुमने कोई दवा ली ?"

"पहले मेरी बात का जवाब दो, फ़ोन तुम करोगे या मैं ?"

"सबूत क्या है ?"

"वह कुत्ता, जिसके द्वारा चंद्रा ने आकाश को गहरी मानसिक यातना दी है और मरने पर मजबूर किया है।"

"यह सबूत भी बाक़ी नहीं बचा है अब।"

"बचा है, मैंने उसे···"

"मैंने उसे चौराहे पर बेदम पड़ा देखा है। उसमें जान ही कहाँ बची थी ! सुबह से कुत्ते उसे घेरे हुए थे। शायद मर भी गया हो।"

"एक साथ दो हत्याएँ !"

रमा की आँखें दहशतज़दा हो गईं।

"यह गोली लो," सिद्धार्थ ने पानी का गिलास और पैकेट से गोली निकाल रमा को दी।

"मैं इस बाबत चंद्रभान से बात करूँगा। तुम थोड़ा आराम कर लो।" सिद्धार्थ ने रमा के बालों पर हाथ फेरा। उसका मन भी उदास हो गया था। उस जुलूस में भी लोगों की बातें सुन-सुनकर उसका दिमाग़ भन्ना गया था। तभी वह घर लौट आया था कि पता नहीं रमा इन सारी बातों को सुनकर नैतिकता और मानवता के तराज़ू को लेकर बैठ गई तो अपना ब्लड-प्रेशर हाई कर लेगी और फिर नर्वस पेन का न ख़त्म होने वाला सिलसिला हफ़्तों तक चल पड़ेगा।

रमा पर गोली का असर हुआ था। वह गहरी नींद में डूब गई थी। सिद्धार्थ पढ़ाई

की मेज़ की तरफ़ लौटा और डायरी उठा उसके पन्ने पलटने लगा। जब कभी वह मानसिक रूप से परेशान होता तो डायरी ज़रूर लिखता था। अभी उसने क़लम उठाई थी कि नीचे घंटी बजने की आवाज़ के साथ शोर उठा। सिद्धार्थ ने क़लम रख दी और उसका ध्यान नीचे से आती आवाज़ों की तरफ़ चला गया।

"अंदर तो आने दो, भैया !"

"किसलिए ?" मर्दाना आवाज़ उभरी।

"आकाश को गए अभी कितने घंटे गुज़रे हैं, जो···" जनाना आवाज़ थर्राई।

"आकाश जब ज़िंदा था तो कोई आया नहीं। तब चंद्रा ने उसकी सेवा की। अब मरने के बाद बहनें, बुआ, मौसी जाने कहाँ से रोने आ गई हैं ! जाइए, दरवाज़ा नहीं खुलेगा।"

"कैसा अंधेर है अपने ही घर में ! चंद्रा कहाँ है ? चंद्रा बेटी, दरवाज़ा खोलो !"

गुड़िया, स्वीटी ! दरवाज़ा खोलो, बच्चो !"

सिद्धार्थ दरवाज़ा खोलकर बाहर निकला और सीढ़ी के छज्जे से नीचे झाँका। कई मर्द-औरतें, बच्चों की भीड़-सी नीचे खड़ी थी। औरतें आँसू पोंछ रही थीं। मर्द परेशान खड़े थे। इधर-उधर के घरों के दरवाज़े-खिड़कियाँ खुलने लगीं। कुछ लोग बाहर निकले और उन्हें अपने घर ले गए। सिद्धार्थ जब फ़्लैट में लौटा तो नीचे से बड़बड़ाने की आवाज़ आ रही थी।

"ये लड़कियाँ बहुत बोलने लगी हैं। मैं सोचता हूँ कि इस बार इनको माँ के पास गाँव भेज दूँ।"

सिद्धार्थ को देर में सही, मगर नींद आ गई।

सुबह दोनों अपने को हलका महसूस कर रहे थे। रमा और सिद्धार्थ के लिए यह सुबह एक अजीब सुबह थी। नीचे सन्नाटा था और इधर पेड़ों पर बैठी चिड़ियाँ चहचहा रही थीं। रमा जब बाज़ार जाने के लिए निकली तो चंद्रा को दरवाज़े पर खड़ा देखा। वही चेहरा, वही ठंडी मुसकान। रमा ने नफ़रत से होंठ सिकोड़े। दिल में आया कि पूछे, 'उस बीमार कुत्ते को यूँ बाहर छोड़ना क्या उचित था ? उसकी मौत का ज़िम्मेदार कौन है, आप या वे सड़कछाप कुत्ते ? आकाश को मारना था तो ज़हर दे देतीं। उसके लिए किसी बेज़बान को यूँ यातना देना कहाँ का इनसाफ़ था ?'

"क्या बात है ?" सिद्धार्थ ने रमा के चेहरे पर फैले तनाव को देखकर पूछा।

"चंद्रा खड़ी थी घर के दरवाज़े पर। उसे देखकर मन ख़राब हो गया।" रमा ने

फल ट्रे में सजाते हुए कहा।

"कल रात आकाश के रिश्तेदार आए थे। उन्हें घर में घुसने नहीं दिया।"

"अत्याचार की हद है।" रमा ने कहा।

"मुझे लगता है, यह मकान हमें छोड़ देना चाहिए। इतना तनाव झेलना पड़ेगा तो काम क्या ख़ाक होगा !"

"मकान छोड़ने से पहले इस क्रिमिनल औरत के हाथों में हथकड़ी डलवानी चाहिए।"

"वह काम बहुत मुश्किल है। मानव अधिकार आयोग को, पुलिस को, मोहल्ले वालों को अब यह औरत एक ही जवाब देगी कि मुझ विधवा को बदनाम करते हैं। चूँकि हमारा प्रेम-विवाह था, ऊपर से अंतरजातीय, इस कारण भी हमें लोग अपमानित कर अनेक आरोप लगाते हैं। मुझसे मेरे बच्चों को छीनना चाहते हैं। यह मकान चूँकि मेरे नाम है, इसलिए बहनें अपना अधिकार दिखा रिश्तेदारों को लेकर इस पर क़ब्ज़ा करना चाहती हैं। भला बताएँ, इन लड़कियों को लेकर दर-दर कहाँ भटकूँ ? इन्हीं की ख़ातिर मैं नोकरी करती हूँ और सारे लांछन सुनती हूँ।" सिद्धार्थ ने कहा।

"कौन विश्वास करेगा ? सब इसको जानते हैं। तुम चंद्रभान से बात करके देखो।"

"जो प्रेम-विवाह का नाटक कर सकता है, मकान की ख़ातिर किसी अन्य आदमी को दिखाकर घर अपने नाम करवा सकता है। उसके हाथ कितने लंबे होंगे, इसका अंदाज़ा तुम्हें नहीं होगा। इसमें हमको नहीं पड़ना चाहिए। यह हमारी लड़ाई नहीं है।"

"फिर यह लड़ाई है किसकी ? क्या समाज का दायित्व नहीं है ? इसको तुम एक बार फिर 'व्यक्तिगत' कहकर रद्द कर दोगे; मगर मुझे लगता है, जो व्यक्तिगत है वही मानवीय है, वही समाज है; जिसकी अवहेलना करने का मतलब है अत्याचार को, भ्रष्टाचार को बढ़ावा देना। हर बार मकान बदलने से समस्या हल नहीं हो जाती है।" रमा को जैसे झक सवार हो गई थी। सिद्धार्थ उसका बड़बड़ाना सुनता रहा। उसके पास इन प्रश्नों का कोई उत्तर नहीं था। जो उत्तर था, वह उसका हक़दार नहीं था। हिंसा के इतने रूप और साधन हैं कि उन्हें जानकर भी आप क्या कर पाते हैं, केवल मानसिक संताप के ? अभिशाप तो सबसे बड़ा यह है कि आप संवेदनशील क्यों हैं ? क्यों दूसरे के दुःख पर बिफर जाते हैं ? क्यों दूसरों की लड़ाई में कूद पड़ते हैं ? क्यों, आख़िर क्यों आप दूसरों के लिए इतना सोचते हैं कि आपका सुख-चैन छिन जाए ? आख़िर क्यों ?"

रमा और सिद्धार्थ में उस रात प्यार तो दूर, कोई बात भी नहीं हुई। रमा का ख़याल था कि हर बार की तरह उसे सब कुछ देखकर भी अनदेखा करना पड़ेगा, सब कुछ समझकर भी हथियार डालने होंगे। निराशा की एक परत उसके अंदर पुरानी परत पर बैठ जाएगी और पिछला भूलकर फिर वह रंगीन चित्रों पर लिखने लगेगी—बिना इस सवाल के जवाब के कि क्या जो ज़िंदा यथार्थ है, उस पर लिखना ही कला की सच्ची सेवा है ? और वह विनती जो आकाश ने अपने लिखे के बरबाद होने पर की थी, उस यथार्थ पर चुप रहा जाना कहाँ की इनसानियत है ? या फिर आकाश का सच केवल वही था जो दूसरों को चंद्रा बताती थी ?

सुबह शोर से आँखें खुलीं तो लगा, नीचे आँगन में दौड़-पकड़ चल रही है। रमा ने दरवाज़ा खोला और सीढ़ी से नीचे उतरी। आकाश श्रीवास्तव के घर के दरवाज़े पर पुलिस थी। चंद्रा बाहर निकली। उसके चेहरे पर वही ठंडी मुसकान थी। उसके पीछे वही सख़्त चेहरे वाला आदमी था, जिसको पुलिस पकड़कर बाहर ला रही थी। पूरा मोहल्ला बाहर सड़क पर निकल आया था। सबके चेहरे पर अकबकाया-सा भाव और आँखों में प्रश्न था कि यह आदमी तो चंद्रा को स्कूटर पर बिठाकर सारा शहर घूमता था। रात को ठहरता और सुबह आकाश के बेहतरीन कपड़े पहनकर निकलता। आज उसको पुलिस पकड़कर ले जा रही है ?

सिद्धार्थ रमा के पीछे खड़ा सब कुछ देख रहा था। पुलिस के जाने के बाद दोनों घर लौटे। रमा धम-से कुरसी पर बैठ सिद्धार्थ का चेहरा ताकने लगी।

सिद्धार्थ ने सिगरेट निकालकर सुलगाई और हलके-से रमा का शाना थपथपाकर बोला, “कोई ख़ास बात नहीं। इसके पीछे की कहानी सिर्फ़ इतनी है कि चंद्रा को अब इस आदमी की ज़रूरत नहीं रह गई थी। चार चौ गज के मकान की वह मालकिन है। इस मकान को बेचकर किसी दूसरे आदमी के साथ किसी और मोहल्ले या शहर में बस जाएगी। इसके पास मंत्र है, बहुत पुराना मंत्र⋯जो उसे सीढ़ी दर सीढ़ी बहुत ऊँचा ले जाएगा, जितना ऊँचा वह चढ़ना चाहेगी।”

रमा चकराई-सी बैठी रही। कहानी यह रुख़ अपनाएगी, वह सोच भी नहीं सकती थी। उसे महसूस हो रहा था कि चंद्रा यादव को समझना इतना आसान नहीं है। उस ठंडी मुसकान के पीछे अभी बहुत-सी घटनाएँ घटने वाली हैं। यह न समाप्त होने वाला सिलसिला है, जिसको पेंटिंग में बाँधना आसान नहीं है।

सिद्धार्थ ने उस रात अपनी डायरी में लिखा—वर्तमान समय में जब संवेदनाएँ शुष्क हो रही हों, उस समय भी इनसानों में प्रेम का मोह बाक़ी है, तभी वे उन लोगों के

जाल में फँस वह सबकुछ हार बैठते हैं, जिनके लिए यह शब्द खोखला है। चारों तरफ़ इस भौतिक भागदौड़ में लैना-मजनू, शीरीं-फ़रहाद, ससी-पुन्नू का नाम दिल को लुभाता ज़रूर है, मगर उन जैसा कोई आज नज़र नहीं आता। अगर मौजूद भी हो तो शायद वह दोतरफ़ा इश्क़ नहीं, एकतरफ़ा ही होगा; क्योंकि प्रेम का उगना एक व्यक्तिगत कर्म है, जिस पर न खुद का बस है और न दूसरे का। इसलिए रमा के लिए ज़रूरी है कि वह न्याय का तराज़ू कहीं छुपा दे और ज़िंदगी जैसी है, उसको स्वीकार कर ले; क्योंकि यह तो एक न समाप्त होने वाली प्रेमकथा है।

कनीज़ बच्चा

अनार के पेड़ के ऊपर धूप उतर आई थी। इसका मतलब था बड़ी बेगम के नाश्ते का वक़्त हो गया था। बुआ ने दलिया सेनी में रखा और तेज़ी से बावर्चीख़ाने से निकलीं। बड़ी बेगम की तेवरी पर बल पड़ गए, जब उन्होंने उबले दलिया में दूध पड़ा देखा।

"उई बीबी, यह भी कोई नाश्ता हुआ ! मुझे तो अच्छा डॉक्टर को दिखाकर मरीज़ बना दिया। जो चार दिन खुशी से जीती उसको भी अहमद मियाँ ने चूल्हे में झोंक दिया···ले जाओ, मुझे नाश्ता नहीं करना है।"

"यूँ ख़फ़ा नहीं होते, बड़ी बेगम। आख़िर अहमद मियाँ को आपकी जान प्यारी है, तभी तो तली चीज़ों की मनाही की है। वरना उनको आपसे क्या दुश्मनी होगी !" बुआ ने उनका मनुहार किया। मगर बड़ी बेगम ने तो जैसे चम्मच उठाकर मुँह में दलिया डालने की क़सम खा रखी थी। बुआ थक-हारकर दलिया उठाकर कमरे से निकल आईं।

बात कहाँ छुपनी थी, फ़ौरन जंगल की आग की तरह गोल कमरे तक फैल गई, जहाँ अहमद मियाँ बैठे वकील के संग हिसाब-किताब, ज़मीन-जायदाद का मसला तय कर रहे थे। इस ख़बर से एकदम से झल्ला गए; मगर ख़ून का घूँट पीकर रह गए।

काम निपटते ही वह सीधे अम्मी बेगम के कमरे में पहुँचे और पलंग के पास रखी कुरसी पर जा बैठे। पहले माँ के चेहरे को ग़ौर से देखते रहे, फिर एकाएक तैश में आकर बोले, "अम्मी बेगम, आख़िर आप क्या चाहती हैं ? मेरी मौत या···क्यों नहीं नाश्ता किया आपने ? रात गुस्सा थीं तो खाना नहीं खाया और अब ! फ़ाक़ा करके आप क्या साबित करना चाहती हैं ? खाना नहीं खाएँगी तो दवा कैसे खाएँगी ?"

"तुम तो हरदम गुस्से में रहते हो। कभी माँ की परेशानी समझो, नहीं उतरती हलक़ से यह सानी। मैं कोई शब्बन जुलाहे की गाय नहीं हूँ, बड़ी बेगम हूँ, जिसके आगे ख़ासे लगते थे। कई तरह के हलवे, रोग़नी टिकिया, सब्ज़ी, आँवले का मुरब्बा,

दूध-मक्खन और जाने क्या अल्लम-ग़ल्लम। अब तो मुझे याद भी नहीं। मगर तुम्हारे राज में मुझे यह दिन देखने पड़ रहे हैं।"

"उफ़ ! अम्मी बेगम, बस ! मेरे सब्र को मत आज़माइए। कहीं आपके ब्लड-प्रेशर को कम करने की कोशिश में मेरा ब्रेन हैमरेज न हो जाए। या ख़ुदा, अब मुझे बख़्श दे !"

माँ-बेटे की यह नोक-झोंक रोज़ इसी तरह सुबह, शाम, दोपहर किसी वक़्त भी शुरू हो जाती थी। इनके बीच काफ़ी दिनों तक अहमद की बीवी जुलेख़ा पिसती रही; मगर कोई हल नहीं ढूँढ़ पाई तो तंग आकर ऐसे मौक़ों पर कानों में रुई खोंस लेती थी। तीनों बच्चे भी इस झंझट में नहीं पड़ते थे और अलग-अलग उसकी तरफ़दारी करते थे जिसके सामने पड़ते थे। बाप के सामने दादी बेगम में बुराई और दादी बेगम के सामने अब्बू जानी में। इसलिए सभी बच्चों को दुलार करते और उनकी मुँहमाँगी फरमाइशें पूरी करते थे।

"लिल्लाह ! आप ज़रा धीमे बोलें, दूसरे कमरे में ज़क्कन मियाँ की साहबज़ादी बैठी हैं। आपको तो ज़रा भी ख़याल नहीं। मुझ पर तो जैसे घड़ों पानी पड़ गया।" घबराई-सी जुलेख़ा कमरे में दाख़िल हुई।

"यह लो, अब इनकी बातें सुनो। मौलवी साहब बन अमोख़्ता पढ़ाने आई हैं। यह करो, वह न करो। जानती हो, तुम्हारे मियाँ को मैंने ही पालकर बड़ा किया है।"

"अम्मी बेगम, आप भी कमाल करती हैं !" रुआँसी-सी जुलेखा उलटे पैर लौट गई।

थोड़ी देर बाद बुआ दलिया फिर लेकर आईं। बड़ी बेगम ने आँखें तरेरीं, मगर अहमद ने बढ़कर प्याला उठाया। बुआ ने तौलिया फैलाई और बेटे ने चम्मच-भर दलिया माँ के मुँह में डाली। बड़ी बेगम मुसकराईं, फिर प्याला हाथ में लेकर खुद ही खाने लगीं। इस बीच कमरे में ख़ामोशी छाई रही। दलिया खाकर सीने पर पड़ी तौलिया से मुँह पोंछा, फिर बोलीं, "अल्लाह बख़्शे ! तुम्हारे अब्बा बिना अनार के शरबत के बिस्तर नहीं छोड़ते थे। क्या-क्या ज़माने इन आँखों ने नहीं देखे ! फिर सोने के वर्क़ में लिपटा आँवला खाते थे। चिलग़ोज़े के बग़ैर चाय पीना उन्हें कहाँ भाता था !"

"अम्मी बेगम, ख़ुदा के वास्ते अब आप रोइएगा नहीं मरहूम अब्बा जानी को याद करके। मैं बहुत परेशान हूँ। इस तरह की जज़्बाती बातों से आप मुझे और परेशान न करें। अब इजाज़त दें, मैं चलता हूँ। फिर हाज़िर हूँगा।" इतना कहकर अहमद उठे और कमरे से निकल गए।

दोपहर की धूप पूरे आँगन में भर गई थी। तीनों बच्चे स्कूल से जल्द लौट आए थे। धूप में बिछे तख़्त पर बैठे गरम-गरम तहरी खा रहे थे। हरे धनिये की चटनी की महक फैली हुई थी। बड़ी बेगम को तहरी बहुत पसंद थी। इस वजह से अकसर दोपहर में बुआ उन्हें खुश करने के लिए तहरी पकाती थीं। खिले चावलों के बीच आलू और हरी मटर का जलवा था। बड़ी बेगम बच्चों के बीच बैठी बहुत खुशदिली से खाना खा रही थीं। जुलेखा दूसरी तरफ़ पलंग पर बैठी पान की गिलौरियाँ बना रही थी। अहमद के पास तहसीलदार आए हुए थे। चाय-पानी चल चुका था। अब हरी झंडी दिखाकर उन्हें विदा करना था।

अहमद जब घर में घुसे तो उनके चेहरे पर अजीब तमतमाहट थी। मियाँ का चेहरा देखते ही जुलेख़ा ताड़ गई कि ज़रूर दाल में कुछ काला है। ऐसे मौक़ों पर वह कुरेदती नहीं है, ख़ामोश रहकर उनकी मंशा लेती है। इस वक़्त समझ गई कि वह बात कोई बात अकेले में कहना चाहते हैं। सो पलंग से उतर वह सीधे कमरे की तरफ़ बढ़ी। अहमद भी सिर झुकाए उसके पीछे-पीछे चल पड़े। कमरे में पहुँच उन्होंने नेक टाई ढीली की और बिस्तर पर अधलेटे-से पसर गए।

"बड़ा बुरा हुआ। शब्बीर यहाँ कलक्टर बनकर आ रहा है।"

"अच्छा !"

"जायदाद में बराबर का दावा तो उसने पहले किया ही था। अब तो सीने पर चढ़कर अपना हक़ हासिल कर लेगा।"

"ठीक है।"

"अम्माँ को पता चला तो क़यामत आ जाएगी। मैं तो आधा हिस्सा देने को तैयार हूँ; मगर अम्माँ तो यह सुनकर मुझे कच्चा चबा जाएँगी और यह घर सिर पर उठा लेंगी। बाहर शब्बीर ऐसी की तैसी कर डालेगा।"

"वह तो है।"

"पता नहीं अब्बा जानी को यह दूसरी शादी की क्या सूझी थी !"

"मरे हुए इनसान के बारे में कुछ कहना मुनासिब नहीं है।"

"क्या करूँ, क्या न करूँ ? तुम कुछ राय दो।"

"मैं तो आपकी हमख़याल हूँ। आधी जायदाद उसको दे दें और अम्मी बेगम से इसका ज़िक्र न करें।"

"राय तो मुनासिब है और इसी में हमारी ख़ैर है।"

"उठिए, खाना खा लीजिए।"

"हाँ, खाकर थोड़ी देर आराम करूँगा। सिर में बहुत दर्द है।"

शाम का झुटपुटा था। तभी दो रिक्शे दरवाज़े पर आकर रुके। उनमें से दो औरतें और चार बच्चे उतरे। यह बड़ी बेगम के मायके की तरफ़ के लोग थे। दूर के रिश्ते में चचा की लड़कियाँ थीं। उनको भी शब्बीर के बारे में पता चल गया था। उन्होंने ऐसे नाजुक मौक़े पर पहुँचना ज़रूरी समझा और जाते ही बड़ी बेगम से लिपटकर रोने लगीं। बड़ी बेगम के औसान ख़ता कि कोई मर तो नहीं गया जो दोनों आते ही रोने लगीं लिपटकर।

"अरे, कुछ बोलो, बीबियो, आख़िर हुआ क्या है ? ज़रूरत पड़ने पर दो बूँद तो मैं गिरा ही सकती हूँ।"

"अरे बाजी, क्या कहें आपसे ! जब से सुना है, दिल को किसी कल क़रार नहीं है। कब से शम्मो से कह रही थी कि चलो, बाजी से मिलकर आते हैं। कुछ कर नहीं सकते तो क्या बाजी को दो बोल कह के दिलासा भी नहीं दे सकते !"

"अरे, मुँह से फूटो भी तो कुछ !"

"बाजी ! यह ठीक नहीं कर रहे हैं अहमद मियाँ, जो दूल्हा भाई की जायदाद बाँटकर आधा हिस्सा उस कनीज़ बच्चे के सिपुर्द कर रहे हैं।" शम्मो ने आख़िर मुँह खोल ही दिया।

"मेरा कलेजा यह सोच-सोचकर मुँह को आता है कि आपने दूल्हा भाई से कैसी-कैसी लड़ाइयाँ इस सिलसिले में कीं, मगर उस नासपीटी मुरदार को घर की ड्योढ़ी नागहने नहीं दी। मगर ये पढ़ी-लिखी सिरफिरी औलादें जो न करा दें, थोड़ा है !" सफ्फो ने मलमल के कुरते से आँख-नाक का पानी पोंछा और शॉल बराबर करने लगीं।

"कनीज़ बच्चे की यह मजाल ! उस मुए का मुँह झुलसकर रख दूँगी !"

"हमको याद है, बाजी, वह दिन, जब तिल के लड्डुओं का डिब्बा लेकर शब्बीर एक बार आया था कि अम्माँ ने भिजवाया है, तो आपने उसी के सामने पूरा किलो-भर का रथ का डिब्बा नाबदान में उलटवाया था और उस लौंडे को बुआ की चारपाई पर अदवाइन की तरफ़ बैठने को कहा था।" सफ्फो ने कामदार बटुआ खोलकर लौंग-इलायची निकाली।

"मुझे अच्छी तरह याद है, आपा, कि उस दिन घर में 'नमूना' बना था और गाजर का हलवा। बुआ ने सबको भर-भर प्लेट दिया था, मगर उस छोकरे से झूठे मुँह नहीं पूछा था। वह भी ग़ज़ब का बेहया था। बड़े पीर का रोज़ा रखे चुपचाप सिर झुकाए तब तक बैठा रहा जब तक दूल्हा भाई कचहरी से आ नहीं गए।" शम्मो ने बात बढ़ाई।

"इन औरतों को मर्दों को लहटाना ख़ूब आता है। मगर इनकी औलादें भी माशा अल्लाह सोने पर सुहागा होती हैं। अच्छी तरह याद है, बाजी, मुझे। जैसे कल की बात हो, जब दूल्हा भाई ने उसके सिर पर हाथ फेरकर प्यार किया था।" सफ्फो ने लंबी साँस खींची।

"बचपन से माँ की तरह मक्कार था। उसकी आँखें भर आई थीं, जिसको देखकर दूल्हा भाई ने–अल्लाह बख़्शे, ज़न्नत में उन्हें जगह दे–कैसी ख़ूँख़ार नज़रों से बज्जो को घूरा था !" शम्मो ने सिर पर दुपट्टा फिर से जमाया।

"छोड़ो भी, मुझे वह क्या ख़ूँख़ार नज़रों से घूरते ! उस कनीज़ से निकाह करके उनके दीदों का पानी मर गया था। भला वह कैसे मुझसे आँख मिलाते !" बड़ी अदा से बड़ी बेगम ने कहा और घमंड में भर एक ख़ास अदा से बहनों को देखा।

जुलेख़ा सिर पर आँचल सँभालती हुई आई और दोनों को झुककर आदाब किया तथा चौकी के किनारे बैठ गई। बुआ कुछ पल बाद बड़ी-सी सेनी में नाश्ता-चाय लेकर पहुँच गईं। जुलेख़ा ने उठकर सेनी मेज़ पर रखी और दोनों चचिया सासों को सोफ़े की तरफ़ आने को कहकर मेज़ चुनने लगी। दोनों बहनों ने आँखें तरेरीं और मसहरी से उठकर कमरे के कोने की तरफ़ बढ़ीं, जहाँ लाल मख़मल का बोसीदा सोफ़ा रखा हुआ था।

"ख़ाला जान ! अम्मी बेगम को ब्लड-प्रेशर इन दिनों कुछ ज़्यादा है। आपसे इल्तिजा है कि उनसे कोई ऐसी बात न करिएगा जिससे उन्हें तैश आ जाए।" आवाज़ दबाकर नाश्ता प्लेट में निकालने के बहाने जुलेख़ा ने झुके-झुके सफ्फो के कान में कहा।

"क्या खुसुरफुसुर मेरे ख़िलाफ़ हो रही है, ज़रा मैं भी तो सुनूँ !" कहती हुई बड़ी बेगम मसहरी से उतर बाथरूम की तरफ़ बढ़ीं।

"यह कैसी बीमारी है, जो आदमी दिल की बात न करे ! हमने तो सुना है बड़ी-बूढ़ियों से कि कह-सुनकर आदमी को अपना दिल ज़रूर हलका कर लेना चाहिए, वरना दिल पर बोझ रहने से हार्ट फेल होने का डर रहता है।" सफ्फो ने काजू मुँह में डाला।

"अल्लाह तौबा ! ऐसे फ़ेल मुँह से न निकालें।" जुलेख़ा घबराकर बोली।

"बच्चे किस-किस क्लास में पहुँचे ?" शम्मो ने बात का विषय बदला।

"आपकी दुआ से अनवर आठवें में, सबीहा और नुसरत सातवें-छठे में पहुँची हैं।" जुलेख़ा ने पास बैठते हुए कहा।

"उनको बुलाओ, भाई ! आपनों से मिलें-जुलें, अपने ख़ानदान वालों को

पहचानें, वरना इस मुई अंग्रेज़ी की गिटपिट ने तो बुज़ुर्गों से नाता ही बच्चों का तोड़कर रख दिया है।" सफ्फो ने गाजर का हलवा निगलते हुए कहा।

"जी, अभी बुलाती हूँ। शाम को ज्वालाप्रसाद जी आ जाते हैं, उन्हीं के पास बैठे पढ़ रहे हैं। जब तक आपका नाश्ता ख़त्म होगा, वे तीनों ट्यूशन से फ़ारिग़ होकर सलाम करने हाज़िर होंगे।" जुलेख़ा ने बड़े अदब से कहा और बाथरूम की तरफ़ बढ़ी।

"अम्मी बेगम...आप ठीक तो हैं ?" बाथरूम के दरवाज़े पर खड़ी जुलेख़ा ने पूछा। जवाब न आने पर उसने हलकी-सी थाप दी और फिर बेचैन होकर उढ़के दरवाज़े को ज़रा-सा खोलकर पुकारा, "अम्मी !" फिर किसी ख़तरे से घबराकर दरवाज़ा खोलकर जो अंदर झाँका तो मुँह से निकला, "हाय ग़ज़ब !" फिर भागकर दालान से पुकारा, "बुआ, जल्दी आओ ! अम्मी बेगम बाथरूम में बेहोश पड़ी हैं।"

बुआ के साथ मिलकर तीनों औरतों ने बड़ी बेगम को उठाया और पलंग पर लाकर लिटाया। जुलेख़ा ने डॉक्टर को फ़ोन किया; फिर रामसेवक जी का नंबर मिलाने लगी, जहाँ पर अहमद चाय पार्टी में गए हुए थे। जुलेख़ा का बुरा हाल था। बार-बार परेशानी से दालान में निकलकर गेट की तरफ़ देखती थी, डॉक्टर पहुँचे कि नहीं। बुआ ज़मीन पर पायताने बैठ धीरे-धीरे बड़ी बेगम के पैर दबाने लगीं। दोनों बहनें अलबत्ता कुछ परेशान-सी भरी प्लेटों के सामने चुपचाप सोफ़े पर बैठी थीं।

"डॉक्टर अभी तक नहीं पहुँचा ?" हड़बड़ाए-से अहमद कमरे में घुसे।

"फिर से फ़ोन करती हूँ।" जुलेख़ा ने मियाँ को देख राहत की साँस ली और फ़ोन करने ड्राइंगरूम की तरफ़ बढ़ी।

"अम्मी, अम्मीजान ! आँखें खोलिए...अपने अहमद को देखिए।" अहमद की आँखों में आँसू भर आए थे। वह किसी बच्चे की तरह परेशान-से बड़ी बेगम का बाज़ू हिला रहे थे।

"अपने को सँभालो, अहमद मियाँ।" सफ्फो ने उठते हुए कहा।

"तस्लीम !" झुककर अहमद मियाँ ने उसी घबराहट और परेशानी में दोनों ख़ालाओं को आदाब किया।

"कब से सोच रहे थे आने को !" शम्मो ने कहा।

"बहुत अच्छा किया, आप आ गईं। बैठिए न ! नाश्ता लिया आप लोगों ने ? बुआ, मसालेदार चाय पिलाई सफ्फो ख़ाला को ?" अहमद मियाँ ने ऐसे मौक़े पर भी ख़ानदानी बज़ादारी निभाई।

"सब खा-पी चुके हैं। बस, अब तुम उस मनहूस शब्बीर का पत्ता जड़ से काट

उसके मुँह पर कालिख़ पोतो। कनीज़ की औलाद ! अरे पठानों से अपना रिश्ता जोड़ना चाहता है ! जायदाद में हिस्सेदारी चाहिए ! लानत है इस कुत्ते की औलाद पर !" सफ्फो ने तैश में कहा।

अहमद ने चौंककर उनका मुँह ताका।

"अपिया ! ज़बान सँभालिए।" शम्मो ने सफ्फो को कोहनी मारी।

सफ्फो न समझने के कारण चौंककर बहन को देखने लगी। फिर इशारे से पूछा, क्या है ?

शम्मो ने माथे पर हाथ मारा, फिर गरदन हिलाकर कलमे वाली उँगली होंठों पर रख उन्हें चुप रहने का इशारा किया। वह बात समझीं या नहीं, मगर साफ़ लग रहा था कि वह अपनी मुहब्बत का इज़हार ज़हर उगलकर अहमद के सामने करने के लिए बेताब हैं। मगर बुरा हो उस कमबख़्त डॉक्टर का जो बैग उठाए जुलेख़ा के पीछे-पीछे कमरे में दाख़िल हुआ।

"क्या हो गया एकाएक ? परसों तक तो बी०पी० नॉर्मल चल रहा था।" डॉक्टर ने यह कहते हुए बड़ी बेगम का चेहरा ताका और गंभीर हो बैग खोला। उसके चेहरे के भाव को देखकर अहमद और जुलेख़ा को लग गया कि अम्मीजान की तबीयत ठीक नहीं है।

"डॉक्टर साहब ! सब ठीक है न ?" अहमद ने रुँधे गले से पूछा।

"देखता हूँ।" कहकर डॉक्टर ने बैग खोला और ब्लड-प्रेशर का आला निकाला तथा पट्टी बेगम के बाज़ू पर कसनी शुरू कर दी।

तीनों बच्चे घबराए-से कमरे में दाख़िल हुए। उनकी आँखों में आँसू डबडबाए हुए थे। पूरा माहौल जैसे टूटकर रह गया था। डॉक्टर ने ब्लड-प्रेशर चेक करने के बाद कुछ लिखा, फिर अहमद की तरफ़ मुड़कर देखा और गला खखारकर बोले, "ख़तरे के पास तक बड़ी बेगम पहुँच गई थीं। बस एक-दो डिग्री और बढ़ता तो ...समझो, ब्रेन हैमरेज हो सकता था। शुक्र करिए कि यह बाल-बाल बच गई हैं, वरना...इनको पूरा आराम चाहिए। किसी तरह का तनाव ख़तरनाक है। यह टेस्ट है, करा लें। दवा फ़ौरन शुरू होनी है। अभी कुछ देर बाद यह होश में आ जाएँगी। घबराने की कोई बात नहीं है अब। अच्छा, मैं चलता हूँ।"

"ठहरिए, डॉक्टर साहब, कुछ देर ठहरिए। जब तक इनको होश नहीं आ जाता है तब तक ठहरिए।" बड़े दुखी स्वर में अहमद बोले।

"ठीक है, मियाँ ! इतना घबराने की क्या बात है ? ठहर जाता हूँ।" कहकर डॉक्टर पास पड़ी कुरसी पर बैठ गए।

"बुआ, डॉक्टर साहब के लिए चाय लाएँ।" अहमद बोले।

"मैं सबके लिए बनवाती हूँ।" कहकर जुलेखा चलने को हुई।

तभी बड़ी बेगम ने आँखें खोलीं और चारों तरफ़ ताका। डॉक्टर पर नज़र पड़ते ही गुर्रा पड़ीं, "हाय, तौबा मेरी ! यह मुआ डॉक्टर फिर मेरी जान को आन बैठा !" इतना कहकर उन्होंने आँखें बंद कर लीं। चेहरे से कमज़ोरी टपक रही थी।

"मैं बाहर बैठता हूँ।" डॉक्टर मुसकराकर उठे।

"मैं भी चलता हूँ।" कहते हुए अहमद उठ खड़े हुए।

"तुम बैठो और हाँ, ये दवाएँ फ़ौरन मँगा लो। परहेज़ बहुत ज़रूरी है।" कहते हुए उन्होंने बैग उठाया और कमरे से बाहर निकल गए।

अहमद माँ के सिरहाने बैठकर उनका सिर सहलाने लगे। उनके चेहरे से यतीमी के साथ यसीरी भी टपकने लगी थी। बाप को खोए यही दस माह हुए होंगे, अब माँ को वह खोना नहीं चाहते हैं। माँ की बातों ने कभी यह महसूस ही नहीं होने दिया कि अब्बा जानी नहीं रहे। रात-दिन उन्हीं का ज़िक्र चलता रहा है। और अब यह सन्नाटा उन्हें सहन नहीं हो पाएगा। वह माँ को बचाने के लिए कुछ भी कर सकते हैं। अपनी उम्र के बचे वर्ष भी आधा-आधा बाँटने को तैयार हैं; मगर उन्हें खोना क़यामत से कम उन्हें नहीं लगता। उनकी इस हालत से जुलेख़ा टूटकर बिखरने लगती है। उसका एतमाद भी मियाँ के विश्वास टूटने से कमज़ोर पड़ने लगता है।

हफ़्ते-भर बाद बड़ी बेगम अपने पुराने हाल पर लौटीं तो सीधे अहमद की शामत आ गई। सफ्फो की बातें उनके कान में पड़ी थीं। दवाओं के ज़ोर पर नींद ने कुछ दिनों के लिए उस प्रश्न को धुँधला ज़रूर कर दिया था, मगर पूरी तरह मुक्त नहीं किया था। अहमद उस सवाल से हमेशा से कतराते रहे हैं। पहले अम्मी और अब्बा के बीच पिसना नहीं चाहते थे, फिर शब्बीर और अम्मी के बीच उठे फ़साद से ऊबने लगे थे। इस समय माँ के सामने हुई पेशी से वह समझ गए कि ज़रूर कुछ न कुछ आफत टूटने वाली है। अम्मी बेगम सारी बरबादी के बावजूद यह समझ नहीं पाती हैं कि ज़माना बदल गया है। वे छोटे लोग दरअसल हिंदुस्तान पर हुकूमत करने के लिए आगे बढ़ रहे हैं। उनसे टकराने का मतलब है अपने को लहूलुहान करना।

"जी अम्मी बेगम, आपने मुझे याद किया ?"

"यह बताओ तुम मुझसे साफ़-साफ़ कि मुआ शब्बीर की हिम्मत कैसे पड़ी कि हमारे सामने सिर उठा सके ?"

"क्योंकि वह आपका सौतेला बेटा और इस ज़िले का कलक्टर है।" अहमद ने हर शब्द को चबाते हुए कहा।

"फिटकार ! वह मेरा सौतेला लड़का क्यों हुआ साँप का सँपोला ? हिंदुस्तान की हुकूमत का सिर फिर गया, जो ऐरे-गैरे नत्थू खैरों को सरकारी महकमों में दाख़िल कर रहे हैं !" बड़ी बेगम ने चमककर कहा।

"यह बताइए, अम्मी, हर आदमी अब्बा जानी को बेहूदा अंदाज़ से क्यों मुख़ातिब करता है। आपका गुस्सा शब्बीर पर है, गाली अब्बा जानी पर पड़ रही है। उस दिन सफ्फो ख़ाला भी···लाहौल···" अहमद ने तुनके लहजे से कहा।

"उन्हीं का सब किया-धरा है। न उस कनीज़ को रुतबा देते और न अपना हश्र ख़राब करते।"

"तो फिर आप मुझे और अपने को भी···ख़ैर, जाने दीजिए। अब आप यह बताइए कि जब अब्बा जानी ने ख़ुद शब्बीर को अपनी औलाद बताकर वसीयत में उसका हिस्सा दिया है तो फिर हम कैसे उससे मुकर सकते हैं ?"

"वकीलों और जजों की मुट्ठी गरम करके।"

"यह काम तो शब्बीर मुझसे ज़्यादा बेहतर तरीके से कर सकता है।"

"निगोड़ी ! नवाब महमूदाबाद के घर तोशाख़ाना देखती थी। जाने क्यों वहाँ से छोड़ हमारे शहर आन बसी और मुक़दमे के बहाने उस कमबख़्त ने अपनी लड़की एडवोकेट नूर अहमद ख़ान के पल्ले बाँध दी और अब ज़ोर यह कि सरकार ने उस कनीज़ बच्चे को कलक्टरी थमा दी कि करो राज और शोरफा की बराबरी में खड़े हो।"

"अम्मी, हमारी भलाई इसी में है कि हम घर की बात को बाहर न लाएँ और जायदाद आधी-आधी कर लें। अब्बा जानी की रूह को सवाब मिलेगा और हमको भी राहत मिलेगी कि हमने किसी का हक़ नहीं मारा।"

"ज़िंदगी-भर जिसने मुझे तड़पाया, बिरादरी में मेरा सिर झुकाया, अगर उसकी रूह मरने के बाद भटकती है तो मैं क्या कर सकती हूँ ?"

"आप इतनी सख़्त दिल क्यों हो जाती हैं कुछ मसलों पर ?"

"एक मसला और सुन लो कान खोलकर, अगर तुमने चोरी-चोरी से अपने बाप-दादा की जायदाद आधी-आधी बँटवाई तो याद रखना, मैं तुम्हें दूध नहीं बख़्शूँगी।" बड़ी बेगम ने मुँह फेरकर कहा।

"या ख़ुदा ! अम्मी, आप पिछले जन्म में शहर कोतवाल थीं क्या, जो हरदम कोई न कोई सज़ा सुनाती ही रहती हैं !" रुआँसी आवाज़ में अहमद ने कहा और

माँ के पास से उठ गए।

दालान में खड़ी ज़ुलेख़ा माँ-बेटे की बात सुन रही थी। उसका कभी-कभी दिल चाहता कि यह सारी जायदाद शहर के फ़कीरों में बाँटकर मियाँ की प्रोफेसरी की कमाई पर जिए। कम से कम अपनी मरज़ी से जीने का मज़ा तो उठा सकती है। यहाँ तो उधार की ज़िंदगी जीते-जीते थक चुकी है; जहाँ न रोशनी है, न ताज़ा हवा, बस ख़ानदान का अज़दहा और विरासत की सुरंग पर बैठा है यह···दहशत उन्हें जीने नहीं दे रही है।

अहमद ने ज़ुलेख़ा को देखा। दोनों की आँखें मिलीं। एक सर्द आह दोनों के सीने से निकली और दोनों साथ-साथ चलते हुए अपने कमरे की तरफ़ बढ़े।

शब्बीर की माँ ख़ालिस पठान ख़ानदान से थीं। किसी मुसीबत के वक़्त उनको नवाब महमूदाबाद के यहाँ नौकरी करनी पड़ी थी। जब उनके मायके की जायदाद का बँटवारा हुआ और बुलंदशहर में उनको अपना हिस्सा मिला तो वह लौट आईं। बेगम साहिबा ने कहा कि मत जाओ, तुम्हारे शौहर मरहूम ने हमारी ख़िदमत बड़ी ईमानदारी से की है। मगर नागाह मौत उन्हें हमसे छीन ले गई, तो भी हमारा हक़ तुम पर बनता है। मगर शब्बीर की नानी ने अपने कुनबे में लौटना ही मुनासिब समझा। मायके से मिली जायदाद काफ़ी थी। कुछ बेचकर उन्होंने पैसा एक फ़ैक्टरी में लगाया था। औरत समझकर मालिक ने उनकी हिस्सेदारी ख़त्म करनी चाही। उसी के सिलसिले में एडवोकेट नूर मोहम्मद ख़ान से मुलाक़ात हुई। उस वक़्त ज़ैनब उन्नीस साल की थी। मुकदमेबाज़ी चली तीन-चार साल और जीत शब्बीर की नानी की हुई। वह हीरा परख चुकी थीं। जब नूर मोहम्मद ख़ान ने अपनी ख़्वाहिश उनके सामने रखी तो उन्होंने इस बात की भी परवाह न की कि वह शादीशुदा हैं और एक बेटे के बाप भी हैं। ज़ैनब को अलबत्ता उन्होंने सीख दी थी कि बड़ी बेगम बड़ी बहन की तरह हैं। उनके कभी मुक़ाबले पर खड़ी मत होना। कभी ज़ुल्म भी करें तो सिर झुकाकर सह लेना। आख़िर मैं भी तो उस औरत पर ज़ुल्म करने जा रही हूँ। खुदा मुझे माफ़ करे।

एडवोकेट नूर मोहम्मद ख़ान ने सारी ज़िंदगी कोशिश की इस बात की कि वह बेगम के दिल में ज़ैनब के लिए हमदर्दी और मुहब्बत का जज़्बा पैदा कर सकें; मगर वह इसमें कामयाब न हो सके और दोनों बीवियों को साथ रखने का अरमान बस अरमान बनकर रह गया। उनका खिंचाव ज़ैनब की तरफ़ ज़्यादा था। मगर ख़ुदा का ख़ौफ़ दिल में था, इसलिए उन्होंने कभी बड़ी बेगम का दिल नहीं दुखाया, उन्हें सख़्त-सुस्त

नहीं कहा। घर छोड़कर वह कभी ज़ैनब के साथ रहने नहीं गए। तो भी बड़ी बेगम का दिल नहीं पसीजा और वह हमेशा ज़ैनब को कनीज़ की औलाद समझती रहीं और शब्बीर को 'कनीज़ बच्चा' कह उनका दिल दुखाती रहीं। नफ़रत और मुहब्बत के बीच पिसते-पिसते नूर मुहम्मद दिल के मरीज़ बन गए और साठ के भी पूरे नहीं हो पाए थे कि मौत उन्हें निगल गई।

एडवोकेट नूर मोहम्मद अपनी जायदाद का वारिस बड़ी बेगम को बना गए थे। उनकी हिदायत थी, जब तक बेगम ज़िंदा हैं, वह मालिक हैं। बाद में मेरे दोनों बेटे इस जायदाद के बराबर के हक़दार हैं। इस वसीयत का पता पूरी तरह शब्बीर को नहीं था; मगर यह बात उसके कानों में पड़ी थी कि अब्बू जानी ने उसका बराबर का हिस्सा जायदाद में लगाया है। उसका बचपन भी माँ के साथ हुई ज़्यादती को देखते गुज़रा था। बाप ने माँ को कितना भी चाहा हो, मगर वह उन्हें वह इज़्ज़त ख़ानदान में नहीं दिला पाए थे जो बड़ी बेगम की थी। माँ को अकसर शब्बीर ने सुबकते देखा था। उनकी ख़ामोशी सारी बात समझा देती थी। तभी उसने क़सम खाई थी कि वह ज़रूरत के लिए नहीं बल्कि उस इज़्ज़त के लिए जायदाद का मिला बराबर का हिस्सा लेकर रहेगा, जो उसके वालिद ने उसको दे रखा है। सो उसने कलक्टर बनते ही दावा ठोक दिया। यह दावा ज़बानी था, अदालती नहीं। उसका मुक़ाम और ओहदा ऐसा था कि उसका दबदबा ही क़ानूनी फ़ैसला कराने की शक्ति रखता था। इस विश्वास से भरा शब्बीर अपनी जगह मुतमईन था।

बड़ी बेगम ने अहमद के चेहरे से उसके दिल का हाल पढ़ लिया था। इसलिए वह अपनी बहन सफ्फो के घर पहुँचीं और उनके पड़ोस में रहने वाले शराफ़त अली वकील को बुला भेजा। वह नंबरी चार सौ बीस इनसान था। बेगम के जज़्बात को हवा दे उसने एक वसीयत बेगम साहिबा की तरफ़ से लिखवाने का मशविरा दिया कि वह यह कहें कि मेरे शौहर ने फलाँ-फलाँ तारीख़ को लिखी वसीयत में मुझे अपनी जायदाद का मालिक बनाया है और इस तरह से मैं उस जायदाद की तन्हा मालिक और क़ाबिज़ हूँ। चूँकि मेरी औलादें मेरे कहे पर नहीं, सो मैं उन्हें बेदख़ल कर अपनी बहू, जो नेकसीरत और ख़िदमतगुज़ार है, को अपनी जायदाद का मालिक बनाती हूँ। मेरी बहू जुलेख़ा ख़ान अब इस जायदाद की पूरी मालिक है।

शराफ़त अली ने इस चक्कर में पाँच हज़ार रुपए बड़ी बेगम से ऐंठ लिए और नामाकूल-सी एक वसीयत लिखकर उनके हवाले कर दी, जिस पर न कचहरी की मोहर लगी, न किसी गवाह के दस्तख़त हुए। क़ानून को पूरी तरह न समझ सकने और ग़लत ख़्वाहिशों के चलते बड़ी बेगम ने एक बार फिर छोटेपन का इज़हार कर

अपनी नाक ऊँची रख ली। बात यहीं ख़त्म नहीं की और नाइन के मुँह से ज़ैनब को कहलाया कि जिस बराबरी के लालच में वह जायदाद की हक़दार बनना चाह रही है उसके वे मनसूबे कभी पूरे नहीं होंगे और शब्बीर का अहमद के बराबर खड़े होने का ख़्वाब ख़्वाब ही रह जाएगा।

नाइन बेचारी यह सब क्या कहती। वह तो कलक्टर साहब के घर घुसते डर रही थी। मगर पेट की आग के चलते गई और डरते-डरते इतना कह पाई, "छोटी बेगम, बड़ी बेगम कहलाइन हैं कि जायदाद का आधा हिस्सा न मिलिहे।" इतना कहकर वह बदहवास सरपट भागती हुई बँगले से सीधे कोठी के दालान पर पहुँची और पंद्रह मिनट तक अपनी उखड़ी साँसों को दुरुस्त करने के बाद बड़ी बेगम को मुँह दिखाने के क़ाबिल हुई।

"ले, यह तेरा इनाम।" पाँच का नोट उसकी तरफ़ फेंकते हुए बड़ी बेगम ने बड़ी अदा से गरदन अकड़ाई और तोशक के नीचे रखी वसीयत की फ़ाइल का कोना उठाकर देखा और हलके से मुसकराईं।

उधर ज़ैनब को नाइन की बात में कई परतें नज़र आईं। कई दिनों तक इस जुमले में उलझी रहीं; फिर बेटे के कहे जुम्ले याद आए। शक गुज़रा कि कहीं शब्बीर ने हक़ का दावा तो नहीं ठोक दिया है ? इस ख़याल के आते ही वह जल बिन मछली की तरह तड़प उठीं। शब्बीर दो दिन के लिए इटावा दौरे पर गया था, वरना कान मरोड़कर सारा सच उगलवा लेतीं। बेचैनी में कई बार सोचा, अर्दली से कहकर नाइन को पकड़ बुलवाएँ। मगर दिल को यह बात गवारा न हुई कि बेटे से पूछे बिना उस औरत से बात आगे बढ़ाई जाए। शायद उस बेचारी को कुछ पता न हो।

अल्लाह-अल्लाह करके दो दिन गुज़रे और शब्बीर दौरे से लौटा। माँ का तना चेहरा देखकर समझ गया कि कोई मुक़दमा माँ के ज़ेहन में जारी है। उसकी पेशी होने वाली है। ऑफ़िस जाना था, चला गया; मगर शाम की तैयारी करनी थी कि माँ के शादी के इसरार से कैसे निबटे। उसको एक लड़की पसंद थी; मगर खुद यक़ीन नहीं था कि लड़की भी उसको पसंद करती है या नहीं। इसलिए चाहने के बावजूद माँ के सामने ज़बान नहीं खोल पा रहा था। वह लड़की जब भी मिलती, शब्बीर की ज़बान तालू से चिपक जाती थी। सारे दिन अपने से लड़ता रहा कि माँ से पहले बात करे या लड़की से ? लड़की ने इनकार कर दिया तो माँ के सामने बेइज़्ज़ती होने से बच जाएगी और जो माँ ने वहाँ पैग़ाम दिया और इनकार हुआ तो वह यह कह सकता है कि उसमें मेरी मरज़ी कहाँ थी। वह तो माँ लड़कियाँ ढूँढ़ रही थीं। इस तरह से लड़की के सामने उसका भरम बना रहेगा।

शाम तक शब्बीर किसी नतीजे पर नहीं पहुँचा और उलझा-उलझा-सा घर पहुँचा। माँ काफ़ी बेचैन दिखीं। चाय मेज़ पर नौकर ने लगा दी थी। दोनों माँ-बेटे ख़ामोशी से चाय पीने लगे। ज़ैनब कहीं दूर कुछ देख रही थी। शब्बीर बार-बार नज़रें उठाकर माँ का चेहरा पढ़ने की कोशिश करता, फिर अपनी बेचैन आँखें झुका लेता। कई पल गहरी ख़ामोशी में गुज़र गए। ज़ैनब ने ख़ाली प्याली मेज़ पर रखी और बेटे की तरफ़ नज़र घुमाई।

"तुमने जायदाद में अपना हक़ माँगा है ?"

"ऐसे क्यों पूछ रही हैं ?"

"जितना पूछा है पहले उसका जवाब दो, तुमने जायदाद में अपना हक़ माँगा है ?"

"जी हाँ।"

"आख़िर क्यों ? क्या ज़रूरत पड़ गई थी ?"

"मैंने कोई ग़लत माँग नहीं की है। बात ज़रूरत की नहीं, उसूल की है।"

"बात अगर उसूल की है तो फिर मेरी बात सुनो, तुम्हारे अब्बा के दो बेटे हैं न ? जब तुम उनकी जायदाद के हक़दार बनते हो तो मुझे भी अहसास जागता है कि मेरा भी कोई फ़र्ज़ है। मेरे ननिहाल की जायदाद है। उसको अब मैं तुम्हारे और तुम्हारे बड़े भाई अहमद के नाम करना चाहती हूँ। ज़िंदगी का कुछ ठीक नहीं, इसलिए यह काम जितनी जल्दी हो सके, बेहतर रहेगा।" इतना कहकर ज़ैनब बेटे के पास से उठ गईं।

शब्बीर ने माँ को ग़ौर से देखा। वह पहले कभी इतनी रूखी नहीं लगीं। लहज़ा प्यार से ख़ाली, बिलकुल सपाट था। उम्मीद कुछ और कर रहा था और निकला कुछ और। ऊपर से जिस बात पर डर रहा था उस पर फटकार नहीं पड़ी बल्कि बात कहाँ से कहाँ पहुँच गई ! जो काम अब्बा ने अपनी तरफ़ से अंजाम दिया वही अम्मी करना चाह रही हैं। मेरी लड़ाई को एक नया अर्थ दे रही हैं या फिर मेरे बढ़े क़दम पर रोक लगा रही हैं ? आख़िर ये पर्तदार बातें किस तरफ़ इशारा कर रही हैं ? अम्मी ने कहा है तो यह काम अंजाम देना होगा।···शब्बीर चाय पीकर अपने कमरे की तरफ़ चला गया।

ज़ैनब का दिल परेशान था। शौहर थे नहीं, जो बातें करके दिल हलका कर देते। माँ का साया जब से उठा है तब से सलाह देने वाला भी कोई बड़ा नहीं बचा है। उनकी समझ में यही रास्ता आया जिससे उनके घर की बनी हुई शराफ़त की साख बनी रहेगी, वरना तो यह जग तमाशा देखने के लिए तब से परेशान है जब

से मेरा निकाह हुआ था। वे सख़्त दिन जब मैंने सब्र से गुज़ार दिए तो यह बात भी कड़वे घूँट की तरह पी जाऊँगी। मुझे मालूम है, मेरे इस बरताव से बड़ी बेगम पर कोई असर नहीं पड़ेगा; तो भी मुझे यह अंजाम देना है, क्योंकि यही दुरुस्त राह है। जनामाज़ बिछाकर उन्होंने नमाज़ पढ़ी, फिर खुदा की बारगाह में विनती की, "शब्बीर को अक्ल और समझ दे। भाइयों के दिलों में मुहब्बत का जज़्बा अता कर।"

एक महीने की लंबी ख़ामोशी के बाद काले आसमान पर नया चाँद निकला था। शब्बीर ने जब काग़ज़ात माँ के सामने रखे तो ज़ैनब को कुछ ऐसा ही अहसास हुआ। कलेजे में ऐसी ठंडक महसूस हुई जैसे मन-भर पत्थर का बोझ किसी ने सीने से हटाकर राहत की साँस खींचने की जगह बना दी हो। मुसकराते हुए उन्होंने काग़ज़ात उलट-पलटकर देखे, फिर उनको ध्यान से पढ़ा और बेटे के माथे को चूमा। आँखों में भर आए पानी को दुपट्टे से पोंछा, फिर बड़े प्यार से गाल थपथपाकर बोलीं, "विरासत ज़मीन-जायदाद का नाम नहीं है सिर्फ़। विरासत माँ-बाप के अहसास, ख़यालात और ख़ानदान की इनसानी रिवायतों को सँभालना भी है। आज तुम्हारे अब्बा की रूह कितना खुश होगी, इसका अंदाज़ा मुझे है। ये काग़ज़ात सँभालकर रखो। इसकी एक कॉपी मैं खुद अहमद को देती, मगर···तुम खुद वक़्त लेकर उसकी यूनिवर्सिटी जाओ और अदब से उसको देकर आओ। वह तुम्हारा बड़ा भाई है।"

"अम्मी, आप···" शब्बीर का गला भर आया।

"तुम्हारे अंदर के कलक्टर के अगर मैं कान न खींचती तो कल यह आदत तुमको बहुत परेशान करती और कामकाज में यह नज़रिया बहुतों को परेशान करता। ख़ुदा ने अगर तुमको इस क़ाबिल बनाया है तो कुछ सोच-समझकर। उसका ग़लत इस्तेमाल करना मुनासिब बात नहीं है; न घर में, न बाहर। यह मेरी नसीहत है, इसको कभी भूलना मत···तुम फूलो-फलो, आबाद रहो, यही मेरी ख़्वाहिश है। तुम्हारे हाथों किसी का नुकसान न हो, यह मेरी ज़िंदगी की सबसे बड़ी आरज़ू है, बेटे। हमको शर्मिंदा न करना।"

"कैसी बात करती हैं, अम्मी !" .खुदा मुझे इस क़ाबिल बनाए, जो मैं आपकी हर ख़्वाहिश का एहतराम कर सकूँ।" शब्बीर ने अपनी गीली आँखों को माँ के जोड़े हुए हाथों पर रखकर उन्हें चूमा।

ज़ैनब बेटे के झुके सिर पर अपना गाल रखकर रो पड़ीं। ये आँसू ग़म में बहाए गए आँसुओं से अलग थे।

सप्ताह-भर बाद शब्बीर ने अहमद को फ़ोन किया। घंटी जब तक बजती रही, शब्बीर पूरे विश्वास से भरा रहा; मगर जब उधर से अहमद ने 'हलो' कहा तो उसके दिल में अजीब-सी उथल-पुथल मच गई। उस पर क़ाबू पाकर उसने नरमी से कहा, "अहमद भाई, आदाब अर्ज़ है। मैं शब्बीर बोल रहा हूँ। आपसे मिलना चाह रहा हूँ। अगर आप…"

"शब्बीर !" उधर से सवाल जैसी आवाज़ उभरी और कुछ पल ख़ामोशी रही, जैसे इस नाम से उधर वाले को गहरा धक्का पहुँचा हो। उससे शब्बीर को विश्वास मिला और उसने अपनी बात फिर दोहराई।

"भाई साहब, मैं शब्बीर बोल रहा हूँ। क्या आपसे मिलने लंच टाइम में यूनिवर्सिटी आ सकता हूँ ?"

"ठीक है, आइए…मेरा कमरा कॉमर्स डिपार्टमेंट के सामने है। मैं वहाँ दो बजे तक पहुँचूँगा। यह हिस्सा मेरे डिपार्टमेट से अलग हटकर है।"

"ठीक है, तो मैं हाज़िर होता हूँ।"

"बहुत बेहतर है…ख़ुदा हाफ़िज़ !"

ज़िंदगी में पहली बार दो भाइयों ने फ़ोन पर बात की थी। दोनों के अंदर कई तरह के जज़्बात हिलोरें मार रहे थे। उनकी सोच की बागडोर ज़रूर उनकी माँओं के हाथों में थी; मगर इसके बावजूद उनके अहसास का घोड़ा उन्हें उनके वजूद के अंदर कुलाँचें भरवाकर किसी नई दिशा की तरफ़ बढ़ने का संकेत कर रहा था। उस मंज़िल का उन्हें पता नहीं था। रास्ते का भी अंदाज़ा न था, बस सफ़र पर चल पड़े थे। शब्बीर का नज़रिया साफ़ हो गया था। इसलिए उसने अपने को संगठित कर लिया था। मगर अहमद का दिल बाँसों उछल रहा था। ज़िला कलक्टर 'भाई साहब' कहकर बात कर रहा है। ऊपर से जायदाद के बँटवारे की ज़बानी धमकी भी दे रखी है। या अल्लाह, आज जाने क्या होने वाला है ! अपने को मज़बूत और साबित क़दम बनाने के लिए वह बड़ी बेगम के कमरे की तरफ़ बढ़े, ताकि उनके ख़यालात उनके बरताव को नरम बनाकर कहीं शब्बीर से यह न कह बैठें कि मैं और मेरी बीवी की ख़्वाहिश है कि आप आधा नहीं, पूरा हिस्सा ले लें।

"अम्मी बेगम, आदाब !"

"जीते रहो ! यह क्या, तुम्हारी आँखों के नीचे का हिस्सा फूला क्यों है ? ज़रा डॉक्टर को दिखाओ, वरना मेरे मशविरे पर अमल करो। मगर तुम क्यों सुनोगे ! आख़िर शौहर हो, अपनी बेगम के ज़ोर में हो। वह जो समझाएगी वही करोगे कि बादाम-गोल मिर्च मत खाना। अखरोट और…"

"अम्मी ! आज ज़रा मैं परेशान हूँ। आप मुझे दुआ दें, ताकि मीटिंग में जो मसला सामने आने वाला है उसको मैं हल कर सकूँ।"

"मैं अभी दुआ की किताब लेकर बैठती हूँ। ऐसी असरदार दुआ पढ़ती हूँ कि दुश्मन का मुँह सियाह पड़ जाएगा। तुम्हारी फतेह होगी।" इतना कहकर बड़ी बेगम ने प्यार में भरकर बेटे का माथा चूमा।

अहमद मियाँ जब माँ के कमरे से निकले तो ख़याल आया कि ज़ुलेख़ा को भी बताता चलूँ, शायद कोई मुनासिब राय दे। फिर ख़ुदा से कहने लगे, वह मुझसे अलग तो सोचती नहीं है; इस मसले पर फिर उसको क्यों परेशान करूँ। अभी तो मज़मून भी लिफ़ाफ़े का नहीं खुला है कि बहस का मुद्दा क्या होने वाला है ? अपनी सोच में मगन वह कार में बैठे और कोठी से निकल गए।

ज़ुलेख़ा जब तक रूमाल लेकर कमरे से निकलती, तब तक कार गेट से बाहर जा चुकी थी। उसने हैरत से पलकें झपकाईं, फिर इस्त्री किए रूमाल की तरफ़ देखा और कमरे में वापस लौट गई। सामान समेटते हुए बड़बड़ाई, "अम्मी बेगम के कमरे से निकलकर यह कभी नॉर्मल रहते हैं !"

घड़ी ने दो बजाए। अहमद की आँखें दीवार घड़ी पर टिक गईं। शब्बीर किसी भी पल चिक उठाकर कमरे में दाख़िल हो सकता है। वह अफ़सरी की शान दिखाएगा, अपने साथ हुई ज़्यादतियों को गिनाएगा, अम्मी बेगम पर छींटाकशी करेगा। इस सबके बीच मुझे उसी तरह 'ठंडा दिमाग़' रखना है जैसा कि नए लड़कों के बैच की ग़ैर-ज़रूरी शरारतों के वक़्त रहता हूँ।

"मैं अंदर आ सकता हूँ ?" सूट-टाई में एक छह फ़ीट का जवान मर्द सामने खड़ा था।

"आइए, आइए !" अहमद ने कुरसी से खड़े होते हुए कहा।

"मैं शब्बीर।" हाथ आगे बढ़ा।

"बैठिए।" अहमद ने कहा और शब्बीर को ग़ौर से देखा। जवानी में अब्बा जानी ऐसे ही लगते थे। उसके दिमाग़ में अपने बचपन वाले बाप का चेहरा उभरा। वह भी सुरमई सूट पर नीली टाई लगाया करते थे।

"यह अम्मी ने आपके लिए भेजा है।"

"क्या है ?" दिल को क़ाबू में कर अहमद ने सहज स्वर में पूछा।

"ख़ुद ही देख लें।" इतना कहकर शब्बीर ने कमरे का जायज़ा लिया; फिर उसकी नज़र भाई के चेहरे पर टिक गई।

अहमद के चेहरे पर एक रंग आ रहा था, दूसरा जा रहा था। काग़ज़ात देखकर भी उनकी नज़रें झुकी हुई थीं। चेहरे पर गहरी सोच का उलझाव था।

"मुझे इजाज़त दें, भाई साहब ! दौरे पर निकलना है।"

"हाँ···बैठो, चाय पीकर जाना।" अहमद ने कहने को कह दिया, मगर उन्हें अपनी आवाज़ बड़ी अनजानी-सी लगी।

चाय आ गई। चाय पीते हुए दोनों एक-दूसरे को ताकते, फिर नज़रें इधर-उधर कर लेते। दोनों के ज़ेहन में एक तूफ़ान बरपा था।

चाय ख़त्म करके जब शब्बीर ने इजाज़त माँगी तो अहमद कुरसी से उठे और कमरे से बाहर उसको कार तक छोड़ने आए। जब कार में शब्बीर बैठा तो अहमद ने अर्दली की जगह खुद आगे बढ़कर दरवाज़ा बंद किया और बेहद प्यार-भरे स्वर में कहा, "अम्मी को मेरा आदाब कहना। किसी दिन मैं उनकी बहू और पोते-पोतियों के साथ उनकी ख़िदमत में हाज़िर हूँगा !"

इस छोटे-से जुमले को सुनकर शब्बीर का दिल मचल उठा कि दरवाज़ा खोलकर भाई के सीने से लिपट जाए; मगर खुद पर क़ाबू पा आँखों में झलक आए आँसुओं को पी गया। अहमद जाती कार को तब तक देखते रहे जब तक वह नज़र आती रही; फिर लंबी साँस खींच कमरे में लौटे। कुरसी पर बैठ उन्होंने काग़ज़ का एक बार फिर मुआयना किया और आँखें बंद कर सिर पीछे डाल दिया। कई साल तेज़ी से गुज़रकर सामने आ गए। बहुत-से जाले साफ़ हुए, कुछ नए सवाल आन खड़े हुए, जिनमें सबसे बड़ा सवाल था कि अम्मी बेगम को ये काग़ज़ दिखाए जाएँ या नहीं ?

कमरे में उठकर टहलते रहे। कभी-कभी सिगरेट शौकिया पीते हैं, मगर आज चपरासी से पूरा पैकेट मँगाकर फूँक डाला। आठ-दस प्याली चाय पी डाली। नाश्तेदान में खाना वैसा ही पड़ा रहा, एक कौर भी निगलने का मन न किया। अंदर सोच के उस तूफ़ान से निकलने के लिए उन्हें आज ही कोई रास्ता ढूँढ़ना है और सीधे अम्मी बेगम से बात करनी होगी। उनके ब्लड-प्रेशर से डरने की ज़रूरत नहीं। मौत और ज़िंदगी ख़ुदा के हाथ है। उसी पर मुझे भरोसा करना है। वरना यह रुका पानी धीरे-धीरे करके इतना बदबूदार हो जाएगा कि आने वाली पीढ़ी का दम घुटेगा। मुझे इससे निकलना होगा, हर हालत में निकलना होगा···

शाम की चाय अहमद मियाँ ने अम्मी बेगम के साथ पी। पुरानी बातों को बड़े सब्र के साथ माँ के मुँह से सुनते रहे, फिर धीरे-से काग़ज़ निकालकर अम्मी के सामने रखा।

"यह क्या है ?"

"शब्बीर लेकर आया था आज।"

"नोटिस है ?" बड़ी बेगम के चेहरे से ख़ुशी ग़ायब हो गई।

"नहीं...शब्बीर की अम्मी ने अपने मायके की जायदाद में आधा हिस्सा मेरे नाम किया है। उसी के काग़ज़ हैं।"

"क्या ?"

"उन्होंने मुझे बड़ा लड़का समझकर जायदाद में..."

"उसकी यह मजाल ! उसकी यह मजाल !" बड़ी बेगम का तैश में बुरा हाल था। बेटे की तरफ़ पलटकर लपकीं, "और तुमने यह काग़ज़ ले लिया उस कनीज़ के बच्चे से ?"

"बस अम्मी, आगे एक लफ़्ज़ नहीं।" अहमद ने उठकर माँ के मुँह पर हाथ रख दिया।

बड़ी बेगम ने बड़ी बेबसी से बेटे को ताका, फिर उसके सीने पर सिर रखकर फूट-फूटकर रोने लगीं।

"अम्मी, उसका चेहरा अब्बा जानी की तरह है। वह मेरा भाई है। उसको माफ़ कर दें।" अहमद ने रोते हुए माँ को लिपटाए-लिपटाए कहा।

बेगम को हिचकियाँ लगी थीं। अहमद तो दूर, घर की बूढ़ी बुआ ने उनको कभी रोते नहीं देखा था। उनकी आँखों में पठानी ख़ून ही तैरता सबको नज़र आता था। इसलिए अहमद को लगा कि ये आँसू बहुत क़ीमती हैं जो माँ के दिल पर लगे सारे ज़ख़्मों को धो डालेंगे। उसने जेब से रूमाल निकालकर माँ का चेहरा पोंछा और अपने से अलग कर उनको आँसू-भरी आँखों से देखा; जिसमें सवाल था, इल्तिजा थी, ख़्वाहिश थी, आरज़ू थी, माफ़ी थी, प्यार था।

"मैंने माफ़ किया, मेरे ख़ुदा ने माफ़ किया।" इतना कहकर बड़ी बेगम ने तोशक के नीचे से फ़ाइल निकाली और अंदर रखे काग़ज़ निकालकर पल-भर उन्हें ताकती रहीं, फिर बेदर्दी से फाड़ने लगीं। अहमद के चेहरे पर सवाल था। बड़ी बेगम ने रुँधे गले से फिर दोहराया, "मैंने माफ़ किया, मेरे ख़ुदा ने भी माफ़ किया।"

छप्पर खट पर बैठी माँ के क़दमों पर अहमद मियाँ ने अपना सिर रख दिया। माँ के पैरों में ज़न्नत होती है; मगर यह वह शुक्रिया का अंदाज़ था जिसने आने वाली पीढ़ी को नफ़रत के जज़्बात से आज आज़ाद किया था। उन्होंने बड़े अदब और एहतराम से माँ के पैरों का बोसा लिया।